D1197546

DU MÊME AUTEUR

Aux Éditions Gallimard

BILLE EN TÊTE, *roman* (Prix du Premier Roman 1986).

LE ZÈBRE, *roman* (Prix Femina, 1988).

LE PETIT SAUVAGE, *roman.*

Aux Éditions Flammarion

FANFAN, *roman (Folio, n° 2373).*

L'ÎLE DES GAUCHERS

ALEXANDRE JARDIN

L'ÎLE DES GAUCHERS

roman

GALLIMARD

© *Alexandre Jardin et Éditions Gallimard, 1995.*

À Robinson,
conçu là-bas

Aimer avait toujours été la grande affaire de la vie de lord Jeremy Cigogne ; mais à trente-huit ans, cet aristocrate anglais enrageait de n'avoir jamais su convertir sa passion pour sa femme en un amour véritable. Certes, il n'était pas de ces époux négligents qui laissent leur couple dans la quiétude. Tout au long de leurs sept années de mariage, Cigogne avait remué le cœur d'Emily avec la même furie d'esprit dont il faisait tout. Il avait même suscité quelques embarquements échevelés, avec l'espoir de donner à leur histoire une tournure de liaison *très française.* Mais Jeremy sentait à présent combien il s'était trompé en cherchant à perpétuer l'élan de leur ancienne passion, tout l'artificiel que comportait sa lutte contre l'usure. A trop vouloir demeurer l'amant de sa femme, il n'avait pas su devenir son époux.

Les années n'avaient pas fatigué les sentiments qu'Emily lui portait ; cependant — et cela faisait désormais toute l'inquiétude de Cigogne — un sentiment d'incomplétude ne cessait d'augmenter en elle. Jeremy l'aimait avec feu sans la voir. Ils étaient passés par toutes sortes d'ivresses ; mais le profit des passions n'est que dans l'enivrement qu'elles procurent. Le cœur ne peut se nourrir uniquement de ces griseries, et celui d'Emily s'épuisait dans ces vaines mises en scène, ce bric-à-brac de stratagèmes calamiteux qui finissaient par la navrer. Malgré sa bonne volonté, très sincère, Jeremy avait toujours eu pour sa femme ce goût aveugle et finalement égoïste qui ne cherche pas à pénétrer ce qu'est l'autre, cette sorte d'emportement délicieux qui fait aimer les jeux de l'amour plus que son objet.

Par hasard, Cigogne avait eu récemment sous les yeux une lettre d'Emily adressée à une amie, lady Wenthworth ; elle lui confiait sa tristesse d'être adorée si maladroitement par un homme qu'elle eût voulu mieux aimer. Quel gâchis ! Phénoménal ! Jeremy connaissait mal son Emily, ses aspirations obscures, ses ressentiments inavouables, toutes ces palpitations intimes qui forment la vérité d'un être. Jamais il n'avait eu la disponibilité ni le cœur de partir vraiment à sa découverte, en y mettant ne fût-ce qu'un peu de l'ardeur qu'il dépensait dans son métier.

Lord Cigogne ignorait presque tout de l'art compliqué de synchroniser deux âmes. Les jours qu'il coulait aux côtés d'Emily dans leur château du Gloucestershire ne ressemblaient guère à une vie réellement commune. Il ne savait pas être à elle, et se sentait inapte à se livrer totalement. Toujours il avait fui une intimité prolongée, un abandon véritable, comme si... mais de quoi avait-il donc peur ? Jeremy n'avait pas l'instinct de la vie en couple ; et cela le désolait soudain. N'était-il pas au-dessous de ses sentiments ? Shelty Manor, leur extravagante demeure coloniale, abritait un bel amour qui se débinait, sans bruit, faute de savoir partager ces petites choses quotidiennes par lesquelles la vie se tisse et trouve sa beauté, parfois. En cet hiver de 1932, Cigogne souhaitait donc passer enfin de la passion à l'amour le plus vrai ; mais il s'usait le moral en ressassant l'éternelle interrogation de son existence : *comment fait-on pour aimer ?*

Les manières de réponses que la plupart de ses contemporains apportaient à cette question le consternaient, voire le scandalisaient. Ses patients, qu'il traitait à sa façon dans son étrange clinique de Kensington, ne consentaient à se pencher sur les énigmes du cœur qu'après avoir épuisé les charmes de leurs *hobbies*, les jours où ils se dispensaient de fréquenter leur *club*. Le piment d'une aventure sentimentale paraissait aiguiser davantage leurs appétits, mais aimer, vraiment aimer, faire de sa vie l'aventure d'aimer une femme, qui donc y songeait dans son petit monde ?

Lord Cigogne voulait apprendre à regarder Emily, à la combler, sans artifices. Il se sentait prêt à répondre à toutes, oui, toutes ses demandes, même les plus muettes, et les plus faramineuses. Les belles et les dégoûtantes, s'il y en avait. Toutes ! Ah, cesser de la frustrer ! Ce nouveau rêve le jetait dans une exaltation qu'eût réprouvée feu son père, toujours enclin à cultiver cette distance, ce détachement sans lequel un *gentleman* anglais se confond avec le reste de l'humanité. Si Jeremy parvenait à se corriger de son inaptitude à vivre sa tendresse, son extravagante destinée prendrait alors un sens, se disait-il soudain ; et peut-être réussirait-il à conserver cette femme bouleversante qu'il était parvenu à mettre à son nom sept ans auparavant.

Jeremy était prêt à se délivrer de ses habitudes, à désorbiter sa destinée pour faire de lui un mari digne des promesses que contient ce mot. Mais il se sentait démuni, gauche ; et ce constat lui mettait de la tristesse dans le regard, gâtait son existence. Comment accommoder un quotidien dans lequel son amour pour Emily aurait la première place ? La société anglaise de cette époque proposait d'autres buts à la vie ; l'amour y occupait un strapontin. Tout s'y opposait. Fallait-il divorcer d'avec le monde ?

Ces interrogations s'entrechoquaient dans son esprit avec violence depuis la mort d'Harold, son chimpanzé et ami de toujours, presque un frère. Quel coup de clairon dans son existence ! Cigogne veillait depuis deux jours son grand corps velu dans la chapelle élisabéthaine de Shelty Manor — là où étaient enterrées les branches récentes de son arbre généalogique — quand, saturé de chagrin, il s'avisa qu'il fallait agir au plus vite, avant qu'il ne meure lui aussi sans avoir pris le temps d'aimer sa femme. Il était né pour satisfaire Emily, et non pour faire le zèbre en s'évertuant à jouer l'amant éternel.

Harold s'était donné la mort sur leur terrain de croquet, juste sous les fenêtres du château, en introduisant le canon d'un revolver entre ses dents. Le grand singe avait poussé un long cri désespéré avant d'appuyer sur la détente. Ce geste avait épouvanté Jeremy, Emily et leurs trois enfants. Le cri d'Harold retentirait longtemps dans leur mémoire. Les chimpanzés ne se suicident jamais ; mais Harold avait un curieux passé. Plus il avait singé la condition humaine, plus il avait souffert de désenchantement. Harold était le dernier témoin de l'enfance étonnante de Jeremy.

Le grand-père de Cigogne portait le titre de lord Philby et répondait au joli prénom de Waldo. La vie extraordinaire de ce Waldo inspira l'auteur qui créa au début de ce siècle le personnage de Tarzan ; mais, contrairement à ce qu'écrivit E.R. Burroughs, l'homme-singe s'acclimata fort bien sous nos latitudes, se glissa sans manières dans un rôle de mondain plein d'esprit, eut un appartement à Mayfair et devint même la fable du Tout-Londres lorsqu'il s'avisa, en 1898, de racheter l'Imperial Zoo de la capitale. Lord Philby fit placer les animaux en liberté dans le parc de son château de famille du Gloucestershire, et il eut assez de malice pour les remplacer par des hommes qui vinrent peupler les cages de son zoo. Issu de la jungle, Waldo avait la démangeaison de railler les mœurs anglaises. La cage qui connut le succès le plus vif fut celle dans laquelle un homme et une femme étaient condamnés à vivre ensemble. La foule de l'Imperial Zoo ne se lassait pas de rire du tragique de cette situation ; les enfants accompagnés de leur nurse leur lançaient des cacahuètes, des encouragements parfois.

Les parents de Cigogne moururent très jeunes, au Pendjab, dans un accident de montgolfière, laissant à lord Philby la charge de l'éducation de Jeremy qui n'avait que trois ans. L'orphelin se consola parmi les fauves et les girafes jusqu'à l'âge de huit ans. Waldo décéda alors de détériorations diverses dues à la vieillesse et, à la surprise générale, tous les animaux se laissèrent dépérir. Leur attente de la mort dura de longues semaines, au cours de l'été 1902. Le parc était jonché de cadavres d'autruches faméliques, d'éléphanteaux décharnés, de gazelles efflanquées. L'Angleterre en guerre au Transvaal contre les Boers se désintéressa de ce drame animalier ; de là vient sans doute le peu de célébrité de la fin du véritable Tarzan, qui fut toutefois relatée par le *Times* du 2 juillet 1902.

Le jeune Jeremy vécut cette agonie collective avec effroi. Le parc et le château empestaient la charogne en décomposition. Dans un suicide majestueux et cauchemardesque, sa famille animale suivait au tombeau son légendaire grand-père. Seul, Jeremy ne trouva d'affection qu'auprès d'un petit singe qu'il baptisa Harold. De la faune originaire de l'Imperial Zoo, Harold fut le seul survivant.

Choqué par ce spectacle funèbre, Jeremy se réfugia alors dans un silence complet pendant six mois. La grève des mots ! Insuffisants pour dépeindre sa souffrance, atroce. Il ne communiquait qu'avec Harold, par gestes et mimiques ; et lorsqu'il rouvrit la bouche, ce fut pour dire qu'il n'était pas le nouveau lord Philby. Il pria sir Callaghan, son tuteur, de l'appeler désormais lord Stork ; *lord Cigogne* en français. Jeremy prétendit avec une belle assurance que des cigognes égarées l'avaient déposé un jour dans le parc et que ses soi-disant parents ne l'avaient pas conçu. Son entourage essaya de tempérer ses assertions, qui froissaient l'Angleterre de ce temps-là, si éprise de catégories héréditaires ; il ne plia pas et imposa ses vues sur ses origines : Jeremy devint peu à peu lord Cigogne aux yeux de tous. A l'époque, il ne se reconnaissait pas d'autre famille que Harold, qu'il regardait comme son frère.

Sensiblement affecté par cet épisode digne d'une fiction, Jeremy se mua très vite en un autre. De gai et turbulent, il devint un petit Anglais sans désirs et nonchalant, fâché avec la vie. Son caractère puissant fut rompu par la douleur, perverti et amolli. Ses facultés qui promettaient beaucoup s'érodèrent. Sa physionomie même fut altérée ; toute grâce le quitta bientôt. En quelques mois, un garçonnet terne s'installa dans ce corps où un enfant solaire avait vécu. Un seul trait subsista en lui, fort peu britannique, le plus irréductible : sa prodigieuse capacité d'aimer. Sous son visage ordinaire, on ne pouvait soupçonner que vibrait un cœur d'exception, capable des plus grands dérèglements par amour, des plus extraordinaires embrasements. Pour le reste, à neuf ans comme à dix-sept, sa conversation était insipide, ses raisonnements courts, son intelligence médiocre.

A dix-sept ans, justement, il fit la connaissance d'Emily Pendleton lors d'une *garden-party* donnée par lord Callaghan au profit de l'Eglise anglicane, dans les jardins de l'archevêché de Cantorbéry. Une nuée de *clergymen* était venue de tout le Kent, avec leur épouse et leur progéniture abondante qui se mêlait aux élèves du King's College, adossé à la cathédrale. Ces derniers se distinguaient par leur habit noir à queue-de-pie et leur col cassé blanc, ainsi que par une raideur physique bien ridicule qui leur était propre. Ce jour-là, l'un d'entre eux faisait saillir sa pomme d'Adam, pérorait en latin avec l'espoir d'éblouir la jeune Emily qui restait impassible, pas follement présente. Assister à cette corvée anglicane l'affligeait, mais elle était fille de pasteur et n'aurait pu s'y dérober sans chagriner son père, qu'elle aimait.

A dix-huit ans, Emily avait des agréments de nature à toucher les sens d'un homme ; mais ceux de son caractère étaient plus frappants encore. Elle était d'une indépendance frondeuse, indocile et traversée par les sensations les plus vives. Tout fermentait en elle. Si pressée de vivre ! Et de faire l'amour, aussi ! Mais ça, elle ne le savait pas encore. Son honnêteté extrême la faisait déjà rechercher par ceux qui goûtaient les rapports authentiques, passionnés. On ne lui avait jamais vu l'esprit d'intrigue, de nuisance, ni la capacité de mentir ou d'envisager un compromis. Jamais ! Tricher face à Emily était quasi impossible. Nul préjugé, aucune étroitesse de nature ne contraignait son goût, et sa hardiesse de jugement fascinait. Elle débusquait avec gaieté l'idée reçue, raillait les conformismes en affûtant des couplets d'une drôlerie qui évitait toujours les facilités de la méchanceté.

Mais ce qui touchait le plus chez elle — et qui intrigua Cigogne —, c'était ce quelque chose de brusque, de heurté, qui disait son refus d'une féminité évidente, sa difficulté à accepter la beauté de ses jambes, de ses traits particuliers. Emily ne savait pas qu'elle était jolie, que sa chevelure abondante captait les regards. Elle était de ces femmes qui ignorent qu'elles pourraient décider d'être belles, sans modération. De cette beauté à la fois chienne et angélique qui désespère les hommes. Sous des dehors un peu rudes, Emily Pendleton dégageait donc une féminité bien à elle, tout en refusant les accessoires dits *féminins,* et se présentait dans des vêtements simples qui lui donnaient une allure de pionnière anglaise, telles qu'on les trouvait en Afrique de l'Est ou en Australie dans les années 1880.

La mère d'Emily, elle, n'était que froufrous, flagorneries et jeu social. Elle n'aimait qu'autant qu'on la flattait, était engoncée dans mille préjugés et d'une souplesse insinuante utile pour se pousser dans le petit monde de Kensington. Hypocrite et naturel étaient pour elle deux synonymes. Elle ne tolérait pas que sa fille se laissât aller à montrer ses sentiments, sauf ceux qui pouvaient servir à mener à bien tel ou tel dessein mondain. Il n'y avait aucune convenance entre ces deux femmes-là, une impossibilité complète d'ajuster leurs caractères. Emily fut toujours haïe par sa mère qui ne se lassait pas de briser ses élans, de ricaner méchamment de sa sincérité qu'elle qualifiait de *puérile.*

C'est donc cet oiseau blessé d'une infinie noblesse, et d'une anormale authenticité, que le jeune lord Cigogne aperçut au cours de la *garden-party* de lord Callaghan. Leurs yeux se rencontrèrent par hasard ; les siens la fixèrent illico. Emily ne le vit pas ; elle regarda comme au travers de lui. Jeremy paraissait trop gris pour être remarqué, sa figure trop plate. Un néant mal fagoté ! Miss Pendleton ne pouvait deviner quel instinct formidable était enterré sous ce visage ordinaire. Cigogne ressentit alors un étrange élan vers elle et puis, soudain, une compassion totale pour cette fille aux allures d'incomprise ; et cet appel terrible, incontournable, lui fit presque perdre l'équilibre. Jeremy l'aima instantanément, à proportion de sa qualité qu'il pressentit aussitôt. Tout dans sa beauté particulière lui disait qu'elle avait une âme selon son cœur, inflexible, intense, insoumise. Ce sentiment subit ne devait sa naissance ni à une connaissance réelle d'Emily ni au désœuvrement amoureux dans lequel il était ; c'était la quasi-certitude, tragique, trouble et nette à la fois, d'avoir trouvé *sa femme*. Hélas, Cigogne se connaissait bien peu de moyens de plaire. Dans la chaleur de cette immense émotion, il n'eut alors plus qu'une obsession : comment gagner la tendresse de cette fille de pasteur ?

Ne voyant pas quel procédé pouvait le rendre désirable, et encore sous le coup de son émoi, il jugea plus frappant d'ouvrir son cœur avec simplicité :

— Miss Pendleton, postillonna le jeune homme disgracieux, je vous aime avec furie.

— Pardon ? fit-elle en quittant ses rêveries.

— Je suis prêt à vous aimer jusqu'à ce que mort s'ensuive. Voulez-vous m'épouser ?

Etonnée, Emily regarda derrière elle ; il n'y avait personne.

— C'est à moi que vous parlez ? demanda-t-elle, sur ce

ton gentillet que l'on adopte parfois pour causer à un enfant.

La physionomie ingrate de Cigogne se figea dans une expression de douleur qui ôta le peu de charme qui subsistait sur sa triste figure. Sa peau épaisse luisait d'une transpiration aigre et il resta ainsi, la bouche béante, quelques longues secondes, blessé de n'avoir pas été pris pour un galant sérieux. Un filet de bave reliait inopportunément ses deux lèvres molles. Ses gros yeux exorbités ne cillaient plus.

Embarrassée de se trouver devant cet iguane immobile, Emily lui sourit et s'éclipsa ; puis elle quitta prestement cette société qui n'intéressait ni son cœur ni sa curiosité, inconsciente du drame cruel qui venait de se jouer sous ses jolis yeux.

Huit jours plus tard, Cigogne eut une idée folle, romanesque, pour tenter de réparer l'effet désastreux de sa conduite ; une semaine après car sa pensée était lente Miss Pendleton s'était transportée en Autriche ; elle séjournait à Salzbourg, en vacances chez des cousins fortunés. L'intention de Jeremy, qu'il mit à exécution sans délai, était de rejoindre Emily à bicyclette plutôt que d'emprunter le chemin de fer, de façon que son acte montrât quelle sorte d'amoureux il était. Seule la démesure d'un geste, se disait-il, pouvait toucher celle qu'il appelait déjà *mon Emily*.

Porté par la vigueur de ses sentiments tout frais, il parcourut à vélo les mille trois cent soixante-huit kilomètres qui séparent Londres de Salzbourg en treize jours et dix-sept heures. Lors du franchissement des Alpes françaises, il eut la sensation que son héroïsme était enfin à la mesure de sa passion. Plus il pédalait, plus il était convaincu qu'Emily serait remuée par son effort, qu'elle l'étreindrait avec effusion dès son arrivée. Qui donc était capable d'un tel périple pour gagner ses lèvres ?

A l'arrivée, lord Cigogne avait un air déglingué de fatigue qui n'arrangeait guère sa physionomie ordinaire. Lorsqu'il sonna chez les cousins d'Emily, à la porte de l'une de ces demeures de Salzbourg interdites aux pauvres, un valet de chambre ouvrit et vit un loqueteux mal rasé qu'il voulut éconduire. Jeremy avait pourtant enfilé ses vêtements les moins défraîchis, des gants beurre frais, et noué une cravate du meilleur goût ; mais son costume de ville avait mal supporté la promenade sur le porte-bagages. Après avoir plaidé son cas auprès de la domesticité, on le laissa approcher de miss Pendleton qui se tint à distance, tant il puait la crasse macérée, un remugle ignoble. Les cousins locaux lui firent sentir qu'ils n'étaient pas du même creuset, avec une condescendance catholique, charitable et polie qui acheva de le crucifier.

Touchée par le fol amour de cet adolescent repoussant, Emily s'efforça de ménager le cœur de Cigogne ; mais sa prévenance maternelle et ses façons affectueuses lui étaient intolérables. Pas un instant elle ne manifesta cette sorte d'éblouissement qu'il avait espéré. Rien dans ses regards, dans ses gestes, ne sentait le plus léger trouble. Penaud, l'amoureux ridicule s'en retourna vers Londres le soir même ; sa tristesse lui pesait dans tout le corps, jusque dans le bout des pieds qu'il avait du mal à appuyer sur les pédales. Le malheureux n'avait suivi que la vivacité d'une imagination pas encore réglée par l'expérience. Bille en tête, il s'était fracassé !

Le retour à bicyclette lui sembla long, très long. Désargenté, Jeremy n'avait plus de quoi acheter un billet de chemin de fer. Mais dans sa déveine, tenaillé par le désespoir, il forma sur son vélo l'un des plus beaux desseins qu'un homme eût jamais conçus pour les yeux d'une femme. Il résolut de mettre son caractère faiblard et son intelligence médiocre au niveau de sa passion. Phénoménale ambition ! Qui le gonfla aussitôt d'espérance, et d'énergie ! Lord Cigogne se jura de ne reparaître devant Emily qu'après s'être totalement remanié, après avoir rompu son tempérament pour mieux le redessiner, par amour pour elle.

Et c'est ce qu'il fit, pendant quatorze ans.

Cette constance dans la passion étonnera mais, je le répète, cet homme n'était singulier que par la force inouïe de ses sentiments. Pendant quatorze ans, il retrancha de sa nature les régions marécageuses de son esprit, régla son caractère avec énergie, le forma, aiguisa son jugement, exerça ses facultés, resserra ses petits défauts méprisables et cultiva ceux qui portaient des germes de grandeur. Cigogne ne se retoucha pas légèrement ; il se remodela avec furie, se rectifia en profondeur et, enfin, parvint à retrouver en lui la trace de l'être solaire qu'il avait été avant la mort de son grand-père, lord Philby.

Les sept premières années de son exil s'écoulèrent en Nouvelle-Guinée, au milieu d'une tribu primitive qui ignore ce que le mot *amour* signifie. Les Poloks de Nouvelle-Guinée orientale étaient en effet les seuls êtres humains — avec les Iks peut-être, d'Afrique de l'Est — qui cherchaient opiniâtrement à dépasser les bêtes en cruauté. Le virus de la grippe les a effacés du monde contemporain ; mais, à l'époque, ces hommes inquiétants hantaient encore les forêts de la Papouasie. Réfléchir était à leurs yeux un crime ; aimer était également illicite. Toute occupation autre qu'une activité bestiale se trouvait, chez eux, sévèrement réprimée. Les bébés étaient élevés au sein par des guenons apprivoisées, et contraints dès deux ans et demi à subvenir eux-mêmes à leurs besoins. Les Poloks tiraient une étrange fierté d'avoir fait de l'homme un authentique péril pour l'homme. Il n'était pas rare de voir une mère affamée faire un festin du corps de l'un de ses enfants. Les gamins savaient qu'ils n'étaient qu'un garde-manger vivant pour leurs parents anthropophages. Sadiques, ils ne se divertissaient que de la souffrance d'autrui.

Ignorant tout de l'orage d'acier qui s'abattit sur les plaines de Champagne pendant quatre ans, en totale rupture avec la civilisation, lord Cigogne s'oublia au sein de cette société féroce, dans ce monde qui se méfiait de la pensée ; il quitta ses réflexes acquis, se lava de son éducation britannique, renoua avec ses gestes d'enfant élevé au milieu des animaux de l'Imperial Zoo. Jamais peut-être il ne fut plus heureux et plus vrai que nu dans cette jungle hostile, au plus près de ses instincts.

Puis Jeremy fut sept années à lire. Il se fit séquestrer dès 1918 dans l'une des plus grandes bibliothèques privées d'Europe, assez méconnue, près de Zurich. Cigogne s'y était fait enfermer par le vieux propriétaire, le célèbre botaniste Otto von Blick, un ami de son grand-père. Le vieil Helvète alémanique avait accepté de se prêter à l'expérience du petit-fils de Philby. La famille von Blick accumulait depuis le XVIIIe siècle dans son extravagant château tous les bons ouvrages parus dans les principales langues européennes, en version originale bien entendu. Le château des Blick s'élevait au milieu des alpages, dans le canton de Zurich, isolé du siècle. Son architecture rococo lui donnait un air de cathédrale baroque plantée par un illuminé en pleine montagne. La bibliothèque géante et mystérieuse s'étendait à perte de vue sur des hectares de rayonnages.

C'est là que lord Cigogne s'était enseveli dans la littérature européenne pendant sept ans, après s'être purgé en Nouvelle-Guinée. Sédentaire, il fit là-bas tous les voyages. Solitaire, il y connut toutes les passions qui agitent le cœur des hommes, éprouva tous les chagrins qui les détériorent, sonda les marécages de leurs mondes intérieurs. Il apprit cinq langues, aima des dizaines d'auteurs, s'éprit de personnages de roman, se brouilla avec eux, se réconcilia, dîna souvent avec Don Juan, noua des liens étroits avec Dostoïevski, trompa Emily Pendleton avec les héroïnes de Stendhal. Irrité par les habiletés de Pirandello, il évita pendant de longs mois les salles où le maître italien régnait. Jamais à Londres il n'avait frayé avec des gens aussi vivants ni, surtout, existé avec une telle intensité. Chaque matin, Cigogne se levait dans une émotion nouvelle. Avait-il rendez-vous avec le jeune Stefan Zweig ou Henry James ? Avec quelle femme de lettres s'était-il couché la veille ? Toutes ces grandes ombres qui peuplaient le château conversaient dans son cerveau. En lui se rencontraient les héros de Balzac et ceux de l'Espagnol Clarín.

Sept ans de lecture l'initièrent aux secrets de son propre cœur, déposèrent en lui tous les ferments qui font les grands caractères. Au terme de son long voyage immobile, il y avait du Shakespeare dans ses emportements, du Goldoni dans sa gaieté, du Musset dans ses élans qui le portaient toujours vers Emily. Sa volonté prodigieuse était celle d'un Choderlos de Laclos. Sa science de la vie devait beaucoup à Colette. Le petit peuple des écrivains avait versé dans son esprit ce supplément d'âme qui, jadis, lui faisait tant défaut. Mais jamais un être contrefait ne le fut avec plus de naturel.

L'homme qui rentra à Londres en 1925 était irrésistible. A trente et un ans, Jeremy Cigogne n'était pas devenu beau, mais son étrangeté était intéressante, magnétique ; il suscitait l'envie de lui plaire, savait faire naître cette nécessité-là. Le nouveau lord Cigogne était tout flamme ; tout l'émouvait, le jetait presque hors de lui, alors qu'il avait été un adolescent réservé, moins par timidité que pour masquer son néant intérieur. Sa gravité ennuyeuse avait cédé la place à beaucoup de légèreté apparente, de malice pleine de gaieté, presque de la gaminerie. Mais, en véritable Anglais, il savait régler et contenir sa nouvelle nature intempérante. L'empire qu'il avait acquis sur sa personne était stupéfiant. Son éloquence séduisante, pleine de saillies, frappait. La justesse et la hauteur de ses vues faisaient oublier ses raisonnements courts d'autrefois. Une sensibilité à fleur de peau perçait dans toutes ses paroles. Son caractère était plus puissant et plus souple à la fois. Lord Cigogne avait réussi à hisser tout son être au niveau de son amour pour Emily. Mûri par ses tribulations extraordinaires, il se sentait enfin armé pour charmer le cœur de miss Pendleton.

Mais l'avait-elle attendu ?

Sitôt à Londres, Cigogne intrigua pour se faire inviter à dîner chez Emily, mariée à un certain Clifford Cobbet, danseur phare du ballet de Covent Garden. Le couple, plutôt bohème, s'était déjà reproduit ; deux enfants, Laura et Peter, étaient venus garnir leur intérieur coquet sept et huit ans auparavant. En ouvrant la porte de leur maisonnette de brique de Haye Mews, Emily vit un gentleman très Bond Street, alluré, vêtu avec recherche mais sans que cette élégance tournât au dandysme. Tout de suite, sans qu'elle en sentît la raison, elle eut l'intuition que ce conformisme apparent était exactement contraire à ce qu'était cet homme introduit par l'une de ses amies. Dans l'instant qui suivit, Emily comprit mieux sa sensation en arrêtant son regard sur la figure étonnante de Cigogne ; il se présenta sous un faux nom. Elle ne reconnut pas le visage fort et singulier que la vie avait sculpté sur la physionomie de Jeremy.

Cela plut à Cigogne ; il se garda de rafraîchir la mémoire d'Emily qui, elle, n'avait guère changé. Elle était encore cette jeune femme étonnamment vraie, inconsciente de son éclat, porteuse de cette féminité inquiète qui se méfie des artifices, avec ce quelque chose de heurté qui éveillait chez lui des élans incontrôlés, une ardeur sauvage. A côté d'elle, si réveillée, si exigeante avec la vie, ses invités paraissaient empaillés. Emily Cobbet était restée Emily Pendleton, éprouvant avec vivacité ce qu'autrui ressent, présente à chaque instant, dans chacun de ses gestes, si réelle, intègre, indocile, joueuse et refusant de composer avec le destin, de corrompre sa belle nature en acceptant les reptations du jeu social. La vie lui avait donné un métier difficile qu'elle exerçait de façon particulière ; peintre, elle avait le talent de faire ressortir dans ses portraits les vérités les plus secrètes de ses modèles. Quiconque se regardait peint par elle se voyait démasqué, mis à nu ; elle peignait le vrai visage des êtres, sous les tricheries de la peau.

Cigogne retrouva tout de suite le bonheur à la fois compliqué et léger qu'il y avait à aimer Emily ; et cela le rassura. Il progressa vers son cœur en intéressant d'abord son esprit. La conversation roula sur la folie ordinaire, celle qui se glisse en chacun ; la conformité de leurs vues sur cette question éveilla chez elle un intérêt qui, très vite, se mua en sympathie. Emily l'écouta et le vit peu à peu avec un plaisir qu'elle n'avait plus perçu en elle depuis longtemps ; la vivacité de cette griserie l'anima, développa chez elle des sentiments enfiévrés qui, bientôt, la jetèrent dans une inclination véritable. Jeremy commençait à deviner tout ce que promettaient ses regards presque caressants, ses gestes devenus plus gais, et surtout sa voix qui, par son altération déjà sensible, trahissait son désordre intérieur. De toute évidence, leurs esprits se convenaient. Emily trouvait en lui un caractère singulier dégagé de tout préjugé, une chaleur de ton, un enjouement qui remuaient avec force son imagination. Ce furieux venu de nulle part était l'homme le plus libre qu'elle eût jamais rencontré.

Lord Cigogne était résolu à frapper un grand coup le soir même ; la nervosité où était Emily lui suggérait qu'il ne fallait pas laisser retomber cette première impression. Assuré de ne pas lui avoir déplu, il ne l'était pas encore de son amour. Jeremy ne voulait pas courir le risque qu'elle s'accoutumât les jours suivants à le voir sans trouble ; disposition qu'il est ensuite très difficile de détruire.

Tard dans la soirée, alors que Clifford, inquiet, s'efforçait de clore le dîner, Cigogne fit durer son supplice. Il déclara qu'il avait fait récemment la connaissance d'un homme qui avait décidé un jour de se remanier de fond en comble, pour conquérir une femme.

— Ça lui a pris quatorze ans de sa vie. Sans oser prétendre l'obtenir, il s'est occupé pendant tout ce temps-là de la mériter...

Et il raconta les quatorze années de son odyssée intime, en se gardant bien de révéler qu'il s'agissait de lui. Intriguée, l'assistance écoutait, posait de temps à autre quelques questions. Certains flairaient un mensonge, une fable ; quand, soudain, quelqu'un s'exclama :

— *Damn !* Celui qui vous a confié tout ça s'est bien payé votre tête, si vous voulez mon avis !

— Cela m'étonnerait, répliqua Jeremy, parce que cet homme c'est moi.

Le silence figea tout le monde. Au ton de Cigogne, empreint d'une ironie insolente, chacun venait de saisir que cette histoire extravagante était exacte. Tout son être témoignait de la véracité de ses propos ; rien en lui ne les démentait. Déstabilisés, les invités se regardèrent. A quoi jouait donc ce narrateur étrange ? De quelle manipulation étaient-ils les témoins ?

— Peut-on savoir ce qui vous a conduit à prendre une décision aussi folle, et aussi risquée ? demanda une danseuse qui n'aurait pas dédaigné d'être traitée ainsi.

— Il y a quatorze ans, j'ai traversé l'Europe à bicyclette pour rejoindre cette femme à Salzbourg...

A ces mots, Emily comprit et reconnut tout à coup l'adolescent disgracieux sous les traits de cet inconnu magnétique. Elle fut alors gagnée par une agitation qui lui était inconnue jusqu'alors, une émotion violente qui mêlait une gêne extrême vis-à-vis de son mari et l'envie subite, irréfléchie, furieuse, d'être à cet homme singulier qui savait aimer ainsi. Tandis que lord Cigogne poursuivait son récit, Emily se sentait emportée malgré elle dans un égarement qu'entretenait sa folle imagination ; et sa réaction l'étonnait elle-même. Elle ne se croyait pas susceptible d'une telle surprise des sens.

Lorsque Cigogne eut terminé son explication, il se tourna vers Clifford et dit calmement :

— Je suis revenu à Londres vous prendre votre femme. Croyez-le bien, je ferai tout pour vous la voler.

Sonné, Cliff ne savait comment réagir quand, tout à coup, Emily prit la parole avec cette franchise inouïe qui lui était propre :

— Lord Cigogne, il est vrai que vous m'avez troublée ce soir plus que je ne le souhaitais.

Clifford se crut perdu ; la physionomie désemparée du danseur acheva de se défaire devant les convives effarés. Personne ne savait quelle attitude adopter. Même dans ce petit monde artiste et bohème, le vacarme des émotions devait demeurer assourdi, masqué sous des euphémismes polis, enterré sous un minimum de convenances. On était à Londres, tout de même ! Mais Emily poursuivit, en pesant chacun de ses mots, avec une honnêteté déroutante qui fascina tout le monde :

— Oui, vous m'avez véritablement séduite, mais je ne serai pas à vous, même si mon corps en meurt d'envie. Mes engagements et mes plaisirs se rassemblent dans le même objet, mon mari. Je ne parle pas ici d'un devoir ordinaire de femme mariée mais du seul qui m'importe : l'honnêteté vis-à-vis de soi. Je serais incapable de revenir à Clifford dans le mensonge, après vous avoir connu dans un hôtel. S'il existe des plaisirs plus vifs dans un adultère que dans le mariage, je ne veux pas les connaître. J'ai besoin de fidélité, à moi-même surtout, et j'aime mon mari.

Puis elle se tourna vers son époux, et continua :

— Je suis comme ça, Cliff, accepte-moi telle que je suis, vulnérable aussi. J'ai préféré me montrer transparente devant nos amis pour qu'ils n'aillent pas se faire des idées désobligeantes pour toi, car je crois que tout le monde ici s'est aperçu ce soir que Jeremy ne m'a pas déplu.

— Lord Cigogne, reprit Clifford, je vous demanderai de ne plus revoir Emily. Ai-je votre parole ?

— Oui, répondit Jeremy, si elle accepte deux conditions. Je ne reverrai Emily que le jour où elle m'en suppliera. Et la seconde : je souhaiterais pouvoir lui écrire.

— Si je refusais vos conditions, j'aurais l'air de vous craindre, répliqua Emily irritée par son assurance. Je les accepte donc ; mais il va de soi que je montrerai toutes vos lettres à Cliff.

Cigogne avait gagné !

Cette première demande avait pour objet d'habituer Emily à n'en pas refuser d'autres ; et Cigogne tenait avec ses lettres l'instrument par lequel il se rendrait maître de ses rêveries, puis de sa personne. Ce fils spirituel de la bibliothèque Blick était d'une habileté insinuante plus grande encore à l'écrit qu'à l'oral.

Les jours suivants, Emily fut plus rêveuse qu'à l'ordinaire. Elle s'arma de sévérité pour rejeter loin d'elle l'image de ce Jeremy Cigogne qui lui donnait envie d'être jolie. Mais, peu à peu, son calme tourna au désordre intérieur ; car Cigogne fut assez politique pour ne pas se hâter d'écrire. Quinze jours plus tard, toujours pas de lettre. Emily était alors ou dans l'agitation d'un trouble qui l'occupait tout entière ou dans un anéantissement complet. Elle se déplaisait à tout, même à peindre. Personne ne la reconnaissait. L'inquiétude de Clifford ne cessait d'augmenter ; il ne voyait pas comment lutter contre un fantôme. Silencieux, Cigogne l'entourait de son idée, à défaut de lui imposer sa présence.

Puis vinrent les lettres, tant espérées, charmeuses. Emily lui trouvait une façon de penser si conforme à la sienne. Dans l'enchantement où elle était de les lire, son ivresse passait jusqu'à son cœur, alors qu'elle ne le voulait pas. Ses réponses à Jeremy étaient brèves ; elle s'obligeait à le prier de ne plus l'entretenir d'un sentiment qu'elle ne voulait pas accepter. Emily se haïssait d'être malhonnête avec Clifford qui, chaque soir, pleurait un peu plus. Effrayée de la chaleur avec laquelle elle se défendait dans ses lettres, elle décida d'interrompre cette correspondance qu'elle goûtait trop.

Lord Cigogne sut alors qu'elle était sur le chemin de se donner. Son silence lui apprenait assez qu'elle était vaincue. Il ne fallait plus que le temps de lui faire admettre qu'elle ne pouvait plus se refuser, seulement différer.

Femme de désirs, Emily perdit tout contrôle dix jours plus tard. Sortant de son personnage réservé, elle viola Jeremy contre un cerisier japonais en fleur de Hyde Park, à la tombée de la nuit ; Cigogne n'eut pas à rompre la promesse qu'il avait faite à Clifford. Le spasme de Jeremy vint trop rapidement ; mais dans son désir irraisonné de jouir de lui, Emily le retint, encore raide à l'intérieur, et, avec une frénésie rare, obtint cette vive émotion physique dont son corps resta toujours nostalgique. Dans l'assaut, qui avait pour appui le tronc incliné de l'arbre, presque toutes les fleurs blanches du cerisier tombèrent et se mirent à voler autour d'eux. Jeremy fut alors rempli d'un bonheur lumineux, et gai aussi, qui le laissa pantelant et étrangement fier d'avoir pu lui donner ce plaisir, malgré sa jouissance trop vite terminée. Satisfaite, elle rabattit ses jupes froissées, ramassa son chapeau et lui prit la main, sans rien dire. Au loin, des chevaux galopaient dans les brumes de Hyde Park désert, le long d'allées cavalières.

Par la suite, Clifford se montra suffisamment odieux — surtout avec ses enfants, Laura et Peter, qu'il délaissa brutalement — pour ne pas être regretté. Emily devint lady Cigogne peu de temps après leur divorce ; les fiançailles furent brèves.

Furent-ils heureux ?

Sept ans après, ni Emily ni Cigogne ne pouvaient

répondre *oui*. Certes, des bonheurs leur étaient venus, un troisième enfant qu'ils appelèrent Ernest, des instants d'éblouissement volés au quotidien ; mais ils n'avaient pas su métamorphoser leur passion en un amour véritable, mirifique. Jeremy avait eu beau s'insurger contre l'amoindrissement des désirs, la féerie des débuts s'était estompée peu à peu, sans que rien de palpitant ne s'y substituât. Au fil des malentendus, des incompréhensions, leurs rapports étaient devenus moins réels. Quoi qu'il se passât désormais, rien n'arrivait vraiment entre eux, alors que l'un et l'autre étaient désireux de s'aimer. Derrière les turbulences de la vie à deux, ils avaient de plus en plus de mal à s'apercevoir. *Je t'aime mais tu es inatteignable !* avaient-ils envie de se crier. Etait-ce la faute au temps qui passe ?

Longtemps, Cigogne l'avait cru ; il s'était même efforcé de combattre cette déconfiture par des procédés rocambolesques. Mais à présent il sentait combien la prétendue *usure* n'était qu'un mensonge, un alibi pour justifier les lâchetés et la prodigieuse nullité des maris. Le fond du dossier, c'était bien l'incapacité des hommes — et la sienne ! — à mettre en paroles et en actes leurs sentiments, à composer un quotidien enfin gouverné par une exigence amoureuse. D'où venait ce tragique décalage entre l'ordinaire que les couples connaissent et les abandons délicieux que chaque homme souhaiterait vivre ? Car enfin, qui ne vivrait constamment dans les délices d'un amour authentique, dans un tumulte des sens nourri par une attention de jardinier occupé chaque jour à cultiver ses sentiments, à bouturer une griserie sur une autre ?

Chacun sait à peu près comment faire l'amant ; les romans sont riches de bons exemples. Mais comment pratique-t-on l'art d'être un mari ? Les mythes européens restaient étrangement muets sur cette question ; tous régnaient sur le monde de la première jeunesse, rares étaient ceux qui concernaient la vie amoureuse des adultes. Ces interrogations fermentaient dans la cervelle de Cigogne. Dans son entourage de Kensington, tout le monde semblait croire que le seul fait d'éprouver des sentiments était suffisant et que, ma foi, si ceux-ci se carapataient, c'était la faute à la fatalité, aux années qui filaient. Cette idée était tenace, presque indélébile ; elle imprégnait l'Europe depuis si longtemps. On la refilait à nos enfants, à notre insu pour ainsi dire. La littérature fourmillait d'histoires d'amour qui se gâtent, en suivant une pente que chacun s'accordait à trouver naturelle.

En sept ans de lecture dans la bibliothèque Blick, Cigogne n'avait pas trouvé un seul ouvrage de qualité qui eût dépeint des amours heureuses. Avec une complaisance morbide, les gens de plume s'attachaient à établir des précis de décomposition des sentiments ou à relater des conquêtes ; mais tous fuyaient l'idée d'un bonheur possible entre un homme et une femme. Là était le conformisme littéraire européen, dans cette passion faisandée pour le ratage amoureux. Il se trouvait des bataillons d'écrivains décharmés de tout pour fignoler la peinture de ces couples qui n'en finissent pas de ne plus savoir se causer ; le fin du fin étant de faire sentir à son lecteur que la déroute des sentiments n'est pas une option mais la conclusion naturelle, inéluctable, de toute liaison. Ah, que c'est noble, le tragique... et élégant, avec ça !

Une fois, Cigogne était tombé sur un petit roman atypique au titre bizarre : *Le Zèbre*, l'histoire d'un mari extravagant qui partait à la reconquête de sa femme, après quinze ans de mariage. L'auteur, un écrivaillon français mort à vingt-trois ans, se rebellait contre la fatalité de la débandade de la passion ; mais sa prose était maladroite, insuffisante pour donner au roman tout le souffle que requérait son sujet. Et son héros n'était qu'un adolescent prolongé, accroché qu'il était à son idée de faire survivre sa passion, sans chercher à la transmuer en un amour authentique. Sans doute l'auteur du *Zèbre* était-il trop jeune pour s'aventurer dans cette voie.

A trente-huit ans, lord Cigogne entendait faire de sa vie l'histoire de gens heureux et gommer en lui les croyances délétères de sa civilisation, ces ondes de pensée qui l'égaraient. Son ambition n'était pas de rester l'amant de sa femme, mais de mettre de l'art dans le fait d'être son mari. Il ne rêvait plus de griser Emily en l'entraînant dans ses mises en scène romanesques. Si ses intrigues pouvaient la distraire, elles ne suffisaient pas à la contenter. Ces jeux n'allaient plus jusqu'à son âme. N'étaient-ils pas nés pour d'autres exigences, afin de satisfaire leurs aspirations ? Toutes ! Même les plus secrètes. Ah, tenter l'aventure de se combler ! Là était le sens de leur destinée commune.

Tandis qu'il veillait la dépouille de son chimpanzé dans la pénombre de la chapelle de Shelty Manor, lord Cigogne ignorait encore qu'il était sur le point de faire la découverte capitale qui allait dynamiter son existence réglée.

Quelque part sur cette terre, un étonnant petit peuple avait répondu pour lui à cette colossale question : *comment fait-on pour aimer ?*

Tard dans la nuit, lord Cigogne se trouvait seul dans la bibliothèque de la Royal Geographical Society de Londres, qu'il présidait. Penché sur un vieux pupitre, il consultait avec fièvre une liasse de documents moisis. Ce qu'il venait de découvrir le précipitait dans une méditation ardente. Tout ce qu'il cherchait depuis des années était là, sous ses yeux, décrit dans ce dossier humide légué à la Geographical Society par feu lady Brakesbury, une vierge de cent deux ans.

Le pucelage de cette antique lady avait résisté à presque un siècle de turpitudes acrobatiques, avec d'autant plus de mérite que ses appétits sensuels étaient, paraît-il, faramineux jusque dans sa quatre-vingt-cinquième année; mais elle prétendait que l'onanisme exercé avec art préserve des avaries courantes qui vont avec le vieillissement. Lady Brakesbury avait une autre particularité, qui nous intéresse plus précisément : éprise de Paris et de ses célébrités littéraires, elle avait longtemps eu des complaisances pour Jules Renard, l'écrivain parisien, en y laissant parfois son dentier; or le père de l'auteur de *Poil de Carotte*, le capitaine Renard, grand navigateur, avait fait don de son journal à son fiston ingrat, peu avant d'expirer. Ce journal prodigieux était la pièce maîtresse de la liasse de papiers qui chavirait tant lord Cigogne. Reconnaissant, Jules Renard l'avait à son tour légué à sa vieille amie. C'est ainsi que ce document était arrivé entre les mains de lord Cigogne. A quoi tiennent les choses !

A en croire le capitaine Renard, une île singulière gisait dans l'hémisphère sud, entre les 22°15 et 22°17 de latitude sud et sur une longitude qu'il est encore prudent de taire, quelque part en Océanie, très au large de la Nouvelle-Calédonie. L'île d'Hélène, puisque tel est son nom, fut visitée en 1568 par l'Espagnol Mendaña de Neira qui découvrit aussi les îles Salomon, oubliées pendant deux siècles et redécouvertes en 1768 par le Français Bougainville. Mais l'île d'Hélène — sur laquelle ne vivait aucun naturel — ne fut rattachée aux annales de l'Europe qu'en 1874, par Auguste Renard ; c'est d'ailleurs lui qui baptisa ainsi ce bout de terre en lui donnant le nom de sa femme. Le grand Cook lui-même ne put la trouver, malgré les indications de Mendaña de Neira, tant ce territoire austral est protégé par des vents contraires ainsi que par de puissants courants marins.

Le capitaine Renard ne dut sa redécouverte de l'île qu'à un naufrage. Sa goélette ayant été pulvérisée par un cyclone hargneux, il se retrouva seul rescapé sur l'une des plages de l'île, le 2 février 1874. Courageusement, il confectionna un radeau avec des troncs de pins colonnaires, ces grands résineux d'Océanie qui, de loin, ont une allure de colonne basaltique ; puis il se laissa dériver jusqu'à la Nouvelle-Calédonie, poussé par les alizés qui règnent sur la région. Mais il dissimula l'existence de l'île d'Hélène pendant onze ans. Cette terre du Pacifique était son secret, son pays intérieur où, dans ses songes, il projetait parfois de créer une nouvelle société, chère à son cœur.

Dix ans plus tard, le capitaine Renard quitta avec fracas la Société de géographie de Paris. Zola et d'autres gloires de cette époque le soutinrent à grands renforts de colonnes. Comme de nombreux officiers coloniaux, Renard père avait embrassé la cause de cette société afin d'y partager son goût pour une géographie comprise à l'époque comme synonyme d'exploration. D'abord navré puis révolté de voir se gâter d'autres civilisations au contact de la nôtre, il conçut le projet de fonder une société concurrente qui se défierait des poisons de la colonisation ordinaire. Il entendait mettre ses talents au service d'une colonisation qui ne transporterait pas outre-mer les vices des Blancs, leur inaptitude au bonheur, la culpabilité qui les mine et toutes ces fausses valeurs qu'il regardait comme les ferments de l'hystérie morbide dans laquelle nous baignons encore. Auguste Renard espérait corriger ailleurs les travers de notre monde, purger les nouvelles sociétés qui se créaient en Océanie et en Afrique de la phénoménale agressivité des Européens, toujours plus grippe-sous, en proie à une perpétuelle fringale de pouvoir, incapables de pratiquer cet amour quotidien dont parlent les Evangiles.

Renard avait toujours été frappé par la médiocrité du commerce qu'établissent les hommes et les femmes sous nos latitudes. On le sait, la vie amoureuse jouit en Europe d'une place secondaire, occupés que nous sommes à accomplir des tâches qui nous semblent inévitables et qui nous détériorent. Aux yeux de Renard, une civilisation n'était développée qu'à proportion de sa capacité à donner carrière à une vie sentimentale de qualité ; pour lui, vivre c'était l'aventure d'aimer une femme ou un homme. Or, de toute évidence, l'orientation principale de notre culture n'était pas celle-là !

Le capitaine Renard rêvait de fonder une colonie où les rapports entre les hommes et les femmes seraient la colonne vertébrale de l'organisation sociale, le souci majeur au regard duquel toute règle collective serait arrêtée. Notre utopiste, grand lecteur de Fourier et de Proudhon, voulait établir un ordre social où l'attention aux choses de l'amour et la recherche de la tendresse se substitueraient à l'agressivité, à l'initiative personnelle, à l'émulation économique, à l'instinct de possession — mobiles habituels de notre civilisation.

Renard était né gaucher dans un monde de droitiers ; jamais il ne s'était senti à son aise dans cet univers où rien n'était fait pour lui, où tout lui semblait à l'envers, les poignées de porte comme les espérances. Ses camarades rêvaient de trajectoires brillantes, honorables ; lui ne songeait qu'à aimer Hélène, sa femme, et à se préserver des calculs de la vie des carriéristes. Son entourage parisien raillait son goût pour le bonheur, se gaussait de ses naïvetés. Lui n'avait jamais vu d'élégance dans le fait de mariner dans ses désarrois, de s'y complaire en y découvrant une esthétique. Il croyait en la beauté d'un amour illimité, dans un milieu d'officiers républicains où il était de bon ton de sourire de ce genre de mièvrerie. Toujours il s'était senti en porte à faux, décalé. Parfois, il avait le sentiment d'être passé enfant à travers un miroir. Dans sa folie, il en était venu à penser qu'un monde de gauchers serait peut-être un univers à l'endroit, et que seule une colonie de gauchers serait à même de jeter les bases d'une civilisation qui placerait l'amour au centre de l'existence.

Dès 1884, Auguste Renard fonda la Société géographique des gauchers, à Paris, afin de rallier tous ceux que son utopie tentait. Nombreux furent les Parisiens ricaneurs (pléonasme...); mais il se trouva quelques centaines de gauchers français, indisposés par notre société droitière, pour le suivre. Il y eut également de faux droitiers, vrais gauchers contrariés par l'école républicaine, et d'authentiques droitiers pour les rejoindre, avec enthousiasme; ces derniers eurent même le désir de se contrarier, comme pour passer de l'autre côté d'eux-mêmes, mais Renard les pria de n'en rien faire. Comme tous les gauchers, Auguste savait ce qu'il en coûtait d'être contré dans son naturel; tolérant, il entendait les accueillir tels qu'ils étaient. Ces gens différents espéraient bâtir une cité nouvelle où l'on verrait un jour des rapports plus tendres entre les hommes et les femmes. Tous adhéraient à ce thème autour duquel s'annonçait la future vie gauchère des îliens. On l'a deviné, Renard songeait à l'île inhabitée d'Hélène pour y fonder cette colonie d'un type inédit.

Les premiers colons appareillèrent du Havre le 18 février 1885, à bord de *L'Espérance*, un grand clipper racheté à bon compte à une maison de commerce de vins de Bordeaux par la Société des gauchers. Le bâtiment, commandé par le capitaine Renard, allait devenir le *Mayflower* des Gauchers. Les entreponts avaient été chargés de bétail, les cales garnies de semences. A bord, on comptait un ingénieur hydrographe, un souffleur de verre, quelques charpentiers, sept boulangers, toute une société gauchère résolue à mieux aimer, moins aveuglément. Cet épisode est aujourd'hui peu célèbre mais, à l'époque, il connut un assez grand retentissement. La presse parisienne s'en fit largement l'écho, pour s'en gausser. Les éditorialistes — Anatole France en tête — pronostiquaient tous que cette utopie échouerait, comme toutes les tentatives antérieures de création de phalanstères * et autres sociétés utopiques, en Amérique du Nord ou ailleurs.

Le navire se couvrit de toile. Il disparut bientôt au-delà de la ligne d'horizon, descendit jusqu'aux Canaries, atteignit Rio de Janeiro le 15 mars, et on n'entendit plus jamais parler de *L'Espérance*. Tout le monde crut que le clipper et sa cargaison de gauchers avaient sombré dans le Pacifique Sud, du côté de Vanikoro.

En réalité, Renard avait conduit ses compagnons et leurs femmes à bon port, quelque part en Océanie. Pour sceller leur nouveau destin, les gauchers avaient démonté leur navire pièce par pièce dans la petite baie de l'île d'Hélène. Le bois servit à construire les premières maisons qui forment toujours la rue principale de la ville qu'ils baptisèrent Port-Espérance. Ainsi commença l'une des plus extraordinaires épopées de la colonisation, l'histoire de ces gauchers partis se délivrer des poisons de la vie droitière.

Sans doute est-ce la première fois que vous entendez parler de cette île des Gauchers ; ne vous en étonnez pas. L'île d'Hélène est absente des cartes depuis le décret salvateur du 2 juillet 1917 par lequel Georges Clemenceau ordonna cette omission au Bureau national de cartographie ; l'actuel Institut géographique national, qui succéda au BNC, se soumet d'ailleurs toujours à ce décret méconnu. On oublie parfois que l'écolier Clemenceau fut un gaucher contrarié par ses institu-

* Vastes associations fouriéristes, au sein desquelles les travailleurs vivaient en communauté. Quelques-unes s'installèrent dans le Manitoba, au Canada ; d'autres s'implantèrent dans l'océan Indien, sur les rives de la mer Noire, à Chypre et au sud du Caucase.

teurs ; fidèle à sa nature véritable, il se montra toute sa vie un grand protecteur des Gauchers.

Bien qu'ils fussent ouverts à tous ceux qui désiraient s'établir chez eux pour y partager leurs coutumes changeantes, les Héléniens — c'est ainsi qu'ils se nommaient eux-mêmes — eurent toujours la crainte que leur particularisme ne fût trop connu des foules occidentales et asiatiques. Ils redoutaient un tourisme de droitiers ou, pis, une invasion massive de ces derniers qui, en s'installant dans l'île, auraient mis en péril la singularité de leur étonnante petite société. D'ailleurs l'accès de l'île fut toujours malaisé ; aucune liaison régulière aérienne ou maritime ne permit jamais de se rendre à l'île d'Hélène. Les Gauchers de Port-Espérance s'y opposèrent à chaque référendum.

L'aventure du capitaine Renard avait donc réussi. Cette société singulière s'était perpétuée jusqu'en cet hiver de 1932 ; les documents qui accompagnaient le journal d'Auguste Renard l'attestaient. Au fil des années, des vagues d'immigrants gauchers — principalement — étaient venues, discrètement, augmenter cette colonie qui atteignait en 1929 trente-neuf mille sept cent vingt-huit âmes* ; mais, toujours, ils étaient parvenus à maintenir la proportion de gauchers et de droitiers qui était, là-bas, inverse de celle que l'on trouve ordinairement sur notre planète. Plus Cigogne parcourait ces vieux papiers, plus son exaltation s'enflait ; car pendant presque un demi-siècle, ces inventeurs d'un nouveau monde n'avaient cessé de se poser la question qui l'obsédait à présent : comment

* Recensement de 1929 (source INED).

fait-on pour aimer, pour se libérer des manœuvres de l'inconscient qui esquintent l'amour ?

Leurs réponses déconcertantes l'enthousiasmaient.

L'île d'Hélène n'était pas qu'un paradis pour gauchers ; c'était surtout un extraordinaire laboratoire de l'art d'aimer. Il n'était pas une branche de la culture humaine, pas un ordre d'activité qui ne fût empreint de cette quête, revisité à l'aune de leur exigence : l'architecture bizarre des bâtiments, le calendrier inédit qui rythmait leur existence, l'ensemble de leurs rites étranges et divertissants, de leurs fêtes, l'éducation ahurissante dispensée aux enfants, leurs choix économiques, leur façon de parler le français, de se rencontrer, de se cocufier, d'accueillir ou de refuser les progrès techniques, que sais-je encore ? Tout s'intégrait dans un mode de vie surprenant qui ne relevait guère de la société commerçante que nous connaissons en Europe.

Dans cet univers protégé des croyances malignes des droitiers, la réussite se mesurait à la capacité d'aimer. Explorer toutes les facettes et tous les pièges du cœur humain était la grande, l'unique affaire de ce petit peuple de Gauchers ; tout concourait à l'exercice de cette passion, sans que rien fût jamais fixé définitivement. A en croire la liasse de documents légués par lady Brakesbury, cette terre australe était bien l'endroit du monde où l'on trouvait les rapports les plus tendres entre les hommes et les femmes.

L'expression que les Gauchers employaient à l'époque pour désigner ceux qui vivaient au-delà de la ligne d'horizon — le reste de l'humanité — est d'ailleurs significative : les Mal-Aimés. Par-delà le vaste océan Pacifique se trouvait selon eux le monde sans féerie des droitiers, là où vivaient les peuples qui subissent la lente détérioration de leurs amours.

La dernière page lue, lord Cigogne repensa à la mort d'Harold, son grand singe qui n'avait pas supporté la société des hommes, si vide de sens, si rongée par cette violence ordinaire faite de méfiance et de jugements que chacun se croit autorisé à porter sur les autres ; et soudain, il comprit l'insondable désespoir de son chimpanzé morose. L'existence de droitier qu'il avait lui-même menée depuis sa sortie de la bibliothèque Blick lui sembla vaine, absurde. Son métier, le commerce mondain qui allait avec sa position d'aristocrate londonien, mille occupations artificielles avaient pris le pas sur sa vie amoureuse, l'avaient éloigné des seules interrogations qui comptent, celles qui touchent aux maladies qui minent les amours les plus fringantes. En s'accordant avec le monde des Mal-Aimés, il s'était enlisé dans un quotidien accaparé par ces prétendues activités inévitables, en oubliant de distinguer l'essentiel de l'ivraie.

A presque quarante ans, il y avait urgence à s'aimer. La seule réalité n'était-elle pas celle des sentiments ? Le reste ne faisait-il pas semblant d'exister ? Il lui fallait arrêter ses conneries, mettre un terme à toute la disconvenance qu'il voyait entre lui et l'Europe industrielle, s'arracher au monstrueux désenchantement des droitiers, quitter l'eau morte de son présent, appareiller pour cette civilisation peuplée d'êtres plus conscients d'eux-mêmes, cette île poétique qui lui semblait être sa vraie patrie. Cigogne se sentait dépossédé de sa vie dans cette Angleterre défigurée par la Grande Crise des années trente, au sein de cette société que ne soutenait aucun grand dessein. Il voulait piloter autrement sa destinée, convertir enfin sa passion pour Emily en un amour phénoménal, à plein temps et, là-bas, rencontrer vraiment sa femme.

Cigogne avait toujours cru que les commencements de la séduction renfermaient le meilleur d'une liaison ; à présent il sentait toute la fausseté de cette croyance de jeune homme. L'amour était bien plus sublime que les vertiges limités d'une passion. Il rêvait de se livrer, d'écouter Emily, de la pardonner, de la comprendre et de découvrir enfin ce que c'est que de vivre *à deux*, pour de vrai, et non côte à côte. Le secret de son propre plaisir n'est-il pas d'en donner ? En levant l'ancre pour le pays des Gauchers, Jeremy avait dans l'idée de partir à la découverte de sa femme, cette Mal-Aimée qu'il avait eu tant de difficulté à entourer de sa tendresse. Il en avait assez de frustrer celle qu'il aimait, de croupir dans ce rôle d'époux défaillant qui contredisait tous ses rêves et lui renvoyait de lui-même une image détestable.

Jeremy Cigogne espérait soigner leur couple, se libérer là-bas des pièges qui en douce délitaient leur histoire, de ces mécanismes pervers qui tuent l'amour et jettent malgré soi dans l'adultère. Ces pièges sournois lui semblaient plus redoutables encore que la soi-disant *usure* due, paraît-il, à l'empilement des années de ronron conjugal.

Cigogne songeait notamment à un enchaînement désespérant qui, en se répétant, risquait fort de ruiner leur mariage. Emily éprouvait-elle une frustration ? Aussitôt Jeremy feignait de ne pas en apercevoir la gravité, inquiet qu'il était d'être envahi par les souffrances d'autrui, comme si celles que la vie lui avait infligées ne suffisaient pas ! Emily se voyait alors seule dans son malaise, déçue dans son espérance de partager ses peines avec cet homme qu'elle voulait adorer ; cette blessure s'ajoutait à sa frustration initiale, ébranlait sa foi dans leur couple ; et il n'était pas rare qu'Emily finît par se sentir comme folle de ressentir des émotions que Jeremy niait. L'envie de hurler lui venait alors ; elle se montrait querelleuse, le critiquait avec toute la férocité que lui soufflait son amertume, férocité qui lui échappait d'ailleurs et dont elle n'avait pas même conscience. Dénigré, Jeremy entrait dans une ironie belliqueuse nourrie par le sentiment d'être injustement pris à partie. Il cessait alors de s'aimer dans le regard d'Emily et s'insurgeait comme un véhément, tonnait, refusait d'être ravalé au rang de sale type. Sa blessure d'amour-propre était d'autant plus vive qu'il avait toujours eu de la difficulté à s'estimer et que le regard de cette femme qu'il chérissait était le seul qui comptât vraiment à ses yeux. Sans crier gare, le piège invisible s'était refermé sur eux ; ses mécanismes subtils venaient de les séparer un peu plus.

Et pourtant, ces deux-là auraient voulu s'aimer avec furie, jour après jour ; mais ils ne pouvaient ignorer les chausse-trapes de cette sorte qui les cernaient, dissimulés dans leurs silences, prêts à saboter leurs rêves. Les Gauchers, eux, semblaient avoir élaboré toute une science du déminage des couples, concocté des pratiques fort gaies pour désamorcer ou contourner le côté piégeux de la vie à deux.

Et puis, lord Cigogne avait envie de culbuter sa femme, d'augmenter la fréquence de ces parties fines dont il était friand, de la turlututer jusqu'à en perdre haleine, par-devant, par-derrière, de la faire ululer tout son plaisir, dans des râles ininterrompus, lyriques, dignes des plus somptueuses envolées copulatoires. Depuis quand n'avaient-ils plus connu ce genre de séance enivrante ?

Alors que tous deux raffolaient des jeux de la peau. La vie droitière ne laissait à ce type de divertissement que la portion congrue, rarement en pleine journée. Chez les Cigogne, on se dédommageait comme on pouvait, grâce aux chétives voluptés du samedi soir, un peu trop hâtives hélas... Ces étreintes hebdomadaires étaient bien souvent bâclées, tant la pression de la semaine écoulée pesait encore sur les amants du dimanche. Triste rémanence. Alors, malgré l'envie, pas encore morte, l'empressement à forniquer s'était un peu épuisé. Sûr que sur l'île des Gauchers la trique serait au rendez-vous ! Et avec quel entrain ils se sauteraient dessus, les vieux époux ! Rien que d'y penser, Cigogne se sentait gagné par des appétits. Dieu que l'on baise peu et mal chez les Mal-Aimés ; et comme cette vie à côté de la Vie maltraite nos sens !...

Jeremy était presque certain que cette aventure tenterait Emily. Depuis six mois, il voyait bien qu'elle avait du mal à se couler dans leur existence de droitiers qui, par degrés, les entraînait loin des vertiges qu'elle désirait connaître. Emily réclamait contre ses absences, se reprochait d'entrer dans ce rôle de râleuse, puis querellait à nouveau Jeremy de permettre que sa vie professionnelle confisquât ce peu de temps sans lequel l'amour s'étiole, faute de se transposer en actes. Leurs relations étaient distraites par mille futilités, trop exposées aux tensions de la vie extérieure, polluées par ce que réclame la vie droitière. Un jour, de rage, Emily avait même jeté leur poste radiophonique par la fenêtre, afin que cessât l'intrusion de ce divertissement sournois qui faisait entrer chez elle une vision du monde si contraire à ses exigences, ces ondes qui leur mettaient continûment dans le cœur des émotions factices qui n'étaient pas les leurs.

Triste transfusion. Les miettes d'attention qu'elle et Jeremy se donnaient, entre deux occupations *indispensables*, ne suffisaient plus à faire le bonheur d'Emily.

— On ne se mérite plus, avait-elle dit un soir, en quittant soudain le langage de gaieté qui lui était naturel.

Emily souffrait de ce quotidien indigne de leur amour, et elle le disait, le répétait depuis bientôt six mois, avec la véhémence d'une amoureuse blessée dans ses espérances. Le désemparement de Cigogne, qui ne savait trop comment redessiner leur vie, finissait par lasser son courage. Emily était inapte au compromis; son cœur n'était pas fait pour ces imperfections. A plusieurs reprises, elle avait déclaré qu'elle refuserait d'ajouter à la tristesse de cette vie décevante celle de désaimer Cigogne. Elle préférait renoncer à leur couple avant que leurs sentiments ne s'altèrent. En disant cela, Emily savait que sa sincérité pouvait la perdre; on se déprend aisément de qui vous assène reproche sur critique, de qui dépeint vos insuffisances avec vérité. Mais elle l'aimait! Et avec quelle passion! Elle était trop folle de Jeremy pour accepter de stagner dans ce mariage qui ne vivait plus que de souvenirs.

Seul dans la bibliothèque de la Royal Geographical Society, lord Cigogne jubilait de tenir LA solution qui allait peut-être le remettre en selle aux yeux d'Emily. Il se sentait prêt à devenir gaucher pour sa femme qui, elle, l'était de naissance; il était résolu à passer à travers le miroir de cette île pour se retrouver dans cette réalité à l'envers où tout était à l'endroit. Ah oui, changer de réalité... et vivre, enfin! Par et pour sa femme!

L'aube éclairait les vitraux de la grande salle; il avait lu toute la nuit, concerté tout son projet. Cigogne referma le lourd dossier, contempla un instant les immenses statues de gorilles qui ornaient la salle et se demanda soudain s'il n'avait pas rêvé. L'île d'Hélène existait-elle bien ? N'était-ce pas une fiction sortie de l'esprit échauffé d'un écrivain ? Cette société gauchère s'était-elle vraiment perpétuée jusqu'en ce jour de 1932 ? Etait-ce bien un monde dans lequel il n'y avait de place que pour explorer les dangers et les délices de l'amour ? Qu'allait-il trouver là-bas ? Des déceptions amères ? Et, d'ailleurs, trouverait-il ce confetti de terre rouge perdu en Océanie ?

Ces interrogations l'assaillaient soudain ; et son inquiétude s'emballait tandis qu'il quittait la grande bibliothèque, avec son dossier sous le coude. Il venait de placer tant d'espoirs dans ce petit territoire austral. L'île du capitaine Renard n'avait plus le droit de ne pas exister, telle qu'elle se dessinait déjà dans son imagination, entre les 22°15 et 22°17 de latitude sud et sur une longitude que je continuerai de taire.

Sur la route enneigée qui le conduisait à Shelty Manor, lord Jeremy Stork gelait dans sa vieille automobile, une monumentale Hotchkiss décapotable qu'il avait fait construire à ses mesures, sept ans auparavant. Ses longues jambes y étaient à l'aise ; le volant était sculpté pour ses mains, tout comme le pommeau en acajou de Java du changement de vitesses.

Fortuné, Jeremy s'était toujours attaché à vivre dans un univers sur mesure. L'idée de porter des caleçons taillés pour d'autres fesses que les siennes le dégoûtait ; les siens — fourrés en castor — lui procuraient une indicible félicité lorsqu'il les enfilait chaque matin. Chez lui, tout ou presque était cousu, concocté ou fabriqué sur mesure : son peigne en écaille qui épousait la courbe de son crâne, son dentifrice au cognac, les étonnants thermomètres qu'il s'introduisait parfois dans le rectum, ses préservatifs en soie de Lyon qu'un admirable tailleur de Londres lui confectionnait avec amour, que sais-je encore. Même la porte de son bureau avait été faite *pour lui* : sa silhouette était découpée dans le mur, de façon qu'il fût le seul à pouvoir y pénétrer aisément. Dans sa bizarrerie, il lui paraissait normal que le monde s'ajustât à lui, et non le contraire.

— Peter, avait-il coutume de dire à son fils adoptif aîné, n'abdique jamais ce que tu es !

Acquérir un produit industrialisé — alors que ses revenus le mettaient à l'abri d'une telle déchéance — lui semblait le début de la compromission. La défense du sur mesure était à ses yeux un acte de résistance, de rébellion contre la lugubre uniformisation qui commençait à corrompre nos sociétés. Il avait d'ailleurs toujours veillé à ce que ses rejetons eussent des idées sur mesure sur les choses de la vie. Rien ne lui semblait plus détestable que le prêt-à-porter de la pensée qui moisit dans le cerveau des bons écoliers.

Jeremy poussait le bouchon jusqu'à remonter les romans qu'il goûtait, comme s'ils eussent été des films non achevés. Respectueux du génie des grands auteurs, il n'aurait jamais osé retirer une ligne de leurs textes ; mais, muni d'une paire de ciseaux et d'un pot de glu, il s'arrogeait sans vergogne le droit d'en faire des romans sur mesure en modifiant l'ordre des paragraphes, parfois des chapitres. Sa bibliothèque personnelle était farcie d'ouvrages ainsi revisités, recousus avec passion.

Ce matin-là, il grelottait dans sa traction. Cigogne ne s'était jamais résigné à l'équiper d'une capote. Dans son esprit, un amant se devait de conduire cheveux au vent, quel que fût le temps. S'incliner devant la pluie ou les rigueurs de l'hiver lui semblait pitoyable, contraire à la haute idée qu'il s'était toujours faite de son rôle de *lover*. Son automobile — d'allure sportive — était certes peu commode, surtout à l'arrière, mais à chaque fois qu'il en prenait le volant, il se sentait le cœur à aimer, à culbuter Emily sur l'étroite banquette.

Ragaillardi par le froid polaire qui gerçait ses lèvres, il

décida d'entreprendre illico la mue qui allait faire de lui un Gaucher ; et pour commencer, il résolut de traduire son nom. A compter de ce matin-là, lord Stork devint lord Cigogne, puisque le français était la langue de l'île d'Hélène. Stork avait essayé de demeurer un amant ; Cigogne, lui, aurait l'ambition d'être un mari, pas un amateur, un mari de race. Il s'efforcerait de mettre tout l'art des Héléniens dans sa nouvelle conduite ; mais Jeremy sentait que liquider le droitier en lui ne serait pas chose aisée. Sa maladresse d'époux continuerait longtemps encore à infléchir sa conduite.

Cigogne n'en était pas à sa première métamorphose ; les quatorze années passées à remanier son caractère avaient trempé la volonté de cet homme qui, je le rappelle, s'était toujours singularisé par une extraordinaire capacité d'aimer.

Au volant de son automobile, le nouveau lord Cigogne ne savait trop comment annoncer à Emily leur départ pour l'Océanie. Son accord ne le tracassait guère ; elle était trop insatisfaite de leur vivotement pour se dérober. Mais il eût voulu mettre de l'éclat dans cette annonce, concevoir une scène propre à refiler à Emily un peu de l'enthousiasme qui l'échauffait ; quand soudain il songea qu'il devait se défaire de ses procédés, de l'artificiel qui imprégnait ses initiatives habituelles. De la simplicité, de la simplicité ! se répéta-t-il. Le temps n'était plus aux pirouettes destinées à requinquer une passion pâlotte, non, non ! Au diable ses adolescenteries, ses mises en scènette ! D'amour il allait être question, enfin, d'un véritable roman d'amour, puissant et vrai ! Foin des assaisonnements d'antan ! Avec authenticité, il leur causerait, à Emily et à ses frustrations. Ce qu'il avait à dire à sa femme n'avait pas besoin des béquilles d'une situation théâtrale. Pour une fois, la réalité toute simple allait suffire ; elle aurait assez de talent pour toucher Emily, avec justesse, ni trop ni pas assez, pour remuer son cœur et, peut-être, lui tirer des larmes, des larmiches de femme bientôt heureuse, en chemin d'être comprise.

L'automobile de lord Cigogne traversa le grand parc blanc et s'arrêta devant la façade délabrée de Shelty Manor, aux allures de palais de maharadjah. Cinq coupoles de verre teinté achevaient de donner un air indien à ce bâtiment d'esprit colonial qui surprenait au milieu de la campagne coquette du Gloucestershire. Jeremy bondit hors de son véhicule et surgit dans la cuisine en sautant par l'une des fenêtres entrouverte.

— Emily ! Emily ! hurlait-il, heureux, léger.

Une porte s'ouvrit.

Algernon, leur valet de chambre très usé, apparut dans sa tenue de *butler*, l'air plus affligé qu'à son habitude. Comprimé dans son gilet rayé, le double menton serré par son plastron blanc, il demeura un instant immobile, dans une posture d'Anglais mi-courroucé mi-désespéré, mais soucieux de modérer ces choses répugnantes qu'on appelle des émotions.

— Sir, finit-il par articuler, il ne nous reste plus qu'à boire. Nous sommes quittés par Madame.

— Quittés... fit Jeremy, stupéfait.

— Croyez-le bien, je n'ai pas ménagé ma peine pour l'en dissuader, mais rien n'y a fait. Elle nous a bel et bien laissés tomber, si vous me permettez ce vocable. Et avec le perroquet !

— Et les enfants ?

— Oui, elle a également emmené les enfants.

— A quelle heure sont-ils partis ?

— Il y a une demi-heure, pour la gare. Pourquoi ?

Cigogne se précipita dans son automobile; Algernon insista pour prendre le volant :

— Vu la gravité des circonstances, je me permets de dire à Monsieur qu'il ne sait pas conduire. Cela fait des années que je me retiens, mais là je ne peux pas vous laisser vous tuer ! La route est verglacée !

Sur ces mots, Algernon s'emmitoufla dans une pelisse en fourrure d'Emily — un blaireau de quinze kilos hérité d'une vieille tante frileuse et costaude — puis il chaussa ses petites lunettes et, collé contre le pare-brise en deux morceaux, pilota l'Hotchkiss avec adresse jusqu'à la petite gare de Cheltenham ; il avait jadis suivi les cours particuliers de chez Rolls-Royce, réservés aux larbins de grande classe. Mais cette précipitation fut vaine. Congelés, ils foulèrent le quai de la gare dix minutes trop tard. Emily et les enfants s'étaient enfuis, emportés par un train à vapeur trop ponctuel.

— Sir ! s'exclama Algernon, engoncé dans son blaireau, votre ancêtre lord Philby avait pour devise : *My wife and only my wife.* Prouvez-nous qu'en descendant jusqu'à vous son sang ne s'est pas attiédi !

Sans délai, Algernon, le blaireau et lord Cigogne reprirent la route avec l'espoir de rattraper le train, et le bon bout de la vie qui soudain leur échappait. En qualité de copilote, Jeremy consultait les cartes du Gloucestershire, allumait des cigares, distribuait des lampées de whisky, sans retenue, histoire de tenir tête à la froidure. Ils pissèrent dans une bouteille de lait vide, pour ne pas s'arrêter. L'alcool aidant, la route gelée leur sembla bientôt sûre. L'aiguille du compteur rôda longtemps sur des zones qu'interdit la prudence. Le trouillomètre déréglé, ils arrivèrent fort gais dans les faubourgs de Londres, puis à Waterloo Station, vaincus par la bise mais avec une demi-heure d'avance! Le temps de rincer leurs pensées dans un thé chaud.

— Et si elle ne revenait pas? dit soudain Cigogne, accoudé au comptoir d'un pub bondé de cheminots, encrassés par le charbon.

— *For Heaven's sake!* s'écria son *butler* éméché, si elle nous quitte pour de bon, moi je ne vous quitterai pas! Et nous saurons la reprendre!

En descendant du train avec ses trois enfants, le perroquet Arthur, quelques malles et cinq valises, Emily fut assaillie par une nuée de porteurs en uniforme qui se mirent à virevolter autour de ses jupes volumineuses; quand tout à coup, elle eut la surprise et l'embarras d'apercevoir Jeremy en bout de quai, sanglé dans le blaireau de la tante Jane. Il pétunait, tirait sur l'un de ses cigares très personnels, des feuilles d'eucalyptus roulées pour lui en Bolivie. Son visage étonnant, celui qu'il s'était fait pour elle, était plus puissant qu'à l'ordinaire, plus volontaire. Dans un geste instinctif, Emily rassembla son petit monde ; voulait-il les lui reprendre ? Sous la voilette de son chapeau, elle avait cet air de trouble et de désordre qui est la marque de l'amour, fût-il douloureux ou déçu. Ce n'était pas une indifférente qui tentait de le quitter, mais une amante blessée, exigeante, incapable d'attendre que son inclination fût gâtée par l'impuissance de Jeremy à l'aimer avec talent, comme elle l'aurait voulu. Dix fois, elle lui avait confié son désarroi. La résolution qui se peignait à présent sur les traits d'Emily disait assez à Jeremy que la fléchir ne serait pas facile; mais il se sentait le cœur de la convaincre, à présent que l'île des Gauchers les attendait, loin de ses maladresses, quelque part dans l'hémisphère sud, dans une autre réalité.

Algernon se tenait derrière Jeremy, sous un parapluie

noir, au milieu d'une foule chapeautée où se mêlaient des accents cockney et la langue anglaise la plus pure. Sa grosse figure écossaise était cramoisie, ses petits yeux mobiles ; toute sa physionomie dénonçait son inquiétude, malgré le soin qu'il avait toujours mis à affaiblir l'expression des sentiments qu'il ne parvenait pas à éteindre. Depuis qu'il la connaissait, il éprouvait en la présence d'Emily un trouble embarrassant, toutes les agitations d'une ardeur souterraine ; mais il n'osait pas s'attarder sur ce que ses sens lui chuchotaient. Algernon s'attachait à ignorer cette passion étouffée, à lui donner d'autres noms, moins effrayants. Vivre sous le toit d'Emily suffisait à le satisfaire ; l'entourer de son attention vigilante comblait son cœur compliqué. Le zèle qu'il apportait dans l'accomplissement de ses fonctions était sa manière de lui murmurer son amour, qu'il n'avait jamais espéré réciproque. Algernon nourrissait une répugnance authentique à être aimé ; jamais il n'aurait pu estimer une femme dont le désir physique — ridicule à ses yeux — se serait porté sur lui, une lady qui aurait eu le mauvais goût de se placer sous la dépendance d'un être aussi ridicule que lui. Il vénérait Emily de n'avoir pas la complaisance de l'aimer ; ce départ l'affligeait donc au-delà de ce qu'il pouvait tolérer.

— Qu'est-ce que tu fais là, *daddy* ? demanda Peter.

Lord Cigogne s'avança, fixa Emily et lança :

— J'emmène votre mère au bout du monde pour l'aimer, dans une nouvelle vie qui sera comme un long voyage de noces !

— Et nous ? demanda Laura.

— On vous emmène aussi ! dit Jeremy en souriant.

— Quand ? fit Ernest, du haut de ses cinq ans.

— Tout de suite ! s'exclama Cigogne en saisissant les sacs des enfants.

— Pardon ? lâcha Emily, effarée.

— Emily, on ne va pas attendre d'être vieux pour s'aimer à la folie ! Je t'enlève, on se délivre de cette société absurde, de la morosité de ce pays en crise, de la tyrannie de notre vie sociale, de cette existence désenchantée qui empêche d'être à soi, et à l'autre. *Bloody Hell*, on a le droit d'être heureux ! De mener une vie qui ait un sens ! Emily, on divorce d'avec le monde et on part s'aimer. Ici, tout s'arrange contre nous, tu le vois bien.

Ahurie, sensiblement touchée, Emily était dans une confusion extrême qui la laissait muette ; puis, d'une voix altérée par la surprise, elle parvint à murmurer :

— Mais... mes galeries, la maison, mon père...

— On plaque tout, on laisse notre histoire dans les placards, nos enfances, le poids de nos familles, nos occupations. Ce n'est pas moi qu'il faut quitter, c'est cette vie malade qui nous sépare. Quittons l'Angleterre, ma chérie.

— Mais... fit-elle en dissimulant sa fébrilité soudaine, où veux-tu aller pour échapper à tout ça ?

— Là où les hommes et les femmes ont les rapports les plus tendres, *darling*, là où les femmes sont enfin comprises, là où je ne m'occuperai plus que de te mériter.

— Où est-ce ? fit-elle, ironique.

— Tu verras, c'est un univers sur mesure pour toi, un monde à l'envers où tout est à l'endroit, une société de gauchers !

Déjà Algernon s'était emparé des valises ; la petite troupe allait s'arracher à la triste réalité des Mal-Aimés pour gagner ce pays inventé par des pionniers rêveurs, ces écrivains non pratiquants qui avaient écrit un chapitre de l'histoire des Gauchers sur cette terre vierge. Chacun s'installa à bord de la décapotable ; on arrima les malles, les valises, tant bien que mal. Algernon reprit le volant et s'engagea sur la route de Southampton, d'où partaient les navires au long cours au début de ce siècle.

Ils firent toutefois un crochet par Shelty Manor, afin de rassembler les quelques affaires nécessaires à cette équipée : leurs raquettes de tennis en boyaux de lamentin (les meilleurs), les clubs de golf de lord Cigogne (faits sur mesure en bois de santal de Calcutta), quelques ouvrages en latin, un drapeau britannique en lin, les gilets rayés et les plastrons d'Algernon, des cartes à jouer pour faire un whist, du thé parfumé au bacon, une boussole en cuivre qui indiquait la direction de Big Ben et, bien entendu, quelques bonnes vieilles battes de cricket. Alors qu'il furetait pour la dernière fois dans ce château qu'il avait tant astiqué, Algernon tomba dans le grand hall sur l'armure du premier lord Philby, celui qui périt glorieusement à Azincourt ; et il n'eut de cesse d'insister pour que Jeremy l'emportât.

— N'est-ce pas un peu encombrant ? fit remarquer Cigogne.

Ulcéré, Algernon lui rétorqua que si la dépouille du premier lord Philby avait été ramenée en Angleterre en 1415, ses descendants pouvaient bien se charger de son armure jusqu'au bout du monde ; et il ajouta, avec cette morgue que l'on ne trouve que chez certains insulaires issus de générations d'amateurs de panses de brebis farcies :

— Et puis, comment prendre possession de vos futures terres ancestrales sans emporter un peu de votre passé ?

L'argument fit mouche. Vaincu, lord Cigogne se résigna à attacher l'armure de son ancêtre illustre sur le capot de l'Hotchkiss. En sortant de Shelty Manor, Jeremy laissa tomber sur le parquet le mégot de son cigare à l'eucalyptus. Algernon le tança froidement et le somma de mettre des patins lustrants.

— Mais enfin, Algernon, nous partons, pour toujours !

— Sir, j'ai fait briller ce parquet depuis 1897. Il fut ma raison d'être pendant trente-cinq ans ! Il est mon œuvre ! De plus, dois-je ajouter que ce laisser-aller est du plus mauvais effet devant vos enfants ? Lord Philby, votre aïeul, qui était pourtant issu de la jungle, ne se serait jamais permis un tel écart.

Cigogne capitula, ramassa son mégot et traversa le grand hall pour la dernière fois en empruntant les patins doublés en peau de chamois. Avant de refermer la porte, Algernon appela Peter et Ernest afin de leur faire jeter un ultime coup d'œil sur *son* parquet étincelant.

— *Gentlemen !* leur lança-t-il, je quitte cette demeure l'âme en paix, sans laisser derrière moi la moindre poussière. C'est inutile, et c'est pour ça que c'est beau.

Sur ces mots, l'homme au gilet rayé referma la porte, tourna la clef et la tendit à lord Cigogne qui, sans hésiter, la lança dans l'une des douves du château.

— Et à nous la belle vie ! Emily, je t'emmène au bout du monde !

Ils abandonnaient l'essentiel de leurs biens, tout le poids de leurs familles. Les vastes placards du château étaient pleins de linge fin, de dentelles espagnoles, de vaisselle rare ; les murs étaient encore habillés de leurs tableaux innombrables. Ils se carapataient comme s'ils se fussent absentés pour huit jours de villégiature en Cornouailles. Etrangement, Cigogne éprouvait une authentique jubilation à quitter cet univers sur mesure, ses thermomètres d'un exquis diamètre, son lit-bureau en acajou, ses slips fourrés, ses pièges à chats, ses pots de peinture pour retoucher les photos irritantes, les élixirs de gaieté qu'il faisait ingurgiter à leur insu à ses relations les plus moroses, ses parapluies équipés de moustiquaires circulaires, les lunettes d'écaille qui le rendaient myope les jours où il souhaitait mettre de la distance entre le monde et lui, ses énormes cuillères faites pour ingurgiter au plus vite les aliments, ses rouleaux hygiéniques en soie grège destinés à préserver son anus de toute irritation, les bouchons nasaux sur mesure qu'il logeait parfois dans ses sinus afin de se préserver des mauvaises odeurs de son époque, ses sublimes gants de toilette en alpaga de Bolivie, ses bouillottes ventrales fabriquées dans des vessies d'autruche et conçues pour lui par le professeur Whilemus, de la faculté de Johannesburg, afin de faciliter sa digestion, un étonnant appareil à ventouses utile pour siphonner ses fosses nasales ; de tout ce matériel sur mesure il n'avait plus besoin, à présent que sa vie même allait être à la mesure de sa nouvelle ambition : être un mari !

Contre toute attente, il ne lui déplaisait pas de se défaire de sa bibliothèque très personnelle, de ces centaines d'ouvrages qu'il avait remontés avec soin, au fil de ses incursions dans les romans dont il raffolait. Son *Madame Bovary* ou son *Frères Karamazov* l'auraient ramené sur les routes de sa pensée dont il voulait s'écarter. En sabordant son existence de droitier, il espérait se libérer des sillons déjà tracés dans sa cervelle.

— Jeremy, lui demanda Emily en s'asseyant dans leur automobile, tu es sûr que tu ne préfères pas qu'on attende d'avoir vendu le château ?

— Ma chérie, tout ce qui n'est pas toi ne m'intéresse plus. A nous l'île des Gauchers !

Algernon démarra sans sourire ; il était du voyage bien qu'il désapprouvât cette échappée trop française pour lui plaire. Cette débauche de sentiments le contrariait fort. Il subodorait que l'île d'Hélène se présenterait à ses yeux sous des dehors contraires à ses goûts, peuplée d'une tripotée de tourtereaux impudiques. Ces Gauchers n'étaient-ils pas traversés par des élans sans mesure ? N'étalaient-ils pas leurs émois ordinaires dans des débordements insupportables ? Algernon redoutait déjà d'en avoir la nausée ; mais il aimait Emily et son sort était intimement lié à celui de son maître lord Cigogne qui, depuis sept ans, jouait comme à sa place la comédie de la vie, cette pièce hasardeuse dans laquelle il avait toujours craint de s'engager. Algernon haïssait les émotions ; il n'avait de passion que pour la modération, les scones beurrés à la marmelade et le drapeau britannique. Friand d'allusions, de demi-teintes, il raffolait également des romans policiers écrits par de vieilles Anglaises subtiles ; la seule vue d'un roman d'amour suscitait chez lui un malaise viscéral. Dans son esprit, le Français Chateaubriand était le type même de l'écrivain répugnant, en raison même de son génie.

En route vers cet avenir nettoyé de tout ce qui n'était pas leur couple, Emily songeait qu'elle avait été folle de se laisser reprendre par Cigogne. Cet infernal s'était toujours prélassé dans de belles intentions, mille fois répétées en vain. Mais cette fois-ci Jeremy paraissait dans des dispositions qu'elle ne lui avait jamais vues, prêt à rompre avec toutes les habitudes qu'il avait contractées en Angleterre, désireux d'accommoder la vie à leur amour, et non le contraire. En l'embarquant ainsi, ne venait-il pas de sacrifier pour elle son sanatorium singulier, cette entreprise qui avait été l'objet privilégié de sa réflexion, de sa rage de découvreur, pendant plus de six ans ? Emily en demeurait étonnée. Dans l'automobile, l'enthousiasme de Cigogne éteignit ses dernières réticences.

— Tu verras, là-bas tout est différent !

Il ne se lassait pas de répéter qu'aimer était l'activité principale de ces Gauchers, leur première urgence. Un seul peuple sur terre avait ce projet comme thème central, et il l'avait déniché ! A l'entendre, tout ce qui n'avait pas trait à la vie du cœur était là-bas négligé, diminué, voire recalé. La passion de l'accumulation ? Evacuée sans regret ! Les jeux de l'arrivisme ? Extirpés du corps social ! La grande quête pénible de l'efficience économique ? Abolie ! Le coup de torchon ! Seules les ambitions amoureuses, les plus folles à vrai dire, étaient prioritaires. Toute la culture de ces îliens s'articulait autour de cette orientation pas désagréable.

Un instant il se tut pour s'émerveiller de ce qu'Emily fût là, à ses côtés.

— *My love,* reprit Cigogne avec une jubilation qui défroissait ses traits, c'est dans ce pays que nous allons. Là où les hommes et les femmes savent bricoler leur passion pour en faire de l'amour, et du vrai, pas frelaté ! Le grand vertige à portée de main ! Fini le goût du trop peu ! La médiocrité de l'à-peu-près ! A nous les promesses tenues ! Les mirages enfin réels ! L'amour vivable !

Emily le regarda, ahurie par les naïvetés de cet homme de presque quarante ans, et charmée aussi qu'il se permît de tels élans, en bousculant sa retenue habituelle.

A Southampton, la famille Cigogne, Algernon et le perroquet s'embarquèrent à bord du *Colbert*. Ce navire marchand bordelais faisait escale en Angleterre, avant de mettre le cap vers la Terre de Feu ; il s'élancerait ensuite vers le Pacifique Sud pour gagner, enfin, les côtes de l'Australie où serait vendu l'essentiel de sa cargaison. Les cales d'un fort tonnage étaient remplies des meilleurs crus de Bordeaux, de whiskys écossais recherchés. Quatre cabines en acajou réservées aux passagers fortunés demeuraient libres ; ils les louèrent.

A la demande d'Emily, lord Cigogne établit ses quartiers à l'avant, non loin du poste de pilotage ; elle s'installa à l'arrière avec les enfants et leur *butler*. Pendant plus de deux mois, ils vécurent ainsi sur le même bateau en évitant avec soin de s'apercevoir. Emily sentait nécessaire cette longue parenthèse pour éteindre, ou du moins diminuer ses ressentiments et remettre entre eux cette distance qui, parfois, permet au désir de renaître.

Emily était lasse que Cigogne la perçût comme un danger, d'être toujours à réclamer des instants partagés, à l'effrayer en jouant malgré elle le rôle de l'épouse accapareuse, assoiffée d'intimité. Marre, elle en avait marre de ces sensations récurrentes, dévalorisantes, de cette spirale d'irritations réciproques qui ruinait leur amour.

Au bout de six semaines d'océan, déjà, ses griefs s'amenuisèrent. Cet homme qui l'avait tant blessée en se gardant toujours d'être *avec elle*, d'éprouver ce qu'elle sentait, cet énergumène incapable de s'abandonner aux complicités d'une vie authentiquement commune lui manqua à nouveau, sa vitalité surtout. Absent, Cigogne redevenait fréquentable. Il lui apparaissait soudain sous un jour plus propre à susciter de la compassion, cette sorte d'attendrissement qui l'envahissait désormais lorsqu'elle songeait à l'impuissance dont il disait se sentir prisonnier, impuissance à établir avec elle une relation *réelle*. La volonté toute neuve de Cigogne de dissiper coûte que coûte les turbulences qui les éloignaient la bouleversait.

De son côté — à quelques dizaines de mètres d'elle — Jeremy lui écrivait, s'ouvrait sans censure, ce qu'il n'avait plus fait depuis... Avec des mots vifs, venus du fond de sa révolte contre cette vie de droitiers de Kensington qui les avait piégés, il s'avouait, confiait à ses lettres sa tristesse de l'aimer avec si peu de talent ; Cigogne disait son espérance, sa foi en cette civilisation gauchère inédite dont il était disposé à suivre les chemins.

Ses lettres — que Peter, Laura et Ernest apportaient chaque matin à leur mère — étaient pour la première fois des messages d'amour, et non des billets passionnés. La plume à la main, Jeremy découvrait le plaisir qu'il y a à se laisser flotter dans les sensations de l'autre ; il revenait sur les scènes de leur vie où il n'avait pas su être *présent*, où il s'était montré inapte à partager les émotions de son

Emily, à les anticiper. Ecrire l'aidait à revisiter leur histoire avec des yeux qui *voyaient*, des oreilles qui *entendaient*, enfin. En pensant leur vie, il la faisait sienne à nouveau alors que les années, ou plutôt ce que sa médiocrité en avait fait, l'avaient insensiblement dépossédé de son existence conjugale, qui se déroulait sans qu'il la sentît vraiment. Au fil des pages, il s'interrogeait sur les mouvements obscurs de son esprit qui le gouvernaient et le faisaient se conduire comme s'il eût craint une intimité durable avec sa femme, alors même qu'il la souhaitait ardemment.

Touchée par ces nouvelles dispositions, Emily savourait sa satisfaction qu'ils eussent fui l'absurdité de leur existence britannique. Jamais elle n'aurait cru Jeremy capable d'un tel sursaut, d'une telle conversion. Eprise d'authenticité, elle en avait sa claque des grimaces de la vie sociale, de son cortège de faussetés, du maillage de leurs relations qui les enserrait dans un quotidien où leur amour occupait la dernière place, très loin derrière ces fameuses obligations qui confisquent la vie à deux. Et puis, elle était heureuse de rompre avec cette Europe crispée par la crise sociale hideuse qui faisait fermenter toutes les animosités. En cet hiver de 1932, il n'était que de descendre dans la rue, d'ouvrir le journal ou d'allumer la TSF pour être violé par le malaise d'un continent où chacun vivait à contresens.

Le soir du jour de l'an 1933, dans la tiédeur d'un port chilien, le commandant du *Colbert* donna à bord une manière de réception, histoire de fêter l'année nouvelle et de régaler un négociant en vins local. Emily se tenait seule sur le pont supérieur, écoutait rêveusement les notes d'un tango que les vents portaient jusqu'à elle, quand Cigogne lui apparut. Sans un mot, il l'étreignit et, se laissant gagner par la melopée, imprima peu à peu à leurs corps un rythme commun, auquel elle s'abandonna bientôt. Ces instants muets, de synchronisation parfaite, lui furent un bonheur complet. Elle n'avait plus goûté une telle proximité, exempte des tensions qui vont avec la vie ordinaire des couples, depuis tellement de frustrations ; lorsque tout à coup elle s'avisa qu'il dansait en la guidant de la main gauche ! Pour la première fois, il s'était mis à la main de sa femme ; de là cette fluidité de gestes, ce sentiment d'être dans le mouvement de l'autre et, au-delà, *avec lui*. Un regard plus appuyé d'Emily, accompagné d'un sourire bref, fit connaître à Jeremy qu'elle venait de s'en apercevoir. Aussitôt, il lui baisa la main et se retira. Cette rencontre fut leur seul contact pendant toute la traversée ; elle annonçait — du moins l'espéraient-ils — l'année de convalescence qu'ils allaient offrir à leur amour.

Soixante-neuf jours après avoir quitté Southampton, ils débarquèrent en Nouvelle-Calédonie, dans les chaleurs de l'été austral, à dix-huit mille kilomètres de l'hiver anglais. A Nouméa, modeste bourgade coloniale en bois qui se prélassait au bord des bleus d'un lagon, la petite famille d'immigrants s'installa dans une pension charmante. Ils y fêtèrent la chute de la première dent de lait d'Ernest sous des flamboyants rouge sang en fleur. Le lendemain, le petit garçon trouva un minuscule cadeau sous son oreiller et fut très étonné que la petite souris l'eût retrouvé si loin de leur château du Gloucestershire.

Les rues de Nouméa étaient infestées d'écoliers du Pacifique Sud dont les grandes vacances débutent en décembre ; les nouveaux bacheliers du lycée Lapérouse — seul grand établissement français de cette partie de l'Océanie en 1933 — fêtaient la fin de leurs épreuves.

Cette ultime étape dans l'univers des droitiers était comme un avant-goût du monde inversé vers lequel ils voyageaient. Dans la salle d'eau de la pension, Peter, Laura et Ernest s'émerveillèrent de constater que la vieille baignoire en fonte se vidait en formant un tourbillon dont le sens était opposé à celui qu'ils avaient pu voir en Angleterre ; ils se trouvaient bien dans l'hémisphère sud, là où tout va autrement, les éléments comme la pensée. Presque de l'autre côté du miroir !

Lord Cigogne s'occupa sans délai de monter la vieille montgolfière qu'il avait dénichée à l'escale de Sydney, dans l'arrière-boutique d'un commerçant originaire de Liverpool. Mauvais marin, excellent aérostier, Jeremy ne voyait pas d'autre moyen d'atteindre l'île d'Hélène. Aucune liaison régulière, maritime ou aérienne, ne permettait de s'y transporter. Cigogne tenait de son père son goût pour les ballons géants qui permettent de franchir de vastes espaces en apprivoisant les vents. La mort accidentelle de ses parents, alors qu'ils survolaient le Pendjab à faible altitude, n'avait pas diminué cette passion héréditaire. Sa science des grands courants d'air qui agitent notre planète tenait de l'érudition ; il n'était pas une brise qu'il ne sût nommer, pas une bourrasque dont il ne connût le degré de hargne. Un moment, face au ciel bas et chargé de cumulo-nimbus qui menace souvent en cette saison, Cigogne s'inquiéta des périls de cette traversée. Emily lui répliqua qu'il y avait beaucoup plus de danger à ne pas vivre follement par amour. A se resserrer dans une conduite raisonnable, prudente et prévisible.

Dès le lendemain, la montgolfière était réparée et gonflée à l'hydrogène sur le champ d'aviation de la baie de Magenta, au bord du lagon néo-calédonien. Impeccable dans sa mise de *butler* à gilet rayé, Algernon arrima avec soin les nombreuses valises à la nacelle, ainsi que les malles. L'armure de l'aïeul de lord Cigogne et Arthur le perroquet ne furent pas oubliés. Les garçons et Laura s'installèrent à bord, munis de gilets de sûreté, en cas de naufrage. Ernest improvisait une comptine en serrant contre son torse chétif sa marionnette favorite. Chacun s'attachait à exécuter les menues tâches de ces préparatifs en privilégiant l'usage de sa main gauche, histoire d'acquérir par degrés une aisance d'ambidextre ; seules Emily et Laura étaient à leur aise, étant nées gauchères.

Quelques Canaques en goguette les observaient, à l'ombre de pins colonnaires ; ils avaient l'air de s'interroger sur la destination de cette famille anglaise, étrangement chargée, en pleine saison des cyclones. L'armure étincelante du premier lord Philby les fascinait tout particulièrement ; elle occupait beaucoup de place dans la nacelle. Algernon l'avait installée en premier, de peur qu'on ne l'abandonnât en territoire français, cinq siècles après Azincourt.

Vint l'heure solennelle du grand départ, vers cette autre réalité dont ils étaient nostalgiques par avance ; à l'exception d'Algernon qui maugréait contre cette équipée hasardeuse qu'il jugeait ridicule, et dont le sens lui échappait totalement. A ses yeux, les hommes naissaient pour prendre soin de leur gazon, boire du thé avec un nuage de lait, jouer au bridge ou se livrer aux joies du cricket, mais certainement pas pour aimer une femme ! Cette idée ne l'avait jamais effleuré et lui semblait saugrenue, suspecte, voire subversive.

Dans la nacelle, tout était prêt, les esprits échauffés, les cœurs en émois, les sandwichs au concombre beurrés pour la grande traversée, les thermos remplis de thé (avec un nuage de lait...). Les crânes des petits et des grands étaient enserrés dans d'étonnants casques de cuir d'aérostiers. Arthur le perroquet répétait la phrase qui lui tenait lieu de refrain : *God save the king!* Profitant d'une risée qui affolait l'herbe du champ d'aviation, lord Cigogne saisit un couteau pour trancher la corde qui les retenait encore au monde des droitiers ; quand, tout à coup, Algernon interrompit son geste et s'écria :

— Sir ! Y a-t-il un club écossais là-bas ? Ou au moins un club pour gens de maison ?

Il avait dit cela sur un ton de panique qui trahissait une détresse authentique. Ses joues érubescentes semblaient en combustion, à côté de ses rouflaquettes.

— *Oh my God*, répliqua Jeremy, Algernon, nous partons pour un monde nouveau ! Oubliez ces *bloody club* !

— M'autoriserez-vous alors à porter le kilt chaque dimanche ?

— Oui, Algernon, et même des chemises écossaises sous vos plastrons !

Rasséréné, Algernon se réinstalla à sa place en se demandant comment lord Cigogne avait pu deviner que cette dernière faveur comblait ses aspirations les plus secrètes. Jamais il n'aurait osé avancer une telle demande. A chacun ses coquetteries...

Lord Cigogne reprit son grand couteau et le tendit à Emily. N'était-ce pas à elle de les libérer du dernier lien qui les rattachait à l'univers des Mal-Aimés ? Emue par cette attention, elle saisit l'arme blanche et coupa la corde en fixant les yeux de Jeremy qui, en cet instant précis, était près d'éprouver ce qui la remuait, cette sorte d'allégresse où se mêlaient de la reconnaissance et un grand soulagement, une félicité légère qui l'envahissait à mesure qu'elle se sentait quitter cette civilisation si peu faite pour aimer.

Quand soudain des éclats de rire sonores la ramenèrent sur terre. Trop lourdement chargée, la montgolfière ne s'était pas élevée d'un *inch* ! Emily n'avait décollé que dans son esprit. Les Canaques assemblés sur le terrain d'aviation avaient la glotte joyeuse, exhibaient leurs gencives à qui mieux mieux. L'épidémie de rigolade gagna les quelques Caldoches qui, de loin, surveillaient la scène.

Blessé dans l'orgueil qu'il supposait à ses maîtres, Algernon suggéra de se délester au plus vite de quelques paquets. On sacrifia le linge fin, les tenues de golf et les souliers à crampons de Jeremy ; ce ne fut pas suffisant.

— Peut-être faudrait-il abandonner l'armure ? suggéra Emily.

— En terre française ?! s'insurgea Algernon, courroucé.

L'armure fut sauvée par cette intervention qui ne souffrait aucune réplique.

Avec flegme, Peter montra l'exemple en jetant au sol sa collection de soldats de plomb. Laura lâcha sa valise de livres d'adolescente dans l'herbe. Ils étaient résolus à gagner ce pays où les parents avaient l'air de mieux s'aimer, cette île qui les préserverait des écartèlements d'un nouveau divorce. Ernest, lui, conserva prudemment ses marionnettes. Touchée par l'élan de ses aînés, Emily se débarrassa alors avec joie des vestiges trop lourds de leur passé ; elle coupa les nœuds qui retenaient les valises en cuir, chargées d'objets sans valeur au regard de l'avenir qui les attendait. Sans regret, elle abandonna sur place la malle d'osier qui contenait leur vaisselle de porcelaine de Prague, ainsi que leur argenterie de famille. Jamais elle n'avait éprouvé autant de plaisir à se défaire de ses biens, de bribes de leur histoire.

Peu à peu, la nacelle s'éleva. Ils avaient préservé l'essentiel : les robes qui embelliraient Emily, l'armure de l'ancêtre Philby, les gilets et les plastrons d'Algernon, l'Union Jack en lin, les sept smokings de Jeremy, les raquettes de tennis en boyaux de lamentin et les vivres préparés pour la grande traversée, plus quelques valises. Mais le ballon peinait toujours à prendre de l'altitude, comme s'il eût réclamé un délestage plus radical.

Alors qu'ils survolaient déjà le lagon à une dizaine de mètres des flots, Emily prit l'initiative de se débarrasser des plus lourdes caisses, celles où étaient rangées les lettres qu'ils avaient échangées pendant sept ans. Cigogne faillit la retenir ; mais il eut le courage de n'en rien faire. La montgolfière devait à tout prix gagner des sphères plus élevées s'ils voulaient rejoindre l'île d'Hélène.

Avec courage, Emily jeta les caisses par-dessus bord ; il le fallait. En tombant, les couvercles s'ouvrirent ; les lettres d'amour se dispersèrent comme des papillons de papier. Leur vieille façon de s'aimer s'éparpilla à tous les vents. Toutes leurs frustrations mises par écrit, leurs ressentiments anciens, ces bonheurs trop fugitifs, leurs incompréhensions accumulées, leurs abandons imparfaits, tout cela les quitta d'un coup. Allégé, le ballon s'envola. Les alizés les emportèrent.

Dans la nacelle, Cigogne et Emily regardaient s'éloigner le monde des droitiers, cet univers qui vivait à l'envers sans le savoir. Bientôt la Nouvelle-Calédonie ne fut plus qu'un point sur la ligne d'horizon.

pourcentage [illegible] ainsi que leur argenterie de famille. Jamais elle n'avait éprouvé autant de plaisir à se défaire de ses biens [illegible] de leur [illegible].

Peu à peu, la nacelle s'éleva. Ils avaient [illegible] l'ensemble [illegible] qui embellirent [illegible] de [illegible] les gilets et les plastrons [illegible] l'Union Jack [illegible] de [illegible] les [illegible] de Kent en [illegible] et [illegible] livres [illegible] pour la grande [illegible] plus qu'une valise [illegible] le ballon perdait toujours [illegible] de l'altitude comme s'il [illegible] plus radical.

Alors qu'ils survolaient déjà le large, à une douzaine de milles des côtes, [illegible] le ballon se [illegible] encore des plus grandes [illegible], celles qui étaient [illegible] les lettres [illegible] pendant sept ans [illegible] faillir la retenir, mais il eut le courage de [illegible]. La montgolfière devait [illegible] gagner des [illegible] plus élevées s'ils voulaient rejoindre l'île [illegible].

[illegible] la caisse par-dessus bord [illegible] le ballast. En tombant, les couvercles [illegible] les lettres d'amour se dispersèrent comme des papillons de papier. Leur vie [illegible] de s'aimer s'éparpilla à tous les vents. Toutes leurs [illegible] leurs ressentiments anciens, les [illegible] leurs incompréhensions [illegible] le ballon s'envola [illegible].

Dans la nacelle, [illegible] regardaient [illegible] est [illegible] la Nouvelle-Calédonie [illegible] sur la ligne d'horizon.

Les alizés les poussèrent pendant trois jours vers cette île australe située au-delà de la géographie connue. La nuit, lord Cigogne vérifiait la bonne tenue de leur cap en calculant leur position par rapport aux étoiles. Toutes les deux heures, il relevait la vitesse de la brise qui les poussait et, avec frénésie, consultait la bible des aérostiers — *The winds of the world* — dans une version mise à jour qu'il s'était procurée auprès de la Royal Geographical Society de Sydney, afin de comparer ses mesures avec celles qui figuraient dans les *tables des vents* de cet excellent ouvrage. Météorologue émérite, Cigogne interrogeait son baromètre, déchiffrait les nuages, scrutait le ciel sans relâche afin d'évaluer la distance qui les séparait encore de l'île d'Hélène. Pendant ce temps-là, Algernon faisait réciter aux enfants leurs déclinaisons latines, les tançait à la moindre faute ; il jugeait le latin essentiel à l'éducation d'un jeune Britannique, tout comme l'art de tenir un club de golf ou de chauffer une théière avant qu'elle ne reçoive l'eau frémissante.

Emily la gauchère se laissait flotter au milieu des nuages de l'Océanie dans un abandon proche de la félicité. Elle se reposait complètement sur la compétence de Jeremy pour piloter leur montgolfière ; et puis, qu'il eût résolu de les libérer de leur vie anglaise pour partir à la découverte de sa femme, dans cette société inversée faite pour elle, ne cessait de l'émouvoir. Cependant, accoudée à la nacelle, Emily se demandait à quoi pouvait bien ressembler ce petit monde de gens réconciliés avec une certaine idée d'un bonheur accessible, ce territoire mythique absent des cartes, si éloigné de notre Europe qui ne croyait qu'en l'effort, aux beautés du désespoir, à la fatalité de la souffrance et de l'échec amoureux.

Emily était écœurée par les valeurs qui minaient la société droitière de Kensington. Le seul fait que, là-bas, chacun se gaussât de l'idée même du bonheur, avec ce petit air entendu et supérieur, était tragiquement révélateur ; ce monde élitiste avait érigé son mal-être en code de bon goût, voyait dans la sincérité une mièvrerie, dans la candeur un ridicule. Lors des dîners en ville, parler était synonyme de railler, voire d'éreinter (les bons soirs) ; instiller son venin avec esprit était devenu un art, juger relevait d'une triste obligation, et passait pour la preuve de la vivacité de son fameux sens critique. De tendresse il n'était jamais question, bien entendu ; la douceur n'est-elle pas un ridicule de plus ? *Oh my God*, on est si bien entre nous, à croupir dans notre élégante misère intérieure ! Intègre, Emily était à bout de fréquenter ces droitiers à la page qui ne goûtaient certaines (rares) choses que pour marquer leur appartenance à tel ou tel cénacle d'élus. Le cœur avait si peu de part dans les brefs engouements littéraires et politiques de ces coteries ! Juger, juger et encore juger semblait le seul remède pour soigner l'idée dégradée qu'ils se faisaient d'eux-mêmes. Sinistre compensation qui laissait flotter dans les dîners une atmosphère délétère et, au-delà, plongeait Londres dans un climat qui manquait singulièrement de fraîcheur et de simplicité. De toute cette violence ordinaire, Emily se sentait enfin libérée. Un pays vrai l'attendait !

Parmi les notes que contenait le dossier légué par lady Brakesbury, un raccourci de sa main avait particulièrement intrigué Emily : *En Europe, les hommes avouent leur amour; là-bas, ils le vivent.* Par quels procédés ces gauchers mettaient-ils en scène leurs inclinations, jour après jour ? Apparemment, ces scénaristes de leur propre vie étaient passés maîtres dans l'art de montrer ce qu'ils éprouvaient, au lieu de le dire. Ils se concevaient comme des êtres de fiction, mais d'une fiction plus réelle que la réalité un peu grise des Mal-Aimés. Ces passionnés du quotidien semblaient avoir le talent de concocter pour leur conjoint une vie empreinte de cette exigence. Mais comment convertissaient-ils en actes ces élans du cœur qui, chez les droitiers, se traduisent surtout par des mots ? Quelles coutumes permettaient de transmuer la passion en amour véritable ? Il lui tardait de respirer cet air nouveau ! Et de se faire piquer par la *mouche pikoe*.

A en croire les documents de lady Brakesbury, la mouche pikoe était un insecte endémique en l'archipel qui s'éparpille autour de l'île d'Hélène. Quiconque était piqué par cette mouche gardait pour toujours le virus dont elle était porteuse. Ce virus — le pikoe * — demeurait en sommeil dans le sang, comme celui du paludisme, et ne provoquait de virulents accès de fièvre que lorsque le sujet atteint se mettait à mentir. Presque tous les Gauchers avaient été piqués ; dans l'île, tout le

* Isolé en 1923 par Célestin Michelet, un disciple gaucher de Pasteur.

monde évitait donc les facilités du mensonge. Grâce à la mouche pikoe, les Héléniens avaient développé une société de gens plus *vrais* qu'ailleurs.

Au bout de trois jours, Jeremy décida de faire escale sur un îlot habité par des naturels hospitaliers, situé non loin des îles Fidji, le temps d'attendre que les vents dominants soufflent dans une autre direction. Par chance, le climat ne leur fut pas longtemps défavorable ; les courants d'air chaud s'orientèrent au bout de cinq jours vers l'île d'Hélène. Profitant de cette brise inespérée, ils repartirent aussitôt, avec de l'eau et des vivres frais. Dans la nacelle, lord Cigogne songeait à sa vie professionnelle, qu'il lui faudrait réinventer là-bas. Jeremy pratiquait une médecine particulière qui lui avait valu de solides inimitiés dans les milieux médicaux de Londres. Depuis son odyssée de sept années dans la bibliothèque Blick, il croyait au pouvoir des grands auteurs. A ses yeux, la poire à lavement, le bismuth et la pénicilline réunis ne valaient pas un chapitre de D.H. Lawrence, n'en déplaise à Fleming.

Lord Cigogne soignait tout — y compris les maladies imaginaires — à l'aide de romans ou de textes divers qu'il prescrivait sur ordonnance : deux pages de telle pièce d'Oscar Wilde, matin, midi et soir, pour un patient qui souffrait tragiquement d'un manque d'humour ; une cure de Chatterton afin d'enrayer un optimisme trop béat ; une diète à base d'ouvrages de Rabelais suffisait à soulager les plus neurasthéniques. Cigogne prétendait que les vers de Shakespeare étaient souverains contre le bégaiement, que la lecture régulière de la prose de Victor Hugo guérissait radicalement l'asthme et que fréquenter le Provençal Mistral à petites doses était bon pour le teint. Le Français Marcel Proust n'était à conseiller que dans les cas les plus extrêmes ; ultime drogue qui, en cas d'utilisation prolongée, pouvait rendre fou. Les traductions étaient proscrites dans tous les cas car, au dire de Jeremy, un texte ainsi dénaturé perd la plus grande part de ses vertus curatives...

En praticien éclairé, lord Cigogne avait ausculté autant d'âmes que de romans — les livres souffrent également, surtout de n'être pas lus ! — et il se faisait fort de remédier à bien des maux : l'impuissance, la tristesse, l'éjaculation précoce, l'hystérie, l'insomnie... mais il soignait également des maladies plus graves, telles que le racisme ou la bêtise ; cette dernière exigeant des traitements prolongés en sanatorium. Son manuel de praticien — *Guérir par la lecture* — connaissait en Angleterre les honneurs d'une carrière qui se prolongeait saison après saison.

A Londres, Cigogne avait ouvert un sanatorium unique, d'allure victorienne, à colonnades de marbre blanc, à un jet de pierre de Trafalgar Square. Cent cinquante-huit mille volumes y étaient réunis, dans leur langue originale, toute une pharmacopée littéraire qu'une clientèle de vieilles *ladies* et de *gentlemen* venait ingérer en respectant scrupuleusement les prescriptions. Les curistes, vêtus de robes de chambre écossaises, lisaient plusieurs heures par jour dans de grandes galeries de marbre, allongés sur des chaises longues percées, afin qu'ils pussent vider leur vessie sans interrompre leur lecture ; les ouvrages étaient posés sur des lutrins en bois exotiques sculptés. Dans ce silence recueilli, on n'entendait que le bruit des pages tournées, parfois troublé par un vieux lord qui se soulageait dans un soupir d'une exquise discrétion. Mais le temps de cette médecine élitiste lui semblait révolu. Cigogne entendait pratiquer sur l'île d'Hélène une médecine de ville, plus démocratique, en cabinet.

Un matin brumeux, alors qu'Algernon versait le thé dans les tasses de porcelaine qui avaient pu être sauvées, il osa dire ce qui fermentait dans la cervelle de tout le monde, depuis deux jours :

— *My lord,* je crains que votre goût pour les chimères ne nous devienne fatal... Cette île n'a jamais existé que dans les songes de notre regrettée lady Brakesbury. *Bloody Hell,* ouvrez les yeux !

— Mais je les ouvre !

On entendit tout à coup la petite voix d'Ernest qui s'écria :

— Terre ! Terre ! Terre...

Les yeux au ras de la nacelle et l'auriculaire dans une narine, il venait d'apercevoir leur avenir dans une trouée de brume tropicale, ce petit territoire d'Océanie où ses parents s'autoriseraient à se bien aimer. L'épais rideau de nuages se dissipa sous l'effet des brises ordinaires à ces latitudes qui rendent la chaleur acceptable. Chacun s'arrêta et contempla l'île principale qui élevait au-dessus de l'océan une terre montueuse en forme de haricot.

De loin, l'île des Gauchers paraissait inhabitée et, quoique escarpée sur son flanc exposé aux alizés, ses pâturages semblaient fertiles. Elle présentait plusieurs vallées arrosées par de petits cours d'eau formant ici et là des cascades blanches qui venaient mourir dans l'océan. Le nord était boisé d'espèces endémiques exubérantes, de variétés étonnantes de pandanus, de papayers sauvages, de kaoris et, surtout, d'une foule de pins colonnaires élancés ; la côte se terminait par des falaises abruptes de roches rouge sang qui faisaient ressortir les bleus éclatants et tous les verts translucides des fonds du Pacifique. Comme la plupart des îles océaniennes, l'île d'Hélène était ceinturée d'un anneau de corail, cette barrière madréporique, œuvre d'animalcules, qui affleurait à mer basse et sur laquelle s'élançaient pour se briser les grandes lames du large. Entre cette digue naturelle, interrompue par quelques passes, et l'île s'étirait une rade circulaire, paisible et lumineuse qu'on appelle un lagon. Au loin se disséminait l'archipel, une foule d'atolls chargés de végétation, de bancs de sable éphémères peuplés de tortues. On eût dit qu'un soleil sous-marin éclairait ces eaux claires où vibraient toutes les teintes bleutées. Faramineuse beauté ! Les fonds, de sable corallien presque blanc, renvoyaient chaque rayon, soutenaient la violence de cet incendie de lumière, renforçaient les couleurs oxygénées, soûlantes, blessantes pour les yeux.

Au regard de cet océan de luminosité qui les enveloppait, l'Europe du mois de novembre qu'ils avaient quittée leur sembla soudain un fond de cour humide et sombre, une punition infligée aux Mal-Aimés. Emily songea à la tristesse des Midlands pluvieuses de son enfance, à ces paysages blafards et glacés, éventrés par les mines de charbon, au désordre intolérable de ces villages aux petites maisons anguleuses en brique, ces corons anglais envahis par les puanteurs sulfureuses des excréments de houillères en flammes, à cet horizon barré par la silhouette des terrils, à cet univers baignant dans un air noirâtre qui éteignait toutes les couleurs, endeuillait cette terre ravagée par la folie de l'accumulation, oui, ce monde si exactement fait pour le malheur que ce qu'elle apercevait soudain de leur nacelle lui emplit les yeux de larmes, comme une promesse de bonheur impossible à tenir. Certes, Emily avait connu une autre Angleterre, plus harmonieuse, celle des dunes du Sussex ou celle des landes écossaises, mais la beauté sur laquelle ses yeux se reportaient en cet instant avait une tout autre grâce, celle d'être *loin*.

Qui n'a pas fréquenté ces terres australes ne peut connaître la félicité complète qu'il y a à être *loin*, loin de la prodigieuse animosité des Blancs cravatés des villes — dont ils sont à peine conscients, occupés qu'ils sont à s'utiliser sans tendresse et à se jauger les uns les autres —, loin des passions artificielles qui sont l'opium des grandes capitales européennes, des calculs de la vanité, des ravages que cause l'idée misérable — et touchante — dont chacun hérite de soi, parfois sous des dehors pleins d'assurance, loin de l'immense tyrannie invisible — et si affectueuse ! — que les familles exercent sur leurs rameaux. Quelle jouissance d'être hors d'atteinte, à l'écart des attentes plus ou moins formulées de ceux qui *nous veulent du bien* — les plus terribles ! —, des monstrueux oukases du *marché du travail*, loin de cette société ivre qui met des préalables au bonheur, et qui sans relâche cherche à nous distraire de l'intimité que nous pourrions entretenir avec nous-mêmes. Quel délice de mettre toute la terre entre soi et les valeurs absurdes que l'école, les journaux et les ventriloques de tous poils nous versent dans l'esprit et auxquelles nous finissons par accorder du crédit ! Quelle griserie de s'exiler loin des vulgarités de la société commerçante, et de la vie à contresens des droitiers !

Sous leur ballon, Emily se sentait protégée par la distance formidable qui la séparait de l'Angleterre, comme à l'abri de ses douleurs passées, des piques de cette scélérate bien née qu'était sa mère ; et cette sensation de bien-être embellissait encore à ses yeux la réalité qu'ils survolaient. Pour la première fois, Emily avait le sentiment d'être vraiment disponible aux beautés qui l'environnaient, de participer à tout cela. Elle s'enveloppait dans le vent, laissait le soleil la posséder.

Dans ses notes hâtives, lady Brakesbury avait relevé ce phénomène courant sur l'île des Gauchers : les immigrants récents disaient éprouver une authentique libération en s'établissant loin de leur enfance, de leurs parents ; de là venait peut-être cet air apaisé qui les rendait presque beaux.

La montgolfière doubla la pointe septentrionale, et descendit ensuite en longeant la côte orientale plus humide, chargée d'un délire végétal, une dégringolade de plantes bariolées qui s'étendait jusqu'à la ligne précise, incurvée, du rivage. Plus loin, entre le pied d'une montagne sombre détachée de la chaîne principale et la mer, se déroulait une bande de terrain inclinée vers la plage et couverte par une longue cocoteraie. Le ballon perdit un peu d'altitude et les enfants s'émerveillèrent d'apercevoir une horde de trente à quarante petits requins jaunes qui glissaient entre les parois écumantes d'une passe ; ils chassaient à marée basse dans quarante centimètres d'eau, à l'intérieur du lagon. Toute la partie dorsale de ces squales était hors de l'eau. Mais d'êtres humains, il n'y avait pas trace ! Où étaient donc ces Gauchers ? Un instant, Cigogne crut avoir été possédé par l'auteur d'une fable. Lady Brakesbury avait-elle rêvé cette île ?

Quand, soudain, un fort courant ascendant souleva la montgolfière qui s'éleva brutalement au-dessus de la chaîne montagneuse, dont les flancs étaient couverts d'une jungle épaisse. Chacun eut alors le souffle coupé. Ce qu'ils venaient de découvrir était extraordinaire. Un curieux phénomène géologique avait vidé la montagne de son centre ; elle était creuse et formait un gigantesque cirque au-dessus duquel ils flottèrent quelques instants, avant d'entreprendre la descente, lentement. Au fond de cet effondrement colossal de plus de cinq cents mètres, la petite troupe d'immigrants aperçut un lagon clair qui communiquait avec l'océan par une faille étroite, un canyon rouge dont la largeur ne devait pas excéder quinze mètres. Sur les rives herbeuses de ce petit lac Léman océanien avait été bâtie l'une des plus jolies petites cités coloniales qui se puissent concevoir, une station balnéaire en bois naturel d'esprit très raffiné, enchâssée dans une végétation puissante, vigoureuse, qui n'avait rien à voir avec la nature timorée et assoupie que l'on trouve en Europe. En pleine ville, l'œil des passants pouvait se reporter avec plaisir sur des bananiers sauvages, des banians étrangleurs aux troncs multiples, des flamboyants rouge sang, des fougères arborescentes. L'air y était plus tempéré qu'à l'extérieur, moins humide, comme sur une côte sous le vent. Une promenade ombragée avait été aménagée au bord du lagon, sous une double allée de cocotiers royaux. D'innombrables jardins environnaient les maisons, aussi bien tenus que ceux que l'on peut encore admirer dans les îles canaques. L'état admirable des gazons rasséréna Algernon ; des gens qui tondaient avec un tel soin leur pelouse ne pouvaient être des sauvages, même s'ils n'avaient pas de clubs pour gens de maison.

C'était là, à l'abri de la curiosité des droitiers, derrière ces remparts aux allures volcaniques qui les protégeaient des cyclones, à plus de vingt mille kilomètres de Paris, que le petit peuple des Gauchers s'était établi pour y faire naître une civilisation heureuse, exemptée de la culpabilité et des croyances vicieuses qui minent la nôtre. C'était là, au bord de ce lagon secret, que l'on voyait les rapports les plus tendres et les plus fous entre les hommes et les femmes. C'était là, grâce à leur folle ambition, que le couple avait cessé d'être un enfer. C'était là, oui, là, que lord Cigogne et Emily espéraient réussir, enfin, l'aventure de s'aimer, jusqu'à ce que mort s'ensuivît, dans ce phalanstère étrange où les hommes avaient la passion des femmes, dans ce monde utopique qui avait tenu ses promesses ; alors que nos sociétés, en Europe, n'avaient d'autre projet que de n'en plus avoir.

Doucement, la montgolfière descendait vers Port-Espérance, en cette matinée du 2 mars 1933.

Sur la place centrale de Port-Espérance — place du Capitaine-Renard — les Gauchers étaient assemblés, dans leurs mises élégantes de gens simples, de pionniers endimanchés. Les hommes étaient vêtus de costumes clairs, portaient des chapeaux de cow-boy du Queensland. Les femmes s'inclinaient sous des ombrelles de lin ; leurs regards étaient ombrés par des chapeaux fleuris. Des jupes d'un certain volume leur prêtaient des silhouettes allurées d'héroïnes de western, des rubans volaient. Les enfants étaient également chapeautés. On eût dit une foule d'immigrants australiens de 1880, mais sous les tropiques, dans une végétation presque polynésienne, au cœur d'une cité coloniale du Pacifique Sud en dentelles de bois, sur une place sablonneuse. Ces Français du bout du monde dégageaient cette vitalité franche que l'on rencontre chez les peuples de pionniers épris d'aventure. Certains hommes portaient des winchesters sur les flancs des selles de leurs chevaux, fusils qu'ils n'hésitaient pas à utiliser contre les pirates malais qui, parfois, se permettaient des incursions jusqu'à l'île d'Hélène. Les plafonds des vérandas légères qui donnaient sur la place étaient pourvus de ventilateurs à ressort dont les hélices en bois de santal tournaient vers la gauche; les portes d'entrée des maisons s'ouvraient également en sens inverse.

L'attente recueillie de cette assemblée devenait asphyxiante, malgré la brise circulaire qui emplissait la grande fosse de Port-Espérance. Le ciel, si capricieux sous ces latitudes, avait soudain l'air d'incliner vers l'orage. Tous avaient voté — les femmes également —; chacun piaffait d'attendre le dépouillement du référendum historique qui allait fixer leur destinée de Gauchers.

Quand soudain quelqu'un s'écria avec gaieté :

— Un ballon! Un ballon!

La population gauchère leva la tête. On se mit à sourire, à faire des signes. Les gamins agitaient leur casquette de la main gauche avec frénésie. Dans le même moment, l'élégant M. Jacob, le maire, sortit du bâtiment principal de la Compagnie minière et, d'une voix tremblante, improvisa avec fièvre ce discours qui allait faire date, dans un français choisi, presque d'un autre siècle :

— Citoyens gauchers! Nous avons passé par toutes sortes d'épreuves et de sacrifices pour fonder notre colonie australe. Souvent nous fûmes notre premier ennemi, pénétrés d'hésitations légitimes, dans la crainte où nous étions de divorcer vraiment d'avec le monde des droitiers. Aujourd'hui, j'ose dire qu'en ce 4 février de l'an de grâce 1933 notre petit peuple frondeur s'est montré son meilleur allié, ferme dans ses principes, téméraire dans sa volonté d'inventer une société digne des rêveries du capitaine Renard qui nous poussa à venir bâtir nos maisons sur les rives de ce lagon! Les résultats de la votation sont les suivants : 18765 pour, 2824 contre! La mine est FER-MÉE! Vive l'île des Gauchers! Vive nos femmes! Que Dieu nous bénisse! Et bienvenue à ces nouveaux immigrants qui nous arrivent du ciel !

Une clameur véhémente souleva la foule. On applaudissait. Les chevaux s'agitaient. On s'embrassait. Jamais peut-être la fermeture d'une mine n'avait suscité de tels transports, surtout en pleine crise des années trente !

Dans leur nacelle qui descendait lentement vers la place — les calmes les maintenaient presque immobiles — lord Cigogne, Emily et Algernon contemplaient cette liesse et l'accueil inattendu qui leur était fait avec des sentiments divers. Emily avait toujours goûté les tourbillons de gaieté, l'enjouement, les impulsions de la sincérité. Algernon s'inquiétait fort que ces *maniaques du sentiment* fussent capables d'une telle absence de retenue. En écoutant les paroles du maire, Jeremy avait surtout noté avec ravissement que les indications de lady Brakesbury étaient exactes ; les Gauchers de l'île d'Hélène s'exprimaient bien avec une netteté et un choix de termes qui rappelaient le style en usage à Paris au XVIIIe siècle, cette langue si propre à dépeindre toutes les subtilités des mouvements du cœur. A cette époque le français était, sous ce rapport, le plus riche des nuanciers. Au dire de lady Brakesbury, les Gauchers de Port-Espérance s'employaient avec gourmandise à réveiller des mots assoupis au fond des romans, à réajuster des tournures égarées, car ils savaient que lorsqu'un mot meurt c'est un sentiment qui s'en va, quand la langue se corrompt c'est l'art de parler d'amour qui s'affaiblit et, par-delà, une certaine façon de sentir, d'éprouver ces vertiges des sens et de l'âme qui réclament pour éclore les finesses d'un vocabulaire étendu. Ces grands amants, ces maîtresses invétérées avaient la passion des mots qui autorisent des émotions rares, de ces sésames qui ouvrent les sensations qui s'écartent insensiblement du simple *j'aime-je n'aime pas*. Car enfin, *goûter* n'est pas *aimer*, pas plus que *raffoler*. Il est des femmes que l'on *adore* sans les *aimer*, parfois même en les *haïssant*, ou en les *désaimant*... De toutes ces subtilités les Gauchers étaient friands.

M. Jacob apaisa les vivats d'un geste et reprit son adresse, en apportant des éclaircissements sur cette votation. Les Cigogne et Algernon apprirent alors que l'île d'Hélène était un énorme caillou de nickel. Depuis quarante ans, l'exploitation du minerai avait déjà mangé un tiers de l'île, dans sa partie septentrionale, assurant ainsi une certaine opulence aux citoyens de Port-Espérance. L'extraction s'était intensifiée et, au rythme actuel, affirma M. Jacob, l'île d'Hélène aurait totalement disparu de la surface du Pacifique en 1954. Certains s'y étaient résignés, arguant que la colonie aurait alors acquis assez de fortune pour acheter un autre territoire, quelque part sur cette planète. Tel était déjà le projet des successeurs immédiats de Renard, vers 1900. Mais depuis les débuts de l'exploitation, l'Europe avait pris possession de la moindre parcelle de terre en friche ; ses empires coloniaux avaient étendu sur tout le globe leur tutelle droitière. Seule l'intervention personnelle de Clemenceau avait permis à cette île d'échapper à l'uniformisation de l'Etat français jacobin. Le référendum avait donc porté sur la poursuite, ou non, de l'exploitation du nickel contenu dans les roches rouges de l'île d'Hélène.

En décidant de fermer la mine, les Gauchers de Port-Espérance venaient de choisir la permanence de leur culture, et d'affirmer courageusement la primauté de leur vie de cœur sur les séductions de l'aisance financière. L'amour des femmes, et des hommes, l'avait emporté sur l'argent ; de là cette gaieté, ce sentiment de libération et de fierté, bien que tous connussent le prix élevé de leur décision. Mais ils entendaient préserver leur territoire !

— Citoyens gauchers, reprit le maire exalté, ajustons nos envies à notre fortune, plutôt que de mettre nos revenus au niveau de nos désirs ! L'idée du vrai commençait à nous échapper dans l'opulence, revenons à l'esprit de la Société des Gauchers ! Aux mœurs délicieuses de ces pionniers ! L'intelligence des affaires nous gagnait, et cette intelligence-là mène aux ambitions creuses, à l'existence la plus agitée, et la plus vide. On n'a jamais mis le bonheur véritable dans l'entassement des biens ! Nous sommes riches de mener ici des vies qui ont du sens ! Notre ambition est de tout connaître des choses de l'amour, de vivre TOUTES nos aspirations, même les plus contradictoires, dans des histoires fortes, sans limites, oui, sans limites ! Voilà ce que nous sommes : des maris à plein temps, des amants, des maîtresses, pas des gens d'argent ! Vive le libertinage, vive la fidélité ! Vive l'île des Gauchers ! Vive nos femmes !

Ce surprenant discours politique suscita à nouveau des vivats, une fermentation des esprits qui se libéra en un ouragan d'applaudissements qui résonnèrent longtemps dans le vaste cirque. On vociférait, s'étreignait ; des nuées de chapeaux de cuir volaient quand, soudain, la montgolfière se posa place du Capitaine-Renard. Cigogne, Emily, les enfants et leur *butler* furent sortis en triomphe de la nacelle et entraînés dans des danses américaines, au son d'un orchestre de jazz improvisé, sur la terrasse d'un café colonial. Horrifié, Algernon se vit pris en main par une gauchère bien viandée et fort gaie ; son plastron était de travers. L'orage qui patientait éclata alors, abrupt, tropical, une mousson vigoureuse qui s'abattit sans entamer l'entrain des îliens. En un instant, Port-Espérance se transforma en une grande flaque. Et l'on dansait, sans égard pour la pluie ; et l'on s'embrassait ; et l'on fêtait cette victoire sur la tentation du roi Billet de Banque. Chacun semblait avoir gagné contre soi, pour ses amours, et celles de ses enfants, nés ou à venir.

Ce fut à ce moment-là que Jeremy, abrité sous un parapluie noir que lui tendait Algernon, aperçut l'homme qui devait devenir son guide, puis son ami, le déconcertant sir Lawrence White. Lawrence était le seul Anglais de l'île. Jeremy le regarda avec une stupeur mêlée de gêne car il était nu, oui, tout nu sous un parapluie noir qu'il tenait de la main gauche, et il se dirigeait dignement vers eux, comme s'il eût été vêtu. Cette vision lui parut d'autant plus irréelle que personne ne semblait s'étonner que ce monsieur fût tout nu.

— *Gentlemen !* leur lança-t-il avec un accent très britannique, vous êtes anglais, je présume ?

— J'ai effectivement fréquenté le King's College de Cantorbéry, et mon tailleur est riche mais... comment diable vous en êtes-vous aperçu ?

— Le parapluie... nous sommes les seuls !

Sir Lawrence White avait été surnommé lord Tout-Nu par les Héléniens, à son arrivée dans l'île, en 1912. A quinze ans, le jeune Lawrence en avait eu assez de porter les gilets, les cols cassés et les jaquettes que lady White, sa mère, lui imposait. Il prétendait que ces tenues de ville étaient certes élégantes mais qu'elles ne lui ressemblaient pas. Lady White avait insisté ; opiniâtre, Lawrence avait alors résolu de vivre tout nu le restant de ses jours, et de pratiquer un nudisme aussi physique que moral. Il entendait se montrer dans toute sa vérité, fût-elle pas très nette. Il eut dès lors pour principe de ne plus masquer sa pensée, ni ses sentiments, qu'il continua toutefois à envelopper dans une pudeur très anglaise.

Suscitant une indignation croissante dans l'Angleterre pudibonde de 1910, et parfois de l'animosité, sir Lawrence dut rompre avec l'Europe. Né gaucher, il gagna l'île d'Hélène pour s'y établir. Nombreux à avoir souffert des brimades de l'école républicaine droitière qui, toujours, contraria leur naturel, les Héléniens comprirent la sincérité de cet homme nu qui voulait être lui-même, paisiblement mais sans concessions. On le baptisa lord Tout-Nu ; ce titre ironique amusa Lawrence. Au fil des saisons, ce célibataire invétéré était devenu l'une des figures emblématiques de l'île.

La petite troupe récupéra quelques valises humides dans la nacelle et, sous des parapluies, on emboîta le pas à sir Lawrence qui, suivant en cela la légendaire hospitalité des colons de l'Océanie, leur offrit son toit, le temps d'aviser. Il n'y avait d'hôtel à Port-Espérance que pour les amants désireux de se turlututer ; les familles n'étaient pas les bienvenues dans ces établissements charmants. Autour d'eux, la population turbulente dansait sous la pluie, on agitait sa colonne vertébrale, secouait son squelette en rythme. Les vieillards se mêlaient au troupeau, les freluquets aussi, les marmots, les Gauchers, les droitiers, les francophones et les autres.

Une chose frappa Emily : la beauté des gens de ce bout de France tropicale. Certes, leurs traits n'étaient pas plus fins que ceux des Parisiens ordinaires, mais leur visage, leurs regards laissaient filtrer cette harmonie solaire des êtres qui aiment avec délectation et sont aimés en retour ; comme si le fait d'être *bien aimé* libérait le plaisir simple qu'il y a à participer à la vie, une générosité paisible. Et une espièglerie ! Une gaieté quasi congénitale, pas circonstanciée, non, biologique ! Les Gauchers paraissaient avoir le sens de cette légèreté mieux que rigolote, aérienne, foutrement rafraîchissante, qui n'est jamais frivole, et le goût du sourire aussi. Pas qu'avec les lèvres ! Avec un peu de cœur, aussi ! Les yeux d'Emily ne rencontraient pas ces physionomies chiffonnées, blafardes et vaguement inquiètes qu'on apercevait dans le métro londonien, ces figures de Mal-Aimés qu'épuisaient les tensions de la vie droitière et qui, s'ils souriaient, le faisaient furtivement, un peu gênés d'avoir eu l'audace d'établir un bref contact. Les regards qu'elle croisait ne l'esquivaient pas, la saluaient parfois. Les femmes fortes n'avaient pas l'air gênées de leur embonpoint ; elles exhibaient avec simplicité des tailles rondelettes et, parfois, des formes qui eussent fait souffrir toutes les droitières de Londres. Ces femmes aimées avaient l'air de s'accorder avec ce qu'elles étaient, voilà tout.

Emily s'étonna de la vivacité de l'attrait que les hommes exerçaient sur elle ; chacun à sa manière, ils dégageaient une virilité sensible faite de puissance retenue, délicate, comme s'ils eussent accepté l'idée que les femmes les regardassent comme des êtres désirables. Pas pour les charmes subtils de leur esprit ! Non, pour leur corps, et leur aptitude à les faire jouir ! Cela se marquait chez eux dans une façon d'être un peu déroutante qui, en Europe, était le propre des femmes, un soin dans toute leur personne, un goût pour l'ambiguïté feutrée, respectueuse, celle qui électrise l'air en avertissant discrètement les sens, cette attitude exquise qui était pour ces hommes un hommage à la féminité de celles à qui ils s'adressaient, et qui leur faisaient la grâce de les écouter. Bref, ces Gauchers étaient d'authentiques maris, des amants talentueux, aussi passionnés par les jeux libertins que par l'art de faire la cour, dans leur langue d'un autre siècle. Ils n'avaient rien à voir avec ces *gentlemen* ventripotents, à la sueur aigre, de Kensington, ces amateurs de courses de lévriers de la meilleure société londonienne qui trouvaient naturel que leur femme se pomponnât pendant qu'ils raillaient les garçons qui avaient la politesse de songer, parfois, à être désirables aux yeux des femmes.

Lord Cigogne s'émerveillait de l'atmosphère hédoniste qui flottait dans ces rues en fête, de la sensation de disponibilité que lui inspiraient ces inventeurs d'un nouveau monde. A Londres, chacun se hâtait d'exécuter ce qu'il croyait devoir faire, à moitié somnambule, comme si le but de l'existence était de se débarrasser des tâches qui nous incombent. Les droitiers anglais paraissaient évoluer dans une vie à peine réelle qui glissait sur les êtres, gouvernés par leurs habitudes, rompus par une éducation qui les fâchait avec leurs sensations. Au lieu de cela, les Héléniens semblaient étrangement vrais, reliés au monde sensible, alors même que cette ville née d'une utopie faisait à Jeremy l'effet d'un songe. Autour de lui, les gens s'attachaient à tirer le plus grand plaisir de leurs activités, qu'elles fussent menues ou d'un plus vif intérêt. Ces fous du quotidien mettaient leur cœur, de la présence et un esprit de jouissance dans leurs moindre gestes. La commerçante qui vendait des sandwichs à l'angle de l'avenue Musset et de la rue Valmont dépensait un soin extrême à les préparer, et elle avait l'air de s'aimer davantage de les si bien faire.

Il n'y avait pas d'automobiles dans les rues, seulement des voitures à cheval, des chariots bâchés tels qu'on en voyait jadis dans le Transvaal, en Afrique du Sud, et des cavaliers qui circulaient à gauche, naturellement. Sir

Lawrence expliqua à Jeremy que les Gauchers n'importaient les conquêtes techniques que si celles-ci s'accordaient avec leur quête de rapports amoureux plus riches. Pourquoi subir les délires de l'ère mécanique ? Les citoyens de Port-Espérance s'étonnaient même que les droitiers d'Europe acceptassent le prétendu progrès sans y songer davantage, en se pliant à la fatalité du diktat des ingénieurs, bien déplaisant à l'occasion. Par référendum, les automobiles avaient été refusées récemment pour deux raisons tout à fait recevables. Les femmes avaient trouvé qu'un homme à cheval était plus désirable, plus sexy qu'un conducteur tassé dans une voiture à moteur ; cet argument avait beaucoup pesé dans les débats. La seconde raison tenait au prix élevé de ces engins qui rendaient indispensable de quitter la vie pas désagréable qui était la leur. Le modèle de développement économique qui permettait d'acquérir des automobiles était incompatible avec le sens charmant qu'ils entendaient donner à leur vie insulaire. Les Gauchers ne tenaient pas à consacrer à leur métier l'essentiel de leur temps, qu'ils employaient à aimer leur femme. Tout leur art d'aimer risquait fort d'être mis à mal pour acheter des autos. A quoi bon ? Jamais !

L'installation du téléphone avait également été écartée, à une belle majorité, lorsque tout le monde avait compris que cet appareil liquiderait peu à peu les correspondances amoureuses et, au-delà, une certaine façon de penser la vie à deux qui ne peut naître que dans un échange régulier de lettres. A Port-Espérance, les couples mariés ne cessaient pas de s'écrire après les premiers mois de tendresse. Il n'était que de constater que presque toutes les maisons de cette ville étaient pourvues de deux boîtes aux lettres à l'entrée, l'une pour l'épouse, l'autre pour le mari. En revanche, tous les foyers possédaient des machines à laver américaines qui fonctionnaient à l'énergie éolienne, alors que la lointaine France ignorait encore les appareils ménagers électriques. Les Héléniens s'empressaient d'adopter tout ce qui libérait les femmes des tâches assommantes qui éloignent de la vie sentimentale.

Les magasins de l'avenue principale n'offraient pas cette profusion à laquelle nos amis britanniques étaient accoutumés ; les rares vitrines ne présentaient que ce qui était nécessaire à une existence frugale et raffinée. Les Gauchers ne tiraient qu'un faible plaisir de l'acte d'achat, qui se trouvait comme déprécié par l'excitation amoureuse dans laquelle ils baignaient. Insensiblement, ces pionniers avaient quitté la société marchande, et sa logique maligne de divertissements tous azimuts ; les îliens ne voulaient surtout pas être distraits de cette réalité qu'ils goûtaient tant.

Ces gens n'étaient pas des conservateurs assoupis, épris des ronronneries de la stabilité affective, mais des explorateurs insatiables des choses de l'amour, des risque-tout prêts à exposer leur sort à bien des périls. C'est ainsi, par exemple, qu'aucun Hélénien ne concevait de claboter un jour sans avoir connu les poisons délicieux d'un authentique libertinage, digne des joutes amoureuses auxquelles on se livrait en France au XVIIIe siècle. Ils désiraient connaître toutes les griseries que le cœur et la peau peuvent dispenser, toutes ! Alors, au regard de ces vertiges épicés, les attraits de la consommation ordinaire semblaient bien peu relevés.

Sir Lawrence White s'arrêta devant sa petite maison blanche d'un style très anglais, pourvue de deux bow-windows et d'un jardin d'hiver *so charming* ! La façade était orientée de façon qu'elle prît le soleil, vers le nord, comme il se doit dans l'hémisphère sud ; mais elle n'était percée que d'une seule porte, détail qui signalait une demeure de célibataire. La plupart des maisons de Port-Espérance habitées par des couples possédaient deux portes en façade, afin que chacun pût sortir par la sienne, discrètement, évitant ainsi le contrôle tatillon de la vie domestique que les droitiers connaissent bien : *Où vas-tu ? Quand rentres-tu ?* La seconde porte de sir Lawrence était dissimulée derrière la maison, de sorte que le voisinage ne sût pas qui étaient les femmes à qui il faisait don de son corps, parfois, entre les repas, ou après l'heure du thé.

L'architecture de Port-Espérance était empreinte des préoccupations inventives de ce petit peuple ; reflet des chimères qui les animaient, elle avait évolué au fil de leurs modes. Les périodes de mœurs plus libres — les années vingt — avaient donné naissance à des bâtiments de bois communautaires d'un style très Art déco, en alvéoles, dont le centre servait de chambre collective ; mais il n'en restait plus guère. La plupart de ces édifices avaient fini incendiés par l'un des époux lassé de partager la tendresse de sa femme. Un temps, il y eut même des bâtisses reliées par des passerelles, afin que les jeunes gens pussent continuer à vivre chez leurs parents tout en se fréquentant plus aisément. Les maisons étaient remaniées au gré de l'aventure que vivaient les couples, entendez leur vie quotidienne qui, dans cette île, allait de rebondissements en intrigues menées sans faiblesses.

Ce que sir Lawrence leur confia sur l'intérieur des bâtiments plut à Jeremy : les Gauchers avaient la passion de concevoir des dispositions de pièces susceptibles de faciliter le mûrissement de leur amour ; plus modestes, certains se contentaient de rechercher des agencements propres à éviter les pièges de la vie à deux. Mais ce qui ravissait Cigogne, c'était que cette architecture intérieure fût à chaque fois unique, sur mesure. Chaque couple souffrant de dysfonctionnements particuliers, il semblait naturel aux Héléniens que chaque maison fût une œuvre singulière ; et puis, les Gauchères n'eussent pas accepté de s'établir dans une demeure conçue pour une autre.

Dans ce pays, les hommes construisaient chaque maison pour *une* femme, avec fierté, comme pour lui mieux parler d'amour, avec leurs mains et en y mettant toute leur sensibilité, et leur imagination aussi. Naturellement, l'architecture intérieure se devait d'épouser continûment les métamorphoses des liaisons. Avec le temps, ces bâtiments de bois portaient les stigmates de l'histoire d'amour qu'ils avaient abritée, voire favorisée ; on pouvait y lire les crises traversées, les réconciliations. Les maisons les plus réussies étaient celles que les femmes voyaient s'élever à l'image de leurs attentes secrètes, sans qu'elles eussent besoin de s'expliquer, de s'avouer ; alors elles étaient pleines du sentiment délicieux d'avoir été devinées. Celles qui connaissaient cette chance étaient appelées des *Bien-Aimées*, vocable qui laissait rêveuses bien des Gauchères. Quand une femme mourait, la coutume voulait que sa maison fût incendiée ; toute une façon d'aimer partait alors en fumée, à jamais.

En poussant la porte de la demeure de lord Tout-Nu, Cigogne et Emily eurent la surprise de découvrir un intérieur d'amant. Tout était pensé de sorte que les maîtresses de sir Lawrence eussent le sentiment qu'elles étaient rares, et comme catapultées dans un songe. La décoration simple mais soignée donnait la sensation d'évoluer dans un écrin de bois, dans une demeure où se mêlaient la nature océanienne et l'intérieur proprement dit de la maison. Un gros arbre tropical — un banian étrangleur — trônait au milieu de la pièce unique et semblait soutenir la demeure qui était une manière de cabane luxueuse construite dans ses branches. Un escalier en bois de cocotier permettait de monter jusqu'au sommet où l'on trouvait des lits suspendus. La façade, très anglaise, ne pouvait laisser deviner une telle fantaisie qui stupéfia Emily. Il n'y avait aucune de ces cloisons nécessaires pour délimiter le territoire de chacun puisqu'il y vivait seul.

Laura, Peter et Ernest s'élancèrent illico dans les branches ; on accrocha pour eux des hamacs. Algernon se dit en son for intérieur que cet énergumène tout nu ne pouvait être totalement mauvais puisque son parquet était impeccablement ciré et qu'il y avait des rideaux aux fenêtres ; puis il s'affaira pour préparer du thé.

— Si vous souhaitez devenir d'authentiques Gauchers, expliqua sir Lawrence, il vous faudra bâtir votre demeure, *my lord*.

— Moi-même ? répliqua Cigogne avec étonnement.

— Bien sûr ! De vos mains.

— *By Jove !* Cela risque d'être fort long...

— En effet. Mais qu'avez-vous de mieux à faire que de montrer ainsi à votre femme que vous l'avez comprise ?

— Mais m'a-t-il déjà comprise ? lança Emily avec une pointe de malice.

— Ici, voyez-vous, reprit lord Tout-Nu, nous croyons aux preuves d'amour et nous aimons faire durer ce qui a du sens !

A cet instant, Cigogne eut l'étrange sentiment de quitter le temps des droitiers pour entrer dans celui des Gauchers qui, s'il se découpait également en jours, en heures et en minutes, n'avait pas la même durée. Ne semblaient longues aux Héléniens que les activités vides de signification, ou en désaccord avec les valeurs qu'ils servaient. Ils étaient capables de consacrer des années à la conquête d'une femme, des mois à bouturer des variétés de roses pour obtenir celle qu'ils désiraient offrir à la fille qui fascinait leur cœur ou leurs sens ; mais aucun Gaucher n'eût consenti à dépenser plus de cinq minutes pour nettoyer sa calèche.

Lord Cigogne posa sa tasse de thé, regarda Emily en souriant et dit avec douceur :

— *Darling*, je vais essayer de construire *ta maison*.

Lord Cigogne ignorait tout des principes de l'architecture amoureuse. Jamais il n'avait même songé que l'on pût édifier une baraque avec ce souci-là. Un temps il fut tenté d'aller voir comment les autres Héléniens s'y étaient pris. Puis, quand il fut pénétré de l'idée qu'il devait construire *la maison d'Emily* et non celle d'une autre, il résolut de partir à la découverte de sa femme avant de poser les fondations. Une mission préliminaire, en quelque sorte ; un peu tardive, hélas.

Sir Lawrence leur avait prêté une remise, *le temps qu'il faudrait*. Cigogne s'était empressé d'accepter ; la promiscuité de sa femme et de ses enfants avec cet homme nu finissait par l'indisposer. Cette demeure improvisée était certes rustique mais Algernon avait su en faire un *sweet home* acceptable en accrochant des rideaux aux — rares — fenêtres, en bricolant des ébauches de meubles et en plaçant l'armure de l'aïeul mort à Azincourt face à la porte d'entrée. Il avait également hissé le drapeau britannique à un cocotier qui s'élevait non loin de la grange et projetait de se procurer une tondeuse afin de faire de leur pelouse un authentique gazon. La présence civilisatrice de l'Angleterre commençait à se faire sentir jusque dans cette remise délabrée.

Lord Cigogne convenait avec honte que sept années de mariage ne lui avaient pas suffi pour explorer le cœur d'Emily qui, au fond, lui était presque une étrangère. Comme la plupart des maris, il ignorait les attentes informulées de sa femme, ce que cachaient ses silences, la véritable nature de ses blessures secrètes, les mystères de son rythme étrange à ses yeux. Cigogne le Londonien avait toujours été incapable de s'abandonner à des instants d'empathie, de se couler dans ces moments de tendre communion qui, seuls, permettent de voyager dans les sensations de l'autre. Pourtant, il était fou de sa femme, fou d'elle, oui, fou de son Emily Pendleton, de cette fille intègre de pasteur qu'il regardait comme l'être le plus noble que la terre eût jamais porté ; mais il se savait peu talentueux pour aimer, comme indigne de ses sentiments.

Un jour, Jeremy et Emily entendirent parler d'une île particulière de l'archipel hélénien, l'île du Silence. C'était là, sur cette terre étonnante, que bien des couples de Gauchers s'étaient formés. A leurs yeux, se rencontrer était un art, un événement si décisif qu'il convenait de l'entourer de précautions. C'est en 1908 que l'une des filles du capitaine Renard, Jeanne Merluchon — la sœur de l'écrivain Jules Renard —, avait eu l'idée de fonder une colonie singulière sur l'île du Silence. Muette de naissance, Jeanne s'était aperçue un jour que les couples de muets se portaient plutôt moins mal que les couples ordinaires. Leur handicap semblait leur permettre de se rencontrer sans tomber dans les chausse-trapes de la parlote, ces séductions souvent illusoires de l'esprit qui égarent le cœur en faisant naître des inclinations qui s'appuient sur des malentendus, des faux-semblants, cette cohorte de tricheries porteuses de déceptions. Les muets, eux, faisaient connaissance plus promptement, avec plus de vérité, d'être à être, comme si le silence dissipait lors des premiers contacts ces parasites qui empêchent de bien sentir qui est l'autre. On le sait, les mots vont souvent plus loin qu'on ne voudrait, ou alors pas assez.

Jeanne et son époux, Aristide Merluchon, avaient bâti un hôtel délicieux en bois rouge de pandanus, dans une cocoteraie sablonneuse adossée à une falaise, au nord de l'île du Silence. Sur ce minuscule bout de terre océanienne, personne ne se donnait le droit de parler. Se taire pour mieux voir ce que l'on ne voyait plus était la maxime de ses habitants. Le silence y régnait depuis vingt-cinq ans et la qualité d'intimité que les hommes et les femmes y trouvaient était unique. Cette île rafraîchie par les alizés se trouvait à une quinzaine de miles au sud de Port-Espérance. Les Gauchers y venaient pour mieux se rencontrer, les couples y retournaient pour se reparler d'amour, sans mots, afin de redevenir poreux l'un à l'autre ; là-bas, les vieux amants réapprenaient à s'émerveiller des beautés de leur moitié que leurs yeux usés ne voyaient plus.

Emily et Jeremy décidèrent d'offrir à leur amour une cure de silence. Ils confièrent les enfants à Algernon qui promit de les mener chaque jour à l'école de Port-Espérance, bien qu'il désapprouvât l'enseignement fort peu classique qu'on y délivrait. Plus le temps passait, plus Cigogne s'étonnait de sa propre flexibilité, de la facilité avec laquelle il s'engageait dans cette nouvelle existence, plus lente, en totale rupture avec la frénésie industrieuse des Anglais. En pénétrant dans cet univers de Gauchers, il était comme passé de l'autre côté de lui-même. Les urgences factices de la vie londonienne l'avaient quitté brutalement ; il se sentait disponible aux choses essentielles, débarrassé de son pressant besoin de s'étourdir par le travail. Soudain sensible, il paraissait avoir tourné le dos à ses rigidités d'antan. Emily le reconnaissait à peine. Jamais elle ne l'avait vu si libre de suivre ses désirs, de se lover dans ses sensations, de s'ajointer à elle.

Dans leur ignorance, Emily et lord Cigogne acceptaient les risques d'un voyage au pays du silence ; car l'entreprise était périlleuse à plus d'un titre. Il arrivait parfois que ce mutisme prolongé devînt éloquent, qu'il fît apercevoir la pauvreté du lien qui subsistait, à force d'habitudes, entre deux êtres. Certains silences, terribles, ne disaient rien d'autre ; alors le séjour dans cette île charmeuse se soldait par des ruptures sans recours. Le silence n'autorisait aucun mensonge ; il obligeait à une transparence du cœur. Il était également fréquent que l'on nouât là-bas une autre liaison, qu'une rencontre décisive redonnât le goût des plaisirs du dehors et ébranlât plus encore les couples à la recherche d'une tendresse réinventée. Certains regards irrésistibles fixaient l'attention lors d'un repas, plongeaient dans l'égarement et agissaient comme des harpons dans ce climat où chacun n'était que disponibilité ; car sur l'île du Silence on ne craignait pas le désœuvrement. L'oisiveté y était cultivée avec art, le relâchement y était encouragé. On y allait pour vivre sans billets de banque, avec sa seule sincérité pour tout capital, sans autre bagage que son désir d'aimer.

Dans son inconscience, Jeremy ne redoutait pas les périls de l'île du Silence ; aux côtés d'Emily, il n'avait jamais eu la trouille de rien. Cette femme sans limites pouvait l'entraîner jusqu'aux frontières de ses terreurs. Avec elle, il se sentait comme protégé des coups du sort. Cependant, les pratiques de cette île gauchère le laissaient perplexe ; il craignait surtout le vide de grandes journées vouées à l'inaction. Qu'était une vie exemptée de tous les besoins artificiels qui distraient de soi-même ? Comment réussirait-il à se vautrer dans la détente si aucun souci ne le sauvait de l'ennui ? Mais sir Lawrence s'était montré formel ; il leur fallait se conformer aux coutumes étranges des Gauchers s'ils voulaient tirer profit de leur science du *déminage* des couples. Sur l'île du Silence se trouvaient les clefs de la compréhension de l'autre, là-bas s'entrebâilleraient les portes de perceptions qui ne s'ouvrent jamais ailleurs.

Ils laissèrent leurs enfants à Algernon et s'embarquèrent un jeudi matin pluvieux sur *La Vérité,* un navire de faible tonnage qui reliait les îles de l'archipel hélénien. Sir Lawrence les accompagna jusqu'au débarcadère de bois, nu sous son parapluie noir.

— *Lady and gentleman, good luck!* lança-t-il en souriant, tandis que *La Vérité* se mettait en route.

Cigogne et Emily ignoraient encore dans quels toboggans affectifs ils allaient être entraînés. Ce voyage ne serait pas une simple exportation de leurs difficultés à s'aimer, dans d'autres décors. Le silence, ce grand régulateur des liaisons, ne leur ferait pas de cadeaux.

L'île du Silence leur apparut à la tombée de la nuit, dans une brume de chaleur qui rendait la lumière opalescente ; que l'on se figure une rêverie d'où émergeait une végétation polynésienne : des pandanus, une foule de cocotiers inclinés par les alizés, des colonies de palétuviers qui, toutes racines dehors, dansaient au loin leur tango végétal sur les rivages sablonneux. Les gris du ciel flottaient non loin de l'océan ; des perspectives sans fin de nuages sombres glissaient dans l'air humide, vers la nuit tropicale qui s'empressait de manger l'horizon. Les couleurs conservaient encore un peu de la violence du soleil océanien qui les giflait chaque jour. La grande beauté des îles coralliennes du Pacifique Sud était là, déroutante, exagérée, presque inquiétante aux yeux d'Anglais accoutumés à ce jardin bien élevé qu'est la nature civilisée d'Europe.

Emily et Cigogne échangèrent un regard soudain craintif, né d'un pressentiment fugitif et tragique qui les traversa dans le même instant. Dans quoi s'engageaient-ils ? Jeremy lui serra la main convulsivement ; quand, soudain, ils furent distraits de leurs sensations par un bruit constant et sourd qui pénétra d'effroi leurs compagnons. On approchait de la ligne de corail sur laquelle la houle du grand large se brisait en écume. Peu après, *La Vérité* glissa entre les parois bouillonnantes d'une passe et laissa, derrière son sillage, la dangereuse digue madréporique. Les visages se décontractèrent. La navigation dans les eaux du lagon fut alors plus sûre. Chacun se taisait. La ceinture des bancs de coraux marquait la frontière au-delà de laquelle on entrait dans le monde des faux muets. Ce silence-là était particulier ; il durait depuis si longtemps. Pendant plus de vingt ans personne n'avait proféré ici la moindre parole. Les derniers mots avaient eu le temps de se dissiper, de quitter ce qu'ils désignaient jadis ; et cette atmosphère vide de mots inclinait à ressentir plus qu'à penser.

L'hôtel de Jeanne Merluchon s'articulait autour de plusieurs bungalows en bois rouge. Les portes s'ouvraient à gauche, bien entendu. Leur toit, à l'épreuve des pluies virulentes de la région, se prolongeait sur tout le pourtour de la maison, formant une large véranda ouverte, plus fréquentée que l'intérieur. Ces vérandas disposaient de charnières mobiles placées contre les quatre murs, et se trouvaient soutenues par des colonnes également mobiles, de sorte qu'on les enlevât en cas de cyclone, afin de rabattre le toit des vérandas le long des murs. Ainsi transformés en boîtes hermétiques, les bungalows étaient résistants aux assauts de la tourmente.

On indiqua une chambre à lord Cigogne et à sa femme ; ils s'y installèrent, ahuris par ce monde feutré qui les laissait sans repères. Commença alors l'imperceptible détérioration de leur commerce conjugal, sans qu'ils s'en aperçussent dans les débuts.

Cigogne s'essaya à la flânerie ; mais il ne voyait pas ce qu'il pouvait gagner à ne rien faire. Que pouvait bien rapporter cette oisiveté silencieuse ? Aucun souci ne le sauvait de l'ennui et il avait toutes les peines du monde à se créer de nouveaux besoins, des tracas divertissants. Avait-il soif ? Aussitôt on lui portait un rafraîchissement. Désirait-il quelque chose ? Dès qu'il avait réussi à se faire comprendre sans parler, on déférait illico à ses souhaits. Il se sentait devenir une sorte de crétin impavide, économe de sa vitalité, lui qui avait la trime dans le sang.

Emily avait le sens du délassement ; mais leur silence était tristement muet, exempt de liens autres que l'animosité ; car d'agaceries pour des vétilles en exaspérations, leur quotidien se mua très vite en une existence qui n'avait rien de commun même s'ils partageaient la même couche. Tout se passait dans un tragique néant. Ils n'avaient vraiment plus rien à se dire. Les règles de l'île du Silence n'avaient fait que précipiter ce constat navrant. En réalité, leur incompréhension présente n'était guère plus terrible que celle qu'ils avaient connue en Angleterre ; elle était seulement condensée et rendue visible par les circonstances.

Emily en voulut à lord Cigogne de ne plus savoir la regarder, de l'avoir entraînée dans ce voyage calamiteux ; puis elle aggrava son malaise en se reprochant d'avoir consenti à le suivre. Les remords l'assiégèrent. Jeremy la vit se renfermer dans un silence total, indifférent ; ses regards éteints l'évitaient. Elle s'en tenait aux seules expressions de la courtoisie, et ne se départait plus d'une distance amère. Quand, parfois, les yeux de Cigogne semblaient lui demander des éclaircissements sur sa conduite, avec un air qu'Emily trouvait soudain bêta, elle s'en irritait davantage.

Jeremy se lassa d'être ignoré, se montra furieux de cette absence de rapports ; il eut le sentiment d'être bien mal récompensé de ses efforts pour trouver entre eux une nouvelle intimité. A son tour, il se retira de leur relation, cessa d'entretenir des contacts véritables avec la réalité sensible qui l'environnait.

Une nuit, Emily ne rentra pas dans leur chambre ; elle se replia dans un autre bungalow. Cette retraite était un appel, muet forcément. Une douleur mimée ! Cigogne ne l'entendit pas ; elle en fut blessée. Dès lors, ils prirent leur repas chacun de son côté, dans la grande salle du restaurant. Ils n'osaient plus même se dévisager. Jeremy ne saisissait pas comment, en se taisant seulement, ils en étaient arrivés à une telle déroute ; mais il sentait combien cette situation était à l'image de leur mariage, déglingué par leurs silences de toujours. Leurs liens d'amour n'étaient-ils pas déjà relâchés, bien avant d'appareiller pour l'île des Gauchers ?

Un soir, alors qu'ils soupaient dans la salle à manger en bois, aérée par la brise nocturne, Emily sentit se poser sur elle le regard persistant d'un homme jeune qui dînait seul. Quand il souriait aux serveurs, son visage avait une grâce fuyante qui était plus que de la beauté, comme l'éclat d'une insolente vitalité, bien que ses yeux fussent voilés par un fond de tristesse douloureuse. Tout en lui dénonçait des sentiments ardents. Bientôt, Emily eut presque peur de l'intensité de ses yeux qui faisaient entrer son monde hanté en elle. Ce regard profond était pour elle comme une voix nouvelle dans son existence délabrée et, sans qu'elle pût résister, la détresse de cet homme qui lui parut essentiellement seul la bouleversa, comme si elle avait perçu en lui un écho de ses propres sensations en ce moment de sa vie. Prudente, Emily se garda de rencontrer ses yeux qui la cherchaient.

Le lendemain, alors qu'elle s'était établie dans une

chaise longue, avec un livre, sur la pelouse de la cocoteraie que fréquentaient les faux muets de l'hôtel, Emily l'aperçut à nouveau et eut la complaisance de se laisser regarder sans déplaisir. A distance, il l'honorait d'une attention soutenue, respectueuse, pour que sa témérité ne pût pas déposer contre lui mais suffisamment marquée pour qu'elle en fût d'abord flattée ; puis l'intensité de ses regards la retint véritablement. Une conversation particulière et silencieuse s'esquissa ; car il eut l'habileté de naviguer entre l'imprudence et la réserve. Il la considérait, parcourait avec fascination son corps qu'il semblait deviner sous sa robe légère ; enfin, désirant provoquer le retour des yeux d'Emily, il baissa les siens. Se noua alors cet accord tacite qui permet de mieux s'épier en détournant les yeux chacun à son tour, jusqu'à ce qu'ils se rejoignent, brièvement, dans un instant plein de déséquilibre et de trouble. Ce jeune homme, qui semblait faire peu de cas de leur différence d'âge, lui parut tout à coup plus charmant qu'elle ne l'eût voulu en acceptant ce jeu de regards.

Revenant à elle-même, Emily se composa tout à coup une physionomie plus froide. Notant ce raidissement, le galant eut alors l'adresse, pour la mettre plus à son aise, d'avoir l'air aussi timide qu'elle. Déjà il gouvernait les réactions d'Emily ; car cette attitude de retrait eut pour premier effet de lui faire espérer une reprise de leur dialogue oculaire. C'est ainsi qu'insensiblement leurs yeux s'accoutumèrent à se croiser, se fixèrent avec plus d'audace ; et elle lisait toujours dans les siens cette solitude, la douleur d'une solitude essentielle qui faisait naître en elle une compassion irraisonnée. Il y avait quelque chose de si incompris chez Emily que cette empathie-là fut pour beaucoup dans son égarement.

Mais le jeune homme n'approcha jamais d'un pas ; il pressentait que cette distance maintenue lui permettait de pénétrer plus avant dans l'imagination d'Emily. Perspicace, il semblait flairer que ce dialogue clandestin la soulageait d'une sensation diffuse d'incomplétude. Sa conduite était un chef-d'œuvre. Ses yeux entretenaient toujours plus précisément Emily d'une tendresse qui ne cessait de la déconcerter ; avec art, il s'attachait à régler le sentiment qu'il suscitait. Toute à son agitation, Emily le devinait mû par le désir impérieux de faire cesser le vide de sa solitude.

Un moment, elle eut envie d'interrompre cette intimité naissante mais le premier sourire, que dis-je, demi-sourire, qu'il osa lui adresser la ramena vers lui dans un mouvement du cœur involontaire. Tout ce qu'elle obtint de son propre visage fut de ne pas répondre à ce sourire et de prendre un air absent. Affectant soudain de songer à autre chose, elle s'efforça d'affaiblir l'expression de son trouble et réussit à lui marquer une froideur qui le replaçait dans le cheptel des gens indifférents ; puis elle le salua discrètement avec une politesse qui disait leur peu d'intimité. C'était là à nouveau le parti de la prudence.

Quand il se fut éloigné, Emily conserva longtemps de lui une vive émotion. Elle eut alors une idée qui flattait à la fois son besoin d'être *honnête* vis-à-vis d'elle et de Jeremy et son désir de reprendre cette conversation sans mots avec le jeune homme. Le projet qu'elle avait formé était simple : débusquer Cigogne de sa retraite en usant des ressorts de la jalousie. Désemparée, elle ne voyait plus quel procédé employer pour réinventer leur lien ; et dans son égarement tout neuf, elle eut assez de fausseté pour se faire croire qu'elle était capable de pousser plus avant son discret commerce avec le jeune homme en restant maîtresse de sa conduite, à défaut de bien maîtriser ses sentiments. Pour mieux s'en convaincre, elle se répétait que le penchant manifesté par cet homme n'était qu'un goût léger né de l'oisiveté, fils d'une occasion. Oui, c'était bien cela, il n'avait cherché auprès d'elle qu'une distraction que sa solitude lui rendait nécessaire ; elle n'allait tout de même pas saborder l'aventure de son mariage, ou plutôt ce qu'il en restait, pour quelques œillades. La véhémence de ses raisonnements défensifs ne laissait cependant pas de l'inquiéter.

Le lendemain, lors du petit déjeuner, un serveur passa entre les tables en agitant une cloche pour attirer l'attention sur le panneau qu'il tenait de l'autre main ; on pouvait y lire qu'un concert serait donné l'après-midi même par le compositeur Hadrien Debussy *, à quinze heures. Le jeune homme jeta alors un regard vif à Emily pour l'inciter à regarder le panneau ; puis il lui sourit d'un air entendu. Cette manière de rendez-vous qu'il venait de lui donner fut remarquée par lord Cigogne ; car Emily avait eu soin de répondre au jeune homme par un sourire appuyé dès qu'elle avait senti sur elle les yeux de son mari.

Le résultat ne se fit pas attendre.

A quinze heures, lord Cigogne était bien au concert, et il fixait sa femme avec une rage contenue. Emily fut étonnée de ne pas trouver le jeune homme parmi l'assistance nombreuse qui était installée dans l'arbre géant. Le concert était donné dans un grand kaori de quarante mètres de haut dont le feuillage formait une cathédrale végétale. Le piano avait été hissé à vingt mètres du sol sur une plate-forme et une société élégante, toute en den-

* Petit-fils du musicien Claude Debussy.

telles et vêtements clairs de lin, avait pris place autour, assise sur les branches, en compagnie de quelques oiseaux tropicaux. Les hommes portaient des canotiers, fumaient ; les femmes agitaient des éventails, roulaient des ombrelles, montraient leur gorge, leurs épaules. On eût dit que cette société coloniale de rudes pionniers reprenait dans cette île le goût de ses origines françaises. Le pinceau de Renoir semblait les avoir placés dans ce grand kaori.

Le musicien, Hadrien Debussy, grimpa dans l'arbre, vêtu d'un frac impeccable et, à sa grande stupéfaction, Emily reconnut en lui son jeune homme ! Avec un sourire, il lui offrit en passant un petit panier rempli de papayes mûres, son fruit favori. Comment l'avait-il appris ? L'avait-il épiée ? Cette attention lui parlait d'elle d'une façon... sucrée qui lui plut. Une assistante distribua des imprimés qui annonçaient que le programme de ce récital champêtre avait été modifié et que M. Debussy donnerait ce jour-là une composition récente, de la nuit dernière, inspirée par *une femme*.

Emily eut alors le plus grand mal à contenir l'émotion vive qui se dilatait en elle ; elle la repoussa sans réussir à l'éloigner, congédia son trouble sans succès. Mais, en véritable Anglaise, son état fut pour elle seule, du moins le crut-elle ; Emily parvint à se cuirasser derrière un visage lisse, si lisse même que le pénétrant Cigogne y lut avec justesse son désordre intérieur ; car Emily n'avait jamais eu un naturel aussi figé. En réprimant trop les symptômes de sa passion, elle s'était dénoncée. Lord Cigogne, à son tour, s'étudia à prendre la physionomie de la sérénité, essaya un léger sourire, alors qu'il n'était que colère de s'être fait battre par ce musicien tricheur. Dans une île où chacun s'astreignait à un silence complet,

Debussy allait tirer parti de l'éloquence de sa musique pour parfaire sa cour ! Ses notes seraient ses mots, ses vers !

Et c'est bien ce qui se produisit.

Pour arriver jusqu'au cœur d'Emily, le jeune homme posa ses mains sur le piano. La musique composée pour elle par le jeune Debussy opéra ; bientôt il l'eut en son pouvoir, bien qu'elle ne le sût pas encore. Leurs yeux parlèrent beaucoup ; ceux d'Hadrien n'avaient qu'un langage, celui de l'amour le plus offensif. Emily se défendait comme elle pouvait, fascinée par ce désir étrange qu'il avait d'elle, incapable de se soustraire à l'effet prodigieux qu'il faisait sur ses sens. Pénétrée de trouble, elle avait du mal à fixer ses pensées et, contre sa propre volonté, mettait tous ses soins à lui offrir des occasions de rencontrer ses yeux ; il mettait les siens à les saisir. Au désir de l'approcher succéda très vite celui de mieux le connaître ; à cette fin, elle se laissa flotter dans cette musique qui lui donnait accès au monde intérieur de cet homme, dont elle apercevait des reflets dans ses regards.

Lord Cigogne ne perdait pas un mot de leur conversation muette et, soudain, alors qu'il était en train de la perdre, il eut la révélation de l'ambivalence de sa femme, de la nature essentiellement double d'Emily. La musique de son rival l'éclaira brutalement. En scrutant les réactions, les tressaillements du visage d'Emily qui écoutait la mélodie dans une tension extrême, il sentit qu'elle était aussi friande des passages subtils, à l'image des mille nuances qui formaient toujours ses sensations compliquées, que des envolées vigoureuses et plus simples. Elle paraissait goûter également les deux visages antagonistes de la virilité, celui qui comprenait les richesses infinies de sa subjectivité et l'autre, simplificateur et d'une énergie entraînante, qui lui permettait de ne pas se perdre dans le dédale de ses aspirations contradictoires. C'était ces deux facettes d'une masculinité bien comprise que ce Gaucher lui donnait à aimer dans sa musique. Cigogne, lui, n'avait jamais su répondre à cette double attente.

Au-delà de l'ambiguïté de ses désirs d'amante, Jeremy aperçut tout à coup l'étendue des contradictions d'Emily. Jusque-là, il avait toujours rapporté à sa propre nature ce qu'il constatait chez elle, avec grand étonnement. A présent, bercé par la musique, il s'efforçait de plonger dans ses sensations à elle, de pénétrer cette ambivalence fascinante qui lui sembla être l'âme du caractère de son épouse. Etait-elle fâchée avec la féminité ordinaire, celle qui se signale par tous les codes en vogue qu'elle refusait ? Bien sûr ! Mais dans le même temps elle avait la passion de ce qu'il y avait de délicieusement féminin en elle ; et, parfois, elle crevait d'envie de faire valoir ses jolis seins, ou de rouler des hanches pour capter les regards des hommes. Intègre, éprise d'authenticité, elle était pourtant avide d'explorer ses propres zones d'ombre, irrésistiblement attirée par ses pulsions contradictoires, à la fois hantée par son besoin d'être honnête, différente de sa mère, et par le désir de céder aux appels irraisonnés de ses sens, de se prélasser dans les libertés que seul permet le mensonge. Désirait-elle être connue, véritablement, de son mari ? Aussitôt elle souhaitait regagner les sphères troubles de son mystère. Tout en elle n'était que nuances, doutes et ambivalence. Pour la première fois, Cigogne cessa de vouloir la simplifier ; il aima ce monde de subtilités, de paradoxes. Mais n'était-il pas trop tard ?

Dans sa défaite, qu'il pressentait, Jeremy eut assez d'esprit pour examiner la conduite de Debussy afin de tenter d'apprendre de ce musicien gaucher comment il lui fallait aimer Emily. Dans un effort extrême de volonté, il se raidit contre sa douleur et s'obligea à exercer son jugement, sous des dehors détendus et souriants ; car cet Anglais ne voulait pas laisser voir combien il était blessé. Lord Cigogne avait lutté contre lui-même pendant quatorze ans afin de hisser son caractère à la hauteur de sa passion, il s'était fait un visage pour Emily, jamais il ne renoncerait à cette femme dont il raffolait, jamais il ne se laisserait aplatir par un rival, fût-il très adroit. Jamais !

Une chose frappa lord Cigogne : depuis qu'il exerçait sa séduction sur Emily, Hadrien Debussy se gardait de lui imposer son rythme. Respectueux des flux et reflux de la vie intime d'Emily, il avançait sans la brusquer, en laissant à son désir le temps d'émerger, alors que Jeremy n'avait jamais su que la prendre d'assaut, dans le fracas de ses déclarations d'intention. Quand, huit ans auparavant, il était revenu à Londres pour la rapter à son mari, le danseur Clifford Cobbet, il l'avait fait avec éclat, sans s'inquiéter du moment, ni des dispositions du cœur d'Emily. Mais ce qui fascinait surtout Cigogne, c'était que Debussy avait l'air de se couler dans le rythme de vie d'Emily en y trouvant un plaisir authentique ; il n'y avait apparemment dans son attitude aucun esprit de manœuvre. Jamais il n'était venu à la jugeote de Jeremy que l'on pût rechercher une jouissance en abdiquant son propre rythme ; là était peut-être l'une des leçons qu'il pouvait tirer de sa déroute.

Il s'étonna également de ce que ce Gaucher semblât posséder une énergie multiple qui le rendait disponible à plusieurs choses à la fois, alors que lui, semblable en cela à la plupart des hommes, engageait toute son énergie dans l'activité qui devenait l'objet privilégié de son intelligence ; et si d'aventure on cherchait à le distraire — de son travail, par exemple — il se mettait en colère, comme si le monde entier se fût ligué pour l'agresser, lui, tout spécialement. Naturellement, en vivant à ses côtés, Emily avait fini par se sentir dérangeante ; elle s'était lassée d'être regardée comme une menace, le lui avait dit. Au lieu de cela, Debussy ne se caparaçonnait pas, alors qu'il était occupé à composer un opéra. Il avait même trouvé la disponibilité d'écrire pour Emily cette sonate qu'il était en train de jouer avec cœur ; et c'est ainsi qu'il lui parlait d'amour, sous son nez !

Au-delà de l'ironie de la situation, ce dernier point sembla le plus important à Jeremy. Plutôt que de griffonner des vers ou de rédiger une déclaration en prose, Hadrien Debussy avait su convertir sa passion en symboles : cette musique, ce panier de papayes mûres, tout cela disait son amour en actes, en sons, en fruits colorés, en instants délicieux. Il n'était pas nécessaire de passer quatorze années à se remanier en Papouasie ou en Helvétie, de défaire des empires, de se colleter contre des dragons pour gagner les faveurs d'Emily ; le langage des symboles suffisait. Cette constatation simple laissa Cigogne stupéfait, lui qui ignorait cette grammaire faite d'attentions qui font mouche, de cadeaux chargés de sens, de sacrifices qui émeuvent, de gestes qui viennent à propos, de silences qui touchent le cœur, d'initiatives qui font sentir à quel point l'on est unique, et regardé.

Le temps était venu pour lord Cigogne de se tourner vers une autre façon d'être, plus gauchère, de se conquérir plutôt que de tenter d'asservir le monde à sa nature, de se découvrir une autre virilité, d'ouvrir les bras afin de se donner, au lieu de les fermer pour s'emparer de la vie, de l'argent et du quotidien des autres. S'il souhaitait battre ce Debussy, il lui fallait user des armes de ce Gaucher, cesser de libérer son énergie dans un conflit bien inutile avec le monde, afin de la replacer en lui. Fidèle à son tempérament, il résolut de s'engager dans cette voie avec furie.

Chaque matin, Hadrien Debussy laissait une lettre de couleur bleue sur un banc, au bout d'une jetée en bois qui s'avançait sur les eaux claires du lagon. Emily venait s'y asseoir tous les jours, pour vivre là les instants précieux du lever du soleil, face à cette mer pacifiée par la barrière de corail qui lui était comme une présence apaisante ; sur ce banc, elle aimait peindre et se sentir exister, loin des vertiges et des yo-yo affectifs que s'inventent les hommes ; les pinceaux à la main, elle éprouvait le bonheur qu'il y a à être intime avec le monde sensible, lorsqu'il s'éveille. Les cris d'oiseaux tropicaux flottaient dans le silence de l'aube ; elle s'enveloppait alors dans le vent tiède de l'été austral. Parfois, des raies géantes venaient planer devant le ponton de bois, comme pour la saluer. Debussy avait dû surprendre ce rite matinal et juger que ce moment était propice pour lui parler d'elle, par écrit ; cette attention, qu'elle avait devinée, lui touchait le cœur chaque fois qu'elle trouvait sur son banc une petite enveloppe bleue. Mais l'esprit de résistance d'Emily n'était pas encore anéanti.

Certes, elle et Hadrien étaient d'accord sur leurs sentiments ; leurs yeux se l'étaient confié, dans un accord muet. Mais elle espérait conserver sur sa conduite la maîtrise qu'elle avait perdue sur ses sens et ne souhaitait pas ajouter à ses tourments ceux de remords douloureux ; car en elle se livrait toujours un touchant combat entre son corps et son désir d'honnêteté. Emily ne s'était pas résolue à rompre avec celui que ses enfants considéraient comme leur père ; et elle ne se voyait pas lui revenir un jour souillée par le mensonge, en se laissant regarder comme une sainte par Peter, Laura et Ernest. Cependant, la prose de Debussy agissait et Emily était à présent incapable de faire cesser cet état de trouble, cette anxiété qui l'accaparait toujours davantage. Parfois, en se promenant le long des cocoteraies sablonneuses de l'île, elle convenait qu'elle n'aurait de tranquillité qu'en se soumettant une bonne fois pour toutes à son inclination pour Hadrien. Parfois aussi, elle réussissait à se faire violence pour se distraire de l'impression qu'il faisait sur elle ; mais toujours une puissance inexorable l'y ramenait. Sa défense faiblissait. Elle pressentait sa reddition.

Dans l'agonie de sa volonté, Emily en voulait à Cigogne. Pourquoi diable l'avait-il exposée à de tels déchirements en laissant son esprit disponible et ses sens insatisfaits ? Son absence de réaction, alors qu'elle se débattait, la rendait comme folle ; elle ne voyait pas que Jeremy ne percevait pas cette lutte souterraine. Il avait dans l'idée qu'elle était déjà perdue pour lui ; aussi ne se pressait-il pas d'agir pour la reprendre. Occupé qu'il était à méditer sur sa nouvelle métamorphose, Cigogne était loin de penser que ces heures étaient les dernières avant l'irréparable ; car Emily n'avait jamais su se donner avec légèreté. Entière, elle se réservait ou se livrait toute, sans économiser ses sentiments.

Un jour qu'elle croisa lord Cigogne, Emily le fixa avec

panique ; ses yeux lui criaient qu'elle avait besoin d'aide. Ne comprenant rien, ne pressentant rien, il se contenta de lui jeter un bref coup d'œil, détaché, qui en un instant acheva le lent travail de Debussy. Révoltée, Emily le vit s'éloigner sans lui faire l'aumône d'un regard. Dans sa fureur, elle prit le parti de ne plus lutter même si, un jour, il lui faudrait répondre des suites de cette faiblesse. En retrait, à l'ombre d'un banian étrangleur sous lequel il écrivait son opéra, Hadrien Debussy avait tout saisi.

Une lettre bleue donna rendez-vous à Emily ; les mots du jeune homme la persuadèrent aisément. Emily s'y rendit dans le projet de se défaire de son désir. Vaincue par les circonstances, elle avait l'espoir que cet assouvissement serait suffisant pour quitter Hadrien ensuite. Afin de ne pas avertir l'univers de cette fugue, elle s'éclipsa subrepticement de son bungalow. Emily s'était débarrassée auparavant de son alliance, laissée sur sa table de nuit. Les infidèles ont parfois de ces coquetteries...

Sans échanger un mot, elle passa une journée entière avec Debussy. Ils se retrouvèrent sur les rives d'une baie profonde, plantées de pins colonnaires. Le lagon était en cet endroit parsemé de blocs minéraux qui formaient des îles sombres. A nouveau, Emily eut le sentiment qu'il y avait un autre soleil sous les eaux du Pacifique. Elle jeta sur lui un regard animé mais timide, propre à l'engager à plus de hardiesse. De prévenant, Hadrien devint tendre en l'aidant à embarquer sur la pirogue qu'ils empruntèrent pour traverser la baie. A bord, elle s'abandonna, toute à la volupté d'être regardée. Les yeux d'Hadrien, moins enflammés, étaient plus caressants. Son sourire était celui d'un homme sûr d'être dédommagé de son attente et qui, sur le point d'en être récompensé, prend encore du plaisir à maintenir cette distance qui suspend le désir. Cet homme éveillait chez elle une ardeur sauvage, mêlée de compassion pour son incapacité à se débarrasser de son sentiment de solitude.

Au fond de la baie, ils débarquèrent pour franchir à pied une colline couverte de jungle. L'embarras qu'elle marquait dans sa progression donnait à Hadrien le loisir de lui tendre la main. Elle ne se laissait attendre que pour se faire désirer davantage. Sa main se retirait toujours et se donnait sans cesse. Libres dans leurs regards, et ayant tous deux la même faim de l'autre, ils se refusaient à trop hâter l'issue de ces frôlements. Se comprendre sans jacasser leur était une volupté supplémentaire ; jamais en conversant ils n'eussent éprouvé un tel accord fait de connivence et de communion physique, bien qu'ils se fussent à peine touchés. Sans avoir entendu le son de la voix de l'autre, il leur semblait se connaître dans ce qu'ils avaient de plus authentique, au-delà des menteries des mots, des malentendus qui naissent toujours d'un échange de paroles. L'éloquence de leurs gestes, de leur visage, les avait fait se rencontrer sous le drapeau de l'honnêteté la plus vraie. Ils sentaient ce qu'éprouvait l'autre, s'étonnaient ensemble, partageaient des fous rires, oubliaient leur solitude à deux. Une seule phrase eût suffi à les sortir de ce présent qui ignorait l'emploi du passé et du futur, ces temps angoissants.

Ils furent arrêtés par une rivière d'eau de mer limpide, guéable sur toute sa longueur, et la suivirent jusqu'à un bassin naturel de sable corallien, très blanc. Ce petit lac salé était d'un bleu vif qui vibrait sous l'effet du soleil ; il formait une manière de clairière aquatique, creusée dans le cœur de l'île du Silence et environnée d'arbres sans âge, des flamboyants millénaires dont les fleurs rouge sang se reflétaient dans les eaux transparentes de ce lagon intérieur. Emily resta interdite et frissonna.

Satisfait de l'émerveillement qu'il lisait sur le visage d'Emily, Hadrien escalada un flamboyant; les ramures s'élançaient au-dessus du lagon. Il lui tendit la main gauche. Elle monta à sa suite. Les deux Gauchers s'étendirent sur une grosse branche. Emily était toute au plaisir d'être convoitée, dans une lenteur de rêve; son émotion pleine de désir la laissait sans défense. Une autre femme vivait en elle, au creux de son ventre; là, elle se sentait fluide, vivante. Longtemps il chercha son corps, avant d'entrer en elle avec un soulagement qui était comme une paix. Au fond d'Emily s'éleva une onde qui, en se propageant, la fit s'agripper à ses épaules pour prendre de lui une première jouissance. L'arbre en fut secoué, comme le cerisier de Hyde Park, et ils voyagèrent longtemps vers le plaisir, baignés par une pluie de fleurs rouges. Le jeune homme fut d'une grande tendresse pour son ventre, pour la femelle qu'elle aimait être contre sa peau; lui n'ignorait pas l'animal en elle. Il se fichait pas mal qu'elle fût lady Cigogne ou autre chose. Parfois, il sifflotait la mélodie de la sonate qu'il avait composée pour elle; et dans la mémoire d'Emily résonnaient les notes de piano entendues lors du récital sylvestre.

Leurs vêtements flottaient sous eux, à la surface des eaux du lagon couvertes de fleurs rouges, tandis que leurs reflets poursuivaient cette conversation des corps, aérienne, sauvage, entremêlée de spasmes. L'émotion physique qu'elle obtenait de lui était de celles, indélébiles, qui rendent fou à l'idée de ne plus les retrouver; mais quel avenir leur était réservé, alors qu'ils n'avaient jamais conjugué un verbe au futur?

Un matin, lord Cigogne vit Hadrien Debussy déposer une enveloppe bleue sur le banc d'Emily, au bout du ponton de bois. Discrètement, il la déroba, l'ouvrit et, à l'ombre d'une fougère arborescente, connut la douleur de voir ses craintes confirmées. Il n'était question que d'étreintes dans un flamboyant, de pluie de fleurs... de ces satisfactions illégales qui font naître chez les maris des désirs de meurtre, un vertige de chagrin, sans recours.

Dans sa fureur, Cigogne concerta un projet ingénieux, susceptible de bouter son adversaire hors du lit de son épouse. Il venait de relire les traités militaires de Clausewitz et, encore sous l'influence de cet artilleur, était résolu à ne porter qu'un seul coup, mais mortel. La politique de Cigogne était de se réformer une fois encore, longuement, afin d'accéder à un autre type de virilité ; mais la guerre qu'il allait mener sans faiblesse serait brève, pleine d'astuces empoisonnées.

Il avait remarqué que la lettre de Debussy était tapée à la machine et que les six premières lettres du clavier, *AZERTY*, étaient mal formées ; s'il voulait rédiger une fausse lettre et entretenir l'illusion qu'elle avait été écrite par le musicien gaucher, il devait la taper sur la même machine à écrire, celle de Debussy.

Un après-midi, Hadrien et Emily s'étaient éclipsés dans la plus grande discrétion ; mais Cigogne avait noté leur manège. Il en profita aussitôt pour s'introduire dans la chambre de Debussy par la fenêtre. Sans traîner, il tapa sur sa Remington la lettre qui allait le discréditer aux yeux d'Emily, alors même qu'il était en train de la culbuter. Cette ironie des circonstances plut à Jeremy, diminua un instant son malheur. Quand il eut terminé, il emprunta une enveloppe bleue à Hadrien et évacua prestement les lieux, sans laisser de traces.

Cette lettre pleine d'habileté s'adressait à un soi-disant ami de Debussy ; elle relatait par le menu comment, à la suite d'un pari fort rentable, Hadrien était parvenu à gagner la tendresse d'une Anglaise romantique qui le croyait sincèrement épris. En termes d'un froid cynisme, Cigogne faisait dire à Debussy que son entreprise de séduction n'était qu'une enfilade de calculs, inspirés par l'appât du gain et, aussi, par le plaisir pervers de perdre une épouse qu'il avait crue imprenable. La description qu'il fit d'Emily, peu flatteuse, portait loin l'ignominie. Dans sa jalousie fielleuse, Cigogne avait perdu toute mesure ; il désirait Emily et ne supportait pas que cet amateur de solfège caressât le corps de sa femme. N'avait-il pas engagé tout son être pour tenter de l'aimer, depuis ce jour de 1911 où, dans les jardins de l'archevêché de Cantorbéry, elle lui avait fait la grâce d'entrer dans sa vie ? Jeremy ne pouvait se résigner à la perdre, sous le prétexte que les solutions qui lui venaient à l'esprit n'étaient guère morales. Il était disposé à toutes les reptations, à toutes les fourberies pour redevenir maître des événements et se refaire une place dans le cœur d'Emily. Qui a déjà aimé dans des proportions qui justifient l'emploi de ce verbe ne pourra condamner un tel procédé.

Cette lettre faisait allusion à une autre missive, adressée à Emily ; le faux Debussy disait avec esprit que ces quelques pages étaient pétries de faussetés charmantes, remplies de compliments outrés, de toute cette fausse monnaie sentimentale dont les hommes paient les femmes qu'ils feignent d'aimer. L'idée de Cigogne, tordue, était de faire croire à Emily qu'Hadrien avait interverti les deux lettres par mégarde. Emily aurait ainsi le sentiment de découvrir une vérité qu'elle n'aurait jamais dû connaître.

Elle trouva la fausse lettre le lendemain matin sur son banc, alors qu'elle avait déjà de l'humeur : depuis son escapade avec le jeune musicien, elle ne parvenait pas à retrouver son alliance. Cette perte l'affectait comme si elle avait égaré le seul lien qui la rattachât encore au père d'Ernest.

Au petit déjeuner, Cigogne dut attendre l'arrivée de Debussy pour lire sur le visage d'Emily l'effet de son stratagème. Le silence des yeux de sa femme — lorsqu'ils croisaient brièvement le regard d'Hadrien — lui apprit bientôt que leur intrigue était près d'être dénouée ; ceux de Debussy continuaient à l'entretenir d'une tendresse authentique et, avec insistance, paraissaient lui demander l'explication de cette froideur qu'elle lui témoignait soudain ; car elle ne lui fit pas même la faveur d'un coup d'œil. Ivre d'une rage glaciale, elle s'efforçait de le négliger. Sa haine était d'autant plus forte que, dans sa félicité, elle ne s'était pas lavée la veille au soir afin de conserver sur sa peau un peu de l'odeur de son amant ; et à présent elle se sentait souillée de porter en elle, et sur toute sa personne, des traces de cet homme qui l'avait jouée ; du moins le croyait-elle. Lord Cigogne jubilait ; son arrangement avait réussi.

Pendant la journée, le malheureux Debussy donna à Emily toute facilité de l'aborder ; elle ne pouvait lever les yeux sans rencontrer les siens ; mais elle eut toujours soin de le fuir. La règle du silence accablait Hadrien, après l'avoir tant servi ; elle l'empêchait à présent d'éclaircir la conduite d'Emily et le rendait comme fou.

Le soir, à bout, Debussy voulut prendre l'occasion d'une collation dansante pour mettre un terme à cette course-poursuite. L'assistance gauchère était vêtue avec recherche ; on avait marqué son désir de plaire par des mises avantageuses. Un orchestre de jazz libérait des éclats de musique chaloupée. Hadrien se leva, dans le dessein d'inviter Emily à danser ; celle-ci, paniquée, manifesta alors une nervosité extrême. Lord Cigogne, qui surveillait du coin de l'œil la progression de sa cause, se présenta aussitôt pour tirer Emily d'embarras. Avec un sourire touchant, il lui proposa de danser ; elle accepta. Debussy resta seul, déséquilibré, dans le vide.

Dans un tourbillon, Cigogne fit un signe aux musiciens qui attaquèrent illico un morceau qu'Emily reconnut ; c'était *Easy to love me baby*, un air de Sidney Barnett sur lequel il lui avait demandé sa main, huit ans auparavant, dans une cave de Gilden Street, là où les Londoniens s'initiaient à l'époque au jazz américain. Grisée par la mélodie, elle redevint un instant Emily Cobbet, celle qui avait jadis perdu la tête pour l'homme qui la tenait dans ses bras. Ils dansèrent ainsi, dans un exquis dialogue des corps, aidés par le silence qui faisait taire leurs vieux ressentiments, ces kilos d'aigreurs anciennes ; il n'y avait que le plaisir d'être là, ici et maintenant, embarqués par cette danse d'une époque retrouvée qui les enlaçait l'un à l'autre.

Collée contre lui, Emily fut touchée par ce qui l'irritait naguère : cette pente naturelle qui poussait Jeremy à simplifier ce qui avait trait à la vie du cœur, au lieu de la suivre dans le dédale de ses sentiments ambivalents, dans ses labyrinthes intérieurs qu'il renâclait à fréquenter. Pour une fois, elle goûtait sa constance simple qui, ce jour-là, la rassurait, et s'offrait à elle comme un refuge dans la tourmente affective qu'elle traversait. Qu'il n'eût jamais douté d'eux l'émouvait; et qu'il eût assez de tact pour ne pas lui faire sentir qu'il connaissait sa liaison avec Hadrien la bouleversa.

Mais ce qui acheva de les raccommoder, ce fut le coup de théâtre ourdi par Cigogne : il passa soudain à l'annulaire gauche d'Emily l'*alliance* qu'elle croyait avoir égarée. Où l'avait-il trouvée ? Ligotée par la règle du silence, elle se laissa faire sans pouvoir l'interroger, toute à son bonheur d'être reprise avec cette délicatesse, et cette tendresse aussi. Ce langage symbolique était nouveau pour Jeremy; il en savourait l'efficacité qui se lisait sur les traits d'Emily.

Pour la première fois, elle aima Jeremy pour sa différence, au lieu d'en être agacée comme à l'ordinaire. Non seulement Emily aima soudain sa façon de simplifier les choses, mais elle fut également sensible à la solitude extrême de cet homme qui l'adorait, à sa difficulté à se confier; s'avouer était pour Cigogne synonyme d'effriter sa virilité. Tout cela, qu'elle déchiffrait dans ses yeux, la touchait tout à coup, éveillait en elle une compassion teintée de désir, cette sorte d'émotion insurmontable qui accompagne l'amour véritable.

Tandis qu'ils dansaient, leur mutisme faisait naître entre eux le besoin de se parler. Jamais peut-être ils n'avaient eu une telle envie de partager les nuances de leurs sensations, ce qu'ils étaient, leurs espérances joyeuses, plutôt que d'examiner les dysfonctionnements de leur mariage. L'île du Silence avait fait son œuvre ; ils pouvaient désormais regagner le monde des parleurs, avec cette avidité de causeries qui ne les quitterait plus de sitôt.

La Vérité les ramena vers l'île des Gauchers. A bord, tous les couples jacassaient, s'en donnaient à cœur joie, à cœur bien ouvert. Mais Emily et Cigogne se gardèrent de s'appesantir sur le cas d'Hadrien Debussy. Il eut la sagesse de ne demander aucun éclaircissement ; et ils évitèrent par la suite ce sujet miné, ces éclats inutiles qui blessent l'amour-propre et finissent par liquider la tendresse. Certes, le silence n'ôtait pas pour Cigogne le désagrément du souvenir ; mais il préférait à sa souffrance le bonheur et la chance d'avoir appris sur cette île à aimer Emily dans sa différence. Ce profit valait bien le sacrifice de son orgueil. Que représentait son cocufiage au regard de ce joli progrès, si décisif ?

Lord Cigogne se sentait prêt à construire la maison d'Emily, celle qui serait comme un écho de ses contradictions, cette bâtisse sur mesure qui aiderait sa femme à vivre les demi-teintes pas claires de sa nature.

— Une maison peut-elle vraiment aider à aimer ?

— *I'm afraid, not !* répliqua lord Tout-Nu. Mais c'est beau de le croire, n'est-ce pas ? L'île des Gauchers ne s'est-elle pas bâtie sur des espérances ? Ici, nous croyons aux vertus des chimères !

Cette réponse ambiguë laissa Cigogne perplexe. De retour à Port-Espérance, Jeremy et Emily se mirent à rêver de la maison qu'il convenait de bâtir pour qu'elle les protégeât non seulement des typhons mais aussi des pièges de la vie à deux. Maladroitement, ils dessinaient des plans susceptibles de favoriser leur bonheur, les jetaient au panier, négociaient l'ouverture d'une porte, se querellaient sur les verrous qu'il était judicieux de poser ; dix fois ils s'y reprirent sous les yeux amusés de Peter, Laura et Ernest.

Pendant leur absence, les enfants avaient découvert l'école gauchère et ses singularités. Naturellement mixte, alors que l'Angleterre de 1933 ignorait encore cette notion malsaine — surtout aux yeux d'Algernon qui avait une passion fanatique pour la promiscuité masculine —, cette école s'appliquait à faire des enfants de futurs amants, capables de jeter toute leur énergie dans les embarquements de leur vie amoureuse, sans qu'on leur imposât jamais de vérité en la matière. A Port-Espérance, personne n'avait la prétention de détenir les clefs de l'art d'aimer. Les Gauchers se regardaient plus comme des chercheurs insatisfaits que comme des trouveurs assis sur des dogmes ; ils étaient trop gourmands des différentes manières d'aimer pour s'en tenir à une seule.

L'histoire qu'on enseignait dans les écoles de l'île était celle des rapports entre les hommes et les femmes ; le reste — qui, entre nous, ne présente qu'un intérêt secondaire — n'encombrait ni les tableaux noirs ni les mémoires. Sur l'île d'Hélène, les grands hommes, fictifs ou réels, se distinguaient par leur aptitude à aimer, chacun selon sa folie. Chateaubriand tenait dans les manuels d'histoire plus de place que Napoléon, relégué au rang de figurant maladroit. Musset régnait sur son époque, jetait dans l'ombre le troupeau des politiques de son temps. Le XVIIIe siècle des Héléniens était hanté par M. de Valmont, et le tapage des suffragettes anglaises pesait plus lourd dans les débuts de notre ère que l'altercation fâcheuse qui opposa la France et l'Allemagne de 1914 à 1918. Ainsi allait le cours de l'histoire dans cet archipel excentré où les écoliers n'apprenaient à écrire que pour rédiger des billets doux, et explorer les mille nuances qui brouillaient ou dopaient leurs élans. La seule véritable géographie était celle du cœur humain, et du sien propre. On y apprenait à danser, à chanter, à exercer toutes les facultés que requiert la vie sentimentale. La grande question qui accaparait les maîtres et les élèves n'était pas *comment se faire aimer ?* — interrogation qui semblait obnubiler le monde des droitiers —, mais *comment aimer ?*

Chacun à son niveau, Ernest, Laura et Peter avaient

commencé à être initiés aux labyrinthes du cœur des hommes et des femmes, éveillés aux griseries des corridas amoureuses qui les attendaient. C'est ainsi que Laura lança un jour, du haut de ses quinze ans :

— *Daddy*, c'est simple, dessine une maison qui vous permette d'être plus libre et d'être mieux ensemble, vraiment ensemble.

Lord Cigogne regarda Laura avec effarement ; ce qu'elle venait de dire était à la fois banal et follement juste. Il n'en revenait pas d'être passé à côté d'un principe aussi fondamental de l'architecture amoureuse : *davantage de vie de couple et plus de solitude* ; cela répondait exactement à l'ambivalence d'Emily. Aussitôt, il attrapa une feuille de papier et conçut presque d'un jet la maison d'Emily, une maison dans laquelle la vie matérielle à deux ne prendrait jamais le pas sur leur commerce affectif ; de façon à éviter que l'un ou l'autre éprouvât la sensation d'être *piégé,* de s'être fait voler sa liberté.

La façade du bâtiment en teck de Nouvelle-Zélande présenterait deux portes, qui donneraient chacune dans une demi-maison ; au rez-de-chaussée, deux appartements indépendants — et complets — seraient séparés par une cloison. Chacun pourrait y couler des jours sereins en célibataire. Emily se crèmerait le physique sans vergogne de son côté, le soir ; Jeremy se délasserait loin des agaceries qui empêchent l'amour de prospérer. Il serait ainsi possible d'aller et de venir hors de la maison sans que l'autre pût exercer ce contrôle irritant et implicite qui fait du couple le lieu privilégié de la tyrannie ordinaire, sous le couvert de la plus vive tendresse. Pour jouer au mariage, il suffirait de monter au premier étage, afin de se prélasser dans la partie commune de la maison, là où une vaste chambre de copulation jouxterait celles des enfants qui seraient autorisés à rôder partout. Bien entendu, il était convenu que ni lui ni Emily ne pourraient pénétrer dans les appartements de l'autre sans y être expressément invité.

Naturellement, la structure du bâtiment permettait toutes les évolutions ultérieures au cas, très improbable, où lord Cigogne et Emily souhaiteraient davantage de vie commune. Qui sait ? Peut-être voudraient-ils un jour se faire greffer les veines et leurs intestins afin de partager jusqu'à leur digestion ! En attendant ce grand soir de fusion, la demeure des Cigogne se présenterait ainsi.

Emily accepta ce plan qui ménageait ses aspirations les plus contraires ; le gros œuvre fut réalisé sans délai, avec l'aide de sir Lawrence, sur les rives d'une baie du sud de l'île. Cette zone montueuse se donnait certains jours de brume des airs d'Ecosse. Touchés par les beautés de cette nature presque celte, Emily et Jeremy avaient fait fi des précautions de sûreté des Gauchers qui préféraient s'installer dans la grande fosse de Port-Espérance, à l'abri des morsures des typhons et des rares incursions de la piraterie malaise ; la dernière remontait à 1927. Algernon fut pourvu d'une antique winchester, et Ernest équipé d'un lance-pierre taillé dans une racine de palétuvier.

Emily et Lord Cigogne regardaient s'élever cette curieuse maison avec effarement. Pour ce couple d'Anglais nés à la fin du XIXe siècle, cette réalité qu'ils bâtissaient de leurs mains, au bord d'un lagon austral, avait ce parfum d'irréalité qui ne cessait de les étonner. Dans cette grande baie où prospéraient des pins colonnaires, ils étaient si loin de leur Gloucestershire, des manières de la société de Kensington, des gilets brodés de Bond Street ! Emily n'avait jamais connu que des bâtiments victoriens, des demeures en brique peinte de gens bien nés, tel le détestable Wragchester Hall de sa tante Mrs Bailey, ce château crénelé qui s'élevait dans les Midlands. Leur maison du bout du monde ne ressemblait à rien de ce dont un Britannique pouvait rêver. Pourtant, ces murs singuliers qu'elle montait elle-même la laissaient songeuse, pleine d'un bonheur inespéré. Elle avait le sentiment d'échapper ainsi à cette existence qu'on planifie pour vous en Europe, de dessiner son propre destin en inventant sa maison ; et cela libérait en elle une énergie toute neuve, ce tonus vivifiant qu'elle avait perçu chez les Héléniens, ces pionniers qui n'en finissaient pas de choisir leur vie.

Dès que le parquet fut clouté, Algernon s'employa à le cirer avec soin et, alors que la maison était encore inachevée, en proie aux poussières des travaux, il imposa à tout le monde l'usage de patins lustrants. C'était absurde, bien entendu ; mais cette exigence civilisatrice flattait sa sensibilité de *butler* égaré loin des rives de la Tamise. Algernon tenait à ce que cette demeure restât anglaise dans l'âme, même si les portes s'ouvraient à l'envers et si les ventilateurs tournaient vers la gauche. Conciliant, il s'était résigné à ce que le personnel se réduisît à sa seule personne, en tenant compte de la localisation de leur nouvelle maison, très à l'écart de Kensington ; mais il exigeait de ses maîtres une soumission totale aux rites britanniques. Sa devise était : *Gauchers oui, mais Gauchers anglais !* L'Union Jack flottait donc sur Emily Hall — car tel était le nom que lord Cigogne donna à leur nouvelle demeure ancestrale — et certains matins, Algernon faisait chanter aux enfants (et au perroquet) le *God save the king* en hissant le drapeau sur le mât qui servait également à étendre le linge. C'était pour lui un grand moment d'émotion anglaise, un de ces instants où il sentait que tout son sang se changeait en thé, avec un nuage de lait. Sur le fil tendu entre ce mât et la maison, ses plastrons amidonnés flottaient, à côté de ses fixe-chaussettes et de ses gants blancs humides que séchaient les alizés tièdes. C'est d'ailleurs grâce à ce fil que les Cigogne apprirent un jour qu'Algernon portait des caleçons à motifs écossais ; par pudeur, on n'en parla jamais.

Au cours de ces semaines de grands travaux, lord Cigogne se sentait étrangement disponible. La certitude de posséder ensuite une demi-maison dans laquelle il serait hors d'atteinte de sa femme apaisait la peur sourde, pas très nette, qu'il avait d'elle, cette crainte informulée qu'elle accaparât toute son énergie. Toujours il avait fui une intimité prolongée avec Emily ; et plus il avait tenté de lui échapper, plus elle s'était ingéniée à lui dérober des instants de dialogue véritable qui, chaque fois, commençaient par le feu des récriminations amères qui fermentaient en elle. Le purin des couples ! Inévitablement, ce cycle très désagréable éloignait Cigogne de toute envie de *parler d'eux*. A présent tout allait différemment. Assuré de posséder bientôt une zone de repli, Jeremy renonçait à imposer son rythme de vie ; il se coulait dans celui d'Emily avec une satisfaction qui l'étonnait lui-même, était capable d'hésiter *avec elle* sur la couleur des molletons destinés à recouvrir la lunette de leurs chiottes pendant des heures ; Cigogne n'avait jamais supporté le contact d'une lunette froide en bakélite sur la chair sensible du haut de ses cuisses. Il tirait un authentique plaisir de ces spéculations ménagères qui, jadis, l'eussent d'abord laissé indifférent avant de le lasser très vite. Conscient que ces tergiversations n'étaient que prétexte pour *être ensemble,* il s'employait même à les prolonger ! Du rabiot, pour eux !

A l'image des Gauchers de l'île, lord Cigogne se surprit soudain à éprouver une passion furieuse pour... le quotidien ! Lui qui avait toujours regardé les détails de la vie comme autant de problèmes à régler se découvrait un joli talent pour faire du bonheur avec ces riens qui composent l'existence : préparer un thé, couper une fleur, rechercher des connivences. Cependant, il se livrait à tout cela avec la rage et l'étrangeté qui lui étaient coutumières ; car au fond, lord Cigogne restait persuadé de la nécessité de mener une existence *sur mesure.* Il craignait qu'un conformisme de gestes ne l'amenât insensiblement vers celui, plus gênant, de la pensée. Cet être essentiellement aristocratique s'efforçait d'être totalement lui-même dans chacune de ses initiatives, s'attachait à être bien l'auteur de ses mœurs.

Quand lord Cigogne formait le projet de couper une fleur pour Emily, par exemple, il prétendait qu'il partait *à la chasse à la fleur*. Ce rite nouveau — qu'il entendait léguer à sa descendance gauchère — consistait en premier lieu à se vêtir du costume à veste rouge qu'il portait naguère pour chasser le renard, sur ses véritables terres ancestrales du Gloucestershire. Il enfilait également des bottes d'équitation, découpées dans le cuir le plus fin, celui des fesses de gorille ; puis, assisté de son valet de chambre, il se hissait sur de grandes échasses afin d'apercevoir la plus belle fleur des alentours, digne de son Emily. Algernon était de la partie. Lord Cigogne exigeait à chaque fois que son *butler* participât à ses chasses à la fleur, en qualité de sonneur de trompe. Accoutré en *hunter* anglais, Algernon cavalait donc dans les fourrés, derrière son maître perché sur ses échasses qui quêtait en lançant avec entrain les *taïaut* traditionnels de la chasse au renard. Fier d'être associé à ce rite qui lui rappelait la vieille Angleterre, Algernon soufflait de la trompe comme un forcené ; mais comme cet équipage improvisé ne possédait pas de meute de chiens — ce qui n'eût servi à rien, on en conviendra —, cette sonnerie servait surtout à stimuler l'ardeur de la meute que formaient ses deux fils, Peter et Ernest, chargés de prospecter les sous-bois tropicaux et les taillis de fougères bleues. Dans sa jalousie naissante à l'égard de sa mère, Laura refusait toujours de se joindre à ce rite flambant neuf qui avait pour objet de rapporter une fleur rare à lady Cigogne, *la fleur d'Emily*.

Dès que Cigogne avait localisé sa proie, on sonnait l'hallali. Ernest et Peter rappliquaient aussitôt, ravis de jouer avec leur père qui dans ces circonstances ne quittait jamais la gravité que les enfants engagent dans leurs jeux. Avec la dignité qu'il mettait jadis à descendre de son pur-sang anglais, lord Cigogne descendait de ses échasses pour s'approcher de la fleur aux abois. Tremblant, Algernon lui tendait une paire de ciseaux afin qu'il pût servir, entendez pratiquer la mise à mort d'une fragile tubéreuse ou d'un pissenlit géant. Clac sur la tige ! La fleur tombait dans un linge brodé, humide et immaculé que tenait son valet de chambre ; la curée pouvait avoir lieu. Peter et Ernest s'élançaient alors pour rafler les fleurs qui se trouvaient autour, par brassées entières, afin de les rapporter à leur mère. Ainsi se déroulaient les chasses à la fleur de lord Cigogne. Mais, quelles que fussent ses excentricités très britanniques, l'important était que Jeremy mît une tendresse nouvelle dans ses attentions, qu'il cultivât l'art de parler par gestes symboliques, avec la certitude que cette intimité ne dévorerait pas son territoire le jour où il reprendrait une activité professionnelle qui, sans être frénétique, requerrait une énergie plus concentrée.

Un matin, Emily se mit à sa fenêtre, dans sa maison sans toit qui semblait un décor de cinéma en plein air ; ce qu'elle vit la troubla, sans qu'elle sût précisément ce que lui rappelait cette découverte. Alors, soudain, Emily comprit qu'elle avait déjà peint cette vue, en Ecosse. Dans la nuit, Cigogne avait planté des arbres de façon à reconstituer, à vingt mille kilomètres de Glasgow, ce qu'elle avait vu mille fois de la fenêtre de sa chambre de petite fille, dans le cottage de ses grands-parents paternels, au fond des Highlands où la petite Emily Pendleton avait coulé des étés délicieux. Jeremy lui avait offert une vue *sur mesure.* Plus le temps passerait, plus les arbres grandiraient, plus son enfance en Ecosse lui reviendrait. Ce cadeau l'émut aux larmes.

Pour le remercier, Emily mit une robe blanche de lin qu'il adorait, se coiffa comme il aimait la voir ; et lorsqu'elle le rejoignit pour le petit déjeuner, elle raconta que l'une de ses amies avait un jour voulu remercier son mari d'un présent qui l'avait touchée en se faisant belle pour lui, en passant les vêtements qu'il préférait lui voir porter. Elle n'en dit pas plus ; Cigogne saisit aussitôt qu'Emily avait vu son cadeau et à quel point elle y avait été sensible. Leurs regards confirmèrent qu'ils s'étaient compris ; et dans un silence délicieux, ils goûtèrent le plaisir de leur complicité, la ferveur de cet amour violent qu'ils éprouvaient soudain l'un pour l'autre, sous des dehors paisibles, face aux enfants et à Algernon qui étaient éloignés de se douter de quoi que ce fût. Cette retenue très britannique augmentait encore la tension qui les animait.

Ils étaient en passe de devenir d'authentiques Gauchers.

Lord Cigogne se sentait rejoindre Emily dans une vie réelle, un quotidien qui, loin de les séparer sournoisement, les reliait par ces mille sensations partagées dans une existence authentiquement commune. Cigogne s'étonnait chaque jour de devenir presque aussi réel qu'Emily ; il lui semblait avoir vécu avec elle en Angleterre comme dans un mauvais rêve, coupé du monde sensible. Mais Emily et Jeremy ne connaissaient pas encore les paroxysmes du désir, ces vertiges des sens que favorisait le surprenant calendrier de l'île d'Hélène.

On approchait de Pâques ; les Gauchers se préparaient à leur Carême particulier. Et avec quelle ferveur ! Pendant quarante jours, personne dans l'île n'aurait de relations sexuelles avec qui que ce fût. Les couples s'interdisaient toute transgression de cette règle, non par excès de vertu mais pour remettre du prix dans cet acte qu'ils goûtaient trop pour négliger de l'entourer de précautions. Cette coutume visait à faire renaître chaque année les désirs altérés par l'habitude, à susciter des frustrations propres à réveiller les ardeurs alanguies.

Les Gauchers avaient le culte des voluptés. Toutes ! Les chétives, les inattendues ! Les mirobolantes ! Celles qui n'avaient pas besoin du corps, aussi. Ah, les épices de certains songes... Cette interruption des étreintes était pour les Héléniens l'occasion de s'aventurer sur d'autres chemins de la sensualité, moins balisés. Privés de sexe, ils se procuraient de mille façons des satisfactions érotiques plus ou moins licites... A compter du premier jour, il régnait dans Port-Espérance une électricité particulière ; car ces Françaises de 1933 se montraient soudain moins farouches qu'à l'ordinaire. Ce Carême paraissait les désinhiber en les libérant de l'appréhension que fait naître parfois le risque d'une intimité sexuelle. Cette hypothèque étant levée, elles se livraient sans retenue au plaisir de se laisser courtiser, avec une désinvolture charmante.

Le premier jour du Carême gaucher, lord Cigogne se trouvait en ville ; il se rendait en tilbury à sa consultation qu'il venait d'ouvrir dans un bâtiment colonial de l'artère principale, l'avenue Musset. Les cafés élégants offraient le spectacle d'hommes et de femmes qui conversaient plus librement qu'à l'accoutumée ; on eût dit qu'il régnait une fièvre due à un événement particulier. La diète sexuelle signalait le renouveau d'une sensualité plus diffuse, moins centrée sur les exigences des organes génitaux. On se frôlait, on riait, on se regardait. Cette petite population, où presque tout le monde se connaissait, semblait se redécouvrir. Les femmes se présentaient dans des atours ravissants, soulignaient leur taille, montraient leur gorge ; chacun émoustillait son prochain, se grisait en se livrant à un badinage galant qui se voulait sans conséquence. Des ébauches d'idylles se nouaient ; on buvait, se plaisait, s'éprenait, se déprenait. Les femmes mariées oubliaient qu'elles l'étaient, sans encourir le moindre reproche puisque tout cela n'était qu'un jeu ; plaire n'entraînait aucune obligation.

En avance à un rendez-vous, lord Cigogne prit un rafraîchissement à la terrasse du Colette, le grand café qui faisait l'angle avec la rue Julien-Sorel. Une jeune femme lui adressa un discret coup d'œil et laissa tomber son mouchoir jaune. Des genoux à pâlir ! Conçus tout exprès pour titiller les désirs. Rien qu'à deviner les jambes qui allaient avec, sous cette jupe pas trop pudique, les hommes se sentaient déjà dans les affres. Cigogne, qui avait lu quelques romans, ne se hâta pas de ramasser la pièce de soie jaune. Quelques instants s'écoulèrent. Il se retenait de sourire ; elle l'épiait par en dessous. Un grain de beauté bien placé, au-dessus de sa lèvre supérieure, donnait plus de piquant encore à la beauté mutine de cette fille, empreinte de fraîcheur. Elle laissa tomber son foulard ; et alors, avec cette légèreté que Jeremy avait oubliée depuis des années, ils se regardèrent brièvement et partirent dans un éclat de rire ; puis ils se dévisagèrent, en se laissant gagner par une gêne délicieuse. Elle se baissa, ramassa son mouchoir et son foulard, et dit à Jeremy avec une effronterie pleine de grâce :

— Voyez-vous le foulard dans la vitrine en face ? Si j'étais à votre place, je l'offrirais à la jeune fille qui vous parle, et à qui vous ne déplaisez pas... Ou bien je lui ferais l'hommage de quelques vers !

— *Well*... fit-il en rougissant un peu.

Elle sourit, lui vola tout à coup son porte-monnaie et, d'un bond, fut dans la boutique d'en face. Ne voulant pas se donner le ridicule de courir après cette ravissante en criant *au voleur,* il resta immobile, effaré qu'une jeune fille pût se comporter ainsi, avec autant d'étourderie. Un vieux serveur, qui avait suivi ce manège, s'approcha de Cigogne et marmonna :

— C'est le Carême ! Elles sont intenables, libres, désinvoltes, pendant quarante jours...

C'est ainsi que Jeremy apprit ce qu'était le Carême gaucher et à quel marivaudage il donnait lieu. Pendant quarante jours, les femmes avaient le droit de tenter les hommes sans que ces derniers eussent celui de les culbuter ; mais le jour de Pâques, chacun s'accordait à tenir pour nul et non avenu les regards et les paroles échangés pendant le Carême. Enfin, on s'y efforçait...

Cette légèreté de ton se ressentait dans les propos frivoles, les attitudes équivoques qui se multipliaient, à l'abri de cette règle qui écartait la gravité d'un engagement des corps ; tout cela ensorcelait Cigogne, le replongeait dans l'univers badin des salons français du XVIIIe siècle, non pas ceux des froids libertins mais ceux de cette société qui pratiquait les choses de l'amour comme on joue au croquet, loin des pesanteurs des passions véritables. Cet air grisant, plus léger que celui qu'il respirait avec Emily, lui donnait les dix-huit ans qu'il n'avait jamais eus.

La jeune étourdie ressortit enfin du magasin, repassa devant lui et lâcha sur la table sa bourse encore pleine ; elle n'avait prélevé que ce qui lui était nécessaire pour acheter le joli foulard noué autour de ses cheveux.

— Merci ! fit-elle en le payant d'un large sourire.

Puis elle ajouta :

— Je m'appelle Charlotte !

Et elle disparut à l'angle de la rue, d'un pas aérien ; sa présence de papillon, libre d'évoluer selon son caprice, flotta un temps dans l'imagination de Cigogne. Sa silhouette frêle se reconstituait dans son esprit comme en songe, attisait les appétits de Jeremy. Ce qu'il fallait pour être heureux, là, en cet instant ! Il était traversé par un goût délicieux car sans conséquences, exempté des complications qui vont avec les amours installées. Charlotte... son nom resta attaché à cette sensation d'ivresse.

Cigogne expédia ses quelques clients, leur prescrivit des pages d'auteurs nocifs à haute dose, comme Montherlant, mais efficaces à doses homéopathiques pour soigner les esprits souffrant d'une mièvrerie excessive, ou les cas graves de myopie qui coupent de la réalité. Puis, sans tarder, il retourna à Emily Hall, plein du désir de faire naître entre lui et sa femme cette légèreté qu'il avait respirée en ville, fille d'un interdit malicieux.

En route, sur la piste de terre rouge qui longeait le lagon, à l'ombre d'un bois de mélèzes tropicaux, il se félicita d'avoir eu assez d'inconscience pour émigrer sur cette terre australe qui offrait de connaître toutes les facettes de l'amour. Ce jeu frivole qu'il avait vu dans le café Colette était assez nouveau pour lui. Dans la société anglaise dont il était issu, les femmes ne s'aventuraient guère à plaire trop nettement ; elles mettaient à se faire remarquer cette réserve sans laquelle on les eût blâmées, cette timidité due également à la crainte où elles étaient de se sentir obligées de se donner si elles y parvenaient trop bien. Il y avait comme un risque qui planait entre les hommes et les femmes, un risque qui limitait les plaisirs de la cour, les resserrait dans les sinistres bornes de la décence victorienne. Etrangement, l'interdiction de toucher Emily aiguisait les appétits de Cigogne, et lui faisait hâter le trot de l'étalon qui tirait son tilbury.

Emily Hall apparut au détour d'un virage, un peu au-dessus des rives sablonneuses et blanches de la baie, sur cette colline verte du bout du monde qui était un petit morceau d'Ecosse, placé là comme pour eux, dans l'immensité du Pacifique Sud. La façade en bois était à présent montée, comme l'essentiel de la structure du bâtiment principal. Algernon avait déjà installé des *festoon-blind,* ces stores bouillonnés anglais qui habillaient les bow-windows du rez-de-chaussée très *cosy*. Il avait également placé l'armure du premier lord Philby dans le petit salon de l'appartement de Cigogne et insisté pour que l'on élevât deux colonnes blanches de part et d'autre de chacune des portes d'entrée, surmontées d'un petit fronton, de façon que la maison eût un petit air géorgien. Hélas, Algernon n'avait pas trouvé en ville de menuisier disposé à leur fabriquer des fenêtres à guillotine ; ils avaient dû se contenter de fenêtres classiques. Si les portes ne s'étaient pas ouvertes vers la gauche, et en tournant le dos aux couleurs du lagon, ainsi qu'aux palétuviers qui le bordaient, on se serait vraiment cru face à une demeure perdue dans les Highlands, en plein été. Ce jour-là, le drapeau britannique flottait dans la chaleur alizéenne ; l'illusion était parfaite.

Au milieu de la baie, lord Cigogne aperçut sir Lawrence, debout sur le pont de son ketch en acajou, dans le plus simple appareil. Sa raideur et son maintien dénonçaient son origine anglaise ; bien que nul accessoire ne permît de le situer, il était bien un fils de cette aristocratie buveuse de thé fascinée par elle-même, et par ses rites. Curieusement, sa nudité ne choquait plus Cigogne ; sur cette île gauchère, tout était si singulier... De loin, ils échangèrent un signe de la main (gauche), avec dignité. Son bateau voguait sur les eaux tièdes du lagon ; de toute évidence, lord Tout-Nu avait rendu visite aux habitants d'Emily Hall, et il s'en allait comme il était venu.

En arrivant, Cigogne allait embrasser Emily quand elle lui tendit la main gauche, avec un sourire plein de malice ; déséquilibré, il hésita un instant, voulut lui baiser l'intérieur du poignet avec un tendre respect ; elle s'y opposa et lui donna une vigoureuse poignée de main, avant d'ajouter :

— Sir Lawrence m'a mise au courant, au sujet de ce Carême... *Darling*, il faudra te priver de mes faveurs pendant quarante jours !

Sur ces mots, elle fit pivoter ses talons et retourna à ses travaux de décoration, à l'intérieur, en laissant rouler ses hanches d'une façon qu'il ne lui avait jamais vue faire !

Cette fille de pasteur était habituellement si fâchée avec les artifices et les minauderies de la féminité ordinaire que Jeremy en resta pantois. Emily tourna la tête et lui jeta un coup d'œil furtif, accompagné d'un sourire fripon ; puis elle disparut.

Toute la journée, elle prit plaisir à découvrir ces attitudes un tantinet provocantes qu'eût feint de réprouver Mrs Pendleton, sa mère. Emily ne s'abandonnait à rien de vulgaire, mais elle cherchait, et trouvait avec des gestes touchants, cette façon d'être qui parle aux sens des hommes, plus qu'à leur esprit, cette féminité affichée, lourde de promesses, qu'elle avait toujours refusée à son corps ; et elle y parvenait avec une aisance qui la surprenait elle-même. Que tout cela fût un jeu, presque une plaisanterie, l'aidait à se départir de sa retenue ; et qu'elle fût certaine de n'avoir pas l'obligation de se donner ensuite la libérait de ses ultimes appréhensions, dans un climat de divertissement badin sur lequel ne pesait pas la perspective d'une étreinte prévisible. Les vingt mille kilomètres qui la séparaient de sa mère y étaient également pour beaucoup. Loin de Mrs Pendleton, Emily s'abandonnait à une frivolité qui, à Londres, lui semblait interdite. Sur les rives de la Tamise, ces jeux de la séduction sensuelle appartenaient au monde faux de sa mère, le rouge à lèvres lui paraissait un mensonge supplémentaire dans le catalogue de ceux qui faisaient toute la vie de Mrs Pendleton. Légère, Emily jouait enfin avec la femelle qu'elle sentait palpiter dans son corps ; elle l'apprivoisait, se lâchait avec enjouement.

Les enfants ne s'aperçurent de rien, sauf peut-être Laura qui, du haut de ses quinze ans, flairait que sa mère était dans de curieuses dispositions. La petite famille continuait de s'atteler aux travaux de décoration d'Emily

Hall. Le changement d'esprit d'Emily ne se signalait que par des regards appuyés, des frôlements, des allusions coquines qui, chaque fois, jetaient lord Cigogne dans un trouble inconnu. Il demeurait effaré par la liberté que s'accordait soudain Emily ; jamais en Angleterre il ne l'avait vue manifester un tel *chien*. Un instant, cela lui fit peur, tout en le charmant ; car ce réveil soudain d'une féminité corsetée lui mettait dans l'esprit des craintes pour les suites de ce Carême gaucher. Que deviendrait plus tard cette Emily sexy, plus encline à jouir des effets de son pouvoir sur les hommes ? L'époux jaloux, fébrile depuis l'incartade avec Debussy sur l'île du Silence, remâchait son anxiété, tout en goûtant ces manières nouvelles qui agaçaient ses désirs. Qu'une maîtresse se comportât ainsi ne lui aurait pas déplu ; mais que son épouse s'octroyât une telle licence le rendait nerveux.

— Et j'en ai un peu honte..., murmura-t-il sur la terrasse d'Emily Hall.

Emily se tenait derrière lui, sous la véranda en dentelles de bois imputrescible qui donnait sur le lagon, face au soleil du soir qui frôlait l'horizon. Elle avait écouté sa confession, cet aveu simple, sans grandiloquence, qui la touchait plus qu'elle n'osait le laisser paraître. Auparavant, jamais lord Cigogne ne se fût autorisé à parler ainsi de ses appréhensions. L'homme qu'elle voyait naître sur cette île la bouleversait ; elle s'émerveillait de sa virilité nouvelle, faite de sensibilité acceptée, de moments comme celui-ci où il lui faisait la confiance de s'abandonner, de se montrer dans une vérité peu glorieuse qui, loin de l'affaiblir à ses yeux, le grandissait. Dépouillé du mensonge d'une fausse solidité, il en devenait désirable.

— J'aurais aimé avoir eu assez de force pour t'aider à

être plus tôt comme tu as été aujourd'hui... Oui, j'aurais aimé t'éveiller à cette part de toi...

— Jeremy, reprit Emily, tes propos viennent d'effacer tes maladresses, et cet aveu me donne plus envie de toi que...

Elle se tut et, sans s'attarder, effleura la main de Cigogne. Il s'approcha d'elle, de ses lèvres, la sentit prête à se couler contre lui, fondante entre ses bras qu'il n'osait refermer sur elle. Sa peau à elle brûlait d'être caressée, et de faire passer cette tendresse dans toute sa chair, d'irriguer son corps de cette douceur qu'elle le voyait disposé à donner ; et elle eut envie de se laisser aller. Au vif de son ventre, Emily le voulait avec force. Elle pressentait que dans cette étreinte quelque chose en elle allait mourir pour qu'une autre femme pût naître, moins heurtée, prête à s'accorder avec cette satanée féminité que sa mère avait en quelque sorte accaparée jadis, comme si elle eût redouté que sa fille n'en fît un jour usage contre elle, dans une rivalité sans bornes. Ils restèrent ainsi, immobiles, tendus par le désir de s'offrir les dernières privautés ; mais lord Cigogne eut assez de présence d'esprit pour ne pas céder aux injonctions de ses appétits.

Il leur restait quarante jours à attendre ; mais n'était-ce pas cela faire de sa vie l'aventure d'aimer une femme ? Ils n'avaient pas quitté le monde droitier pour se livrer à une existence molle de touristes vautrés dans une villégiature coquine. L'amour de ces deux époux valait bien les quelques tourments que leur imposait le calendrier de l'île des Gauchers.

Le soir même, Emily se présenta à dîner dans une robe longue qui laissait deviner ce qu'il eût été charmant de mieux apercevoir et qui cachait juste ce qu'il fallait de peau pour que Jeremy souhaitât la déshabiller tout à fait. Elle était à ravir, maquillée comme elle ne l'avait jamais été, ou plutôt comme elle n'avait jamais osé l'être. Longtemps hostile à toutes les tricheries de l'apparence, Emily avait dû se laisser aider par Laura, initiée à l'art de manier le mascara par ses copines gauchères.

Le souper fut servi par Algernon qui, sous l'effet de l'émotion que provoqua chez lui l'apparition de sa maîtresse, tituba quelque peu, renversa presque une soupière de potage à la tortue. Le couvert avait été dressé dans la véranda illuminée par des lampes à pétrole. Comme à leur habitude, lord Cigogne et ses fils — même le petit Ernest ! — portaient pour le dîner des habits sombres à queue-de-pie, avec des cols cassés blancs ; et l'on parlait latin à table, histoire de maintenir sur cette terre australe les restes d'une civilisation chère à cette famille anglaise. Chez les Cigogne, on avait le goût des pensées subversives, des voyages au bout de soi, en Papouasie ou ailleurs ; on eût volontiers fait la révolution ; mais on tenait à ce que certains rites fussent maintenus, même au fond de l'Océanie. La seule concession acceptée par Algernon était l'inversion des couteaux et des fourchettes, puisque tous s'évertuaient à devenir d'authentiques Gauchers, sauf Algernon bien sûr.

Au cours du repas, lord Cigogne fut si manifestement troublé par sa femme qu'il baragouina dans un latin pitoyable, si médiocre que les enfants reprirent leur *daddy* par trois fois. Emily jubilait intérieurement, en affectant de ne pas s'apercevoir du désordre que causait sa tenue. Ses sous-entendus coquins étaient pour Jeremy des promesses de voluptés ; dix fois elle le tenta, entre la panse de brebis farcie et le pudding aux goyaves. Jamais une femme ne s'était montrée avec lui aussi hardie, sous le couvert de propos anodins. Quand elle parlait — en latin — de la reproduction des fleurs, et des roses en particulier, ses regards disaient à Jeremy qu'il était bien question de ses attentes, de la manière dont elle voulait être prise ; et elle mettait dans ses allusions une telle urgence qu'elle avait l'air de lui signifier qu'elle ne patienterait pas quarante jours.

Lord Cigogne répondait, en ne parlant que de pistils, de pétales et de pollen et, usant encore de ce langage biaisé, la priait de ne pas trop le mettre à l'épreuve. Ses sens avaient des impulsions dont sa volonté ne pourrait toujours répondre, surtout en avançant tard dans la nuit, en entrant dans ces heures sans durée, dans ces instants immobiles où l'obscurité s'empare de l'esprit, et corrompt la volonté. Ernest avait le plus grand mal à suivre cet étrange cours de botanique en latin.

— *Eror vegetatus est*, conclut Cigogne en commettant une nouvelle faute.

Quand vint l'heure du coucher, les enfants furent

envoyés au lit et Cigogne ne fut pas long à se barricader dans ses appartements. Après la soirée qu'ils venaient de vivre, coucher avec sa femme sans pouvoir entrer en elle lui semblait intolérable ; et le plus cruel était que non seulement la petite convulsion finale était prohibée mais aussi les attouchements qui font tout le délice de ce genre d'exercice. Le Carême gaucher exigeait que les peaux ne se touchassent pas. Oh, bien sûr, Cigogne pouvait toujours faire fi de cet interdit ; mais il n'avait pas traversé la planète pour enfreindre les règles gauchères ! Et puis, avancer ne fût-ce qu'une seule main sur le corps d'Emily — en conservant l'autre dans le dos — eût été indigne de la confiance qu'elle avait placée en lui ; car enfin, Emily ne s'était abandonnée à cette façon d'être, en quittant toute retenue, que parce qu'elle se savait hors d'atteinte. Certes, il devait entrer dans son comportement l'excitation trouble de voir jusqu'où elle pouvait aiguiser les désirs de Jeremy sans le voir succomber ; mais il jugeait peu *fair play* de profiter de l'ambiguïté de ce jeu dont il avait accepté les règles.

Lord Cigogne se mit au lit sans délai, avec l'espoir que rien de fâcheux ne se produirait au cours de cette première nuit d'abstinence lorsque, soudain, il entendit un gémissement derrière la cloison. Cette plainte venait de la chambre d'Emily qui jouxtait celle de Cigogne ; leurs appartements respectifs étaient aménagés symétriquement de part et d'autre de la cloison de bois qui les séparait. Il tendit à nouveau l'oreille et, peu à peu, se fit à l'idée qu'elle était en train de se donner de la joie. La tension de la soirée n'appelait-elle pas un assouvissement solitaire ? Emu à son tour, Cigogne sentit son sexe vivre dans sa main gauche lorsque, tout à coup, il songea qu'il s'agissait peut-être d'une manœuvre destinée à le faire sortir de sa réserve. Il se rasséréna, recouvra un peu d'empire sur son sexe, jusqu'à ce qu'il entendît, derrière la cloison, Emily qui montait bruyamment à l'étage par son propre escalier pour se rendre dans leur chambre commune, située juste au-dessus de sa tête. L'invitation était claire ; si elle avait souhaité être discrète, elle aurait fort bien pu ne pas claquer les portes. Tenace, Cigogne se remit dans ses draps quand, d'un coup, il tomba par terre. Son lit venait de se briser en cinq morceaux. Jeremy se leva, examina le meuble ; il avait été dévissé, très certainement par Emily. Le message était limpide.

Alors, dans un éclair, lord Cigogne décida de la rejoindre et de lui montrer qu'il était plus résolu qu'elle ; même dans leur lit, il ne craquerait pas. Il allait s'offrir le luxe de la dédaigner, histoire de calmer les appétits de son épouse ; car il leur fallait encore soutenir quarante jours de diète. Il emprunta donc son propre escalier en colimaçon qui s'enroulait vers la gauche, poussa la porte de leur chambre commune et, à son grand étonnement, ne la trouva pas. La pièce était vide. Il entra ; Emily se mit à rire. Elle était cachée derrière la porte qu'elle referma derrière lui.

— Assieds-toi sur le lit, murmura-t-elle.

Cigogne s'exécuta ; elle avait dit cela avec une douceur qui le mit aussitôt en confiance. Il n'était pas devant une femme animée de desseins lubriques, mais plutôt devant celle qui, parfois, savait l'embarquer dans des moments de tendresse infinie.

Emily augmenta la luminosité de la lampe à pétrole et, à la lueur chaude de cette flamme, il la vit se déshabiller avec des gestes coulés, empreints d'harmonie, qui faisaient oublier ceux de jadis, plus heurtés. Elle se dévêtit complètement, en silence, et lui montra son corps avec, pour la première fois, un authentique plaisir, sans cette résistance de la pudeur qui l'avait toujours encombrée. Cigogne demeurait bouleversé par l'éclat irréel de sa peau, par sa nudité et par la magie de cette liberté physique qui s'affirmait soudain en elle, en son Emily qui avait si longtemps ignoré ses formes, sa silhouette. Fasciné, il la contemplait en silence, la regardait avec une intensité formidable ; ses yeux, qui il y avait peu ne la voyaient plus vraiment, l'admiraient mieux encore que lors de leur première nuit ; car il ressentait l'histoire de ce corps, ses meurtrissures, ses grossesses qui s'estompaient, sa grâce involontaire. Il y a certes un éblouissement dans la découverte d'un corps nouveau ; mais pour la première fois, il éprouva qu'il n'est pas de plus grand vertige que de redécouvrir celui d'une femme que l'on croyait connaître.

Etait-ce le Carême gaucher qui aidait Emily à trouver cet accord simple entre elle et ce qu'il y avait de féminin dans sa nature ? Un instant, Jeremy songea qu'il pouvait remercier Hadrien Debussy, son adversaire. Cet homme qu'il haïssait la lui avait rendue plus sereine, plus apte à jouir d'un corps vivant, du miracle de sa beauté. Un an auparavant, cette scène eût été inconcevable. En Angleterre, Emily ne se donnait que sous des draps, ou encore habillée, dans le mensonge de ses vêtements, de ces tissus qui la masquaient à elle-même, comme si elle eût craint d'affronter son image véritable dans le regard de Jeremy. Une fille de pasteur anglican de 1933 n'était guère portée à vivre en termes simples avec sa sensualité ; toutes ces années anglaises avaient donc été douloureuses. Depuis qu'elle avait séjourné dans l'île du Silence, Emily avait le sentiment d'avoir signé un armistice avec ses sens.

Cigogne la contemplait, ébahi par cette confiance

nouvelle, en elle, en lui, en eux. Le monde extérieur s'estompait. Il n'était plus sur l'île d'Hélène, ni dans cette maison bâtie au bord d'un lagon ; il était *avec elle,* à la fois dans les sensations d'Emily et dans son désir d'elle. Alors elle le pria de se dévêtir à son tour, en lui disant son envie d'admirer sa nudité.

Elevé en un siècle où les hommes prenaient pour un signe patent d'homosexualité le simple fait de ne pas mépriser son anatomie, lord Cigogne se sentit soudain mal à l'aise. Que lui voulait-elle ? L'avilir ? Obtenir de lui un vague strip-tease ? Avec des mots touchants, Emily le rassura et, sans le heurter, l'engagea à se déshabiller doucement en l'aidant à regarder son corps. Elle lui fit voir que pour mieux le désirer, elle avait besoin qu'il se sentît désirable, qu'il sût se montrer en marquant nettement le plaisir qu'il trouvait à le faire. Jamais en huit ans de mariage Emily ne lui avait causé ainsi ; l'idée même de parler de *ces choses* eût paru déplacée à cet Anglais né en 1894 et à cette fille de pasteur qui entretenaient des rapports peu clairs avec leurs instincts. D'abord décontenancé, Cigogne se laissa peu à peu aller et, au milieu de la nuit, il parvint presque à aimer son large dos, ses jambes musclées et ses fesses blanches, aidé par le soutien du regard d'Emily et par ses mots aussi, qui allaient loin dans la tendresse, bouleversée qu'elle était par cet homme qui se découvrait pour elle, qui osait quitter ses réflexes pudibonds et lui faisait cadeau de sa beauté très masculine, en en prenant soudain conscience. Jusque-là, Jeremy avait toujours pensé confusément que les femmes ne consentaient à coucher avec les hommes que par générosité, ou par compassion, tant l'anatomie masculine lui semblait peu ragoûtante ; et soudain Jeremy s'émerveillait de l'émerveillement d'Emily ; il s'aimait d'être convoité avec cette ardeur, sans qu'ils se fussent encore frôlés. Pour la première fois, il goûtait le plaisir qu'il y a à se sentir vraiment désirable ; et cela le plongeait dans une fièvre étrange, un délire sensuel qui les conduisit, tard dans la nuit, à jouer avec le corps de l'autre sans que jamais leurs peaux nues ne se touchassent. Leurs ébats acrobatiques laissaient toujours quelque distance entre eux, cet écart qui interdit au désir de se soulager dans l'étreinte, et donc de se relâcher. Furtivement, parfois, ils volaient un frôlement, asphyxiaient de plaisir quand le souffle de l'autre rôdait autour de l'une de leurs oreilles, dans une tension sans fin. A l'aube, ils s'endormirent, vaincus par la fatigue, avant de l'être par la concupiscence.

C'est ainsi que pendant quarante jours ils jugulèrent leurs élans pour les mieux faire naître ; avec passion, ils se reluquèrent en se demandant comment ils avaient pu vivre pendant tant d'années en se privant d'une telle griserie. Il régnait entre eux, derrière la légèreté apparente de leur commerce plein de badinerie, de plaisanteries coquines, d'allusions feutrées à leurs voluptés à venir, un climat délicieusement orageux ; l'électricité s'accumulant, le moindre contact physique, dans un couloir, en aidant l'autre à enfiler une veste, en frôlant du bout des doigts une nuque, un avant-bras nu, devenait l'occasion de frissonner un peu, de pimenter leur quotidien.

Certains soirs, après que les enfants furent couchés et qu'Algernon se fut retiré dans l'annexe où il dormait, lord Cigogne et Emily s'asseyaient dans des chaises longues sous la véranda et, avec gourmandise, se murmuraient tout ce qu'ils ne se feraient pas ce soir-là, se confiaient les agaceries sensuelles qu'ils se seraient volontiers offertes si le Carême gaucher ne les avait contrariés. Ces gâteries exquises, imaginées côte à côte, les maintenaient des heures durant dans des vertiges de désir, les faisaient suffoquer de convoitise ; alors que s'ils s'étaient adonnés à ces câlins rêvés, le charme se serait très certainement dissipé plus promptement.

L'imagination qu'ils mettaient à concevoir ces papouilles verbales était plus grande que celle qu'ils dépensaient ordinairement dans leurs séances de copulation. Les mots appelaient un renouvellement que les gestes ne trouvaient plus ; c'est ainsi qu'ils augmentèrent considérablement le stock de leurs pratiques fornicatoires, avec entrain et dans une excitation qui ne faiblissait guère. Lord Cigogne mettait au point des caresses d'une ingéniosité extrême, et d'une invention affolante. Emily fermait les yeux et se laissait fermenter dans des songeries délicieuses, avant de répliquer à son tour, en prononçant des mots qu'elle ne se serait jamais crue capable d'articuler auparavant ; elle trouvait dans cette transgression une liberté qui augmentait encore son plaisir à passer ainsi ses soirées avec son époux, à la lueur d'un chandelier, à flotter sur ce fleuve de causeries érotiques, de fantasmes *sur mesure* qui valaient mieux que toute la pornographie inventée par et pour d'autres qu'eux.

Le soir qui précédait le quarante et unième jour, lord Cigogne jugea peu élégant d'attendre minuit pile pour se livrer à des exercices de reptation sur le corps d'Emily, comme un vulgaire mammifère en rut ; cette conduite lui paraissait indigne d'un gentleman gaucher. Mieux valait déguerpir que d'étirer la soirée dans une expectative libidineuse. C'est donc ce soir-là qu'il choisit pour expérimenter l'une des plus déroutantes coutumes de l'île des Gauchers.

Cigogne s'habilla en blanc, avec cette élégance sans faute qui ne le quittait jamais, mit une fleur blanche à sa boutonnière et sortit de leur maison par sa porte personnelle. Alors qu'elle nettoyait ses pinceaux, Emily le regarda s'éloigner dans leur tilbury sans oser rien dire ; elle n'en avait pas le droit puisqu'il était vêtu de blanc. Qu'allait-il faire à Port-Espérance ? Ce soir-là ! Alors que la ville entière fermentait, bridait encore ses sens pour quelques heures, dans l'attente de la fin du Carême. Qui sait si les appétits d'une Gauchère affriolante, malicieuse ou en verve n'auraient pas raison de sa vertu ? Pour goûter à une autre peau, il ne manque parfois qu'une occasion charmante, un peu de complaisance... Emily frissonna d'anxiété ; elle se connaissait trop de faiblesses pour ne pas lui en supposer.

Assis dans le tilbury que tirait son cheval, lord Cigogne se sentait plus léger qu'à l'ordinaire. Il avait recouvré une insouciance d'étudiant, qu'il n'avait d'ailleurs jamais connue. La brise presque fraîche reposait des chaleurs de la journée. Jeremy éprouvait avec délice le plaisir simple qu'il y a à n'être plus ni un mari, ni un père, ni un médecin, ni quoi que ce fût d'autre que *lui-même*. En s'habillant de blanc, il venait de s'affranchir aux yeux des Héléniens, et aux siens aussi, de ces liens qui, bien que charmants, sont également pesants. Par cette simple opération, il avait écarté de sa vie l'écheveau des engagements successifs qui l'avait peu à peu enserré dans des filets invisibles ; et cela l'enchantait. Comme tout un chacun, lord Cigogne avait au cours de son existence limité le champ de ses destinées potentielles en faisant des choix qui, de renoncements en décisions, l'avaient conduit à ne vivre qu'une petite partie de ce qu'il était, de ce que le monde proposait.

Conscients de cela, et afin d'éviter que le mariage n'enfermât les couples dans un quotidien trop restreint, les compagnons du capitaine Renard avaient imaginé un rite, celui de se vêtir *en blanc*. A Port-Espérance, il suffisait de s'habiller ainsi pour signifier à sa femme, à ses enfants, à ses amis que l'on souhaitait vivre quelque temps *pour soi*, en se libérant provisoirement des engagements pris tout au long de l'existence. Dès lors, personne ne vous posait plus de questions ; vous pouviez aller et venir sans rendre de comptes à qui que ce fût. Dans la mesure du possible, les autres s'efforçaient de ne pas juger votre nouveau comportement ; et chacun s'attachait à jouer le jeu, car ce respect de l'autre était la garantie qu'à son tour on pourrait se livrer un jour à cette échappée, quand le besoin s'en ferait sentir, sans encourir les reproches de son époux, ou de son voisinage. Cette attitude était d'autant plus respectée que les Gauchers se savaient peu nombreux sur leur île ; ils entendaient se préserver ainsi de l'atmosphère délétère, faite de on-dit et de cancans, qui rend tant de petites villes de province détestables. Le blanc symbolisait l'effacement de tout ce que l'on avait fait jusque-là, un état de nouvelle virginité.

Cet usage avait beaucoup frappé, voire choqué, lord Cigogne lorsque sir Lawrence lui en avait parlé. Mais ce dernier lui avait fait sentir qu'il était plus civilisé d'officialiser ce qui, chez les droitiers, se faisait dans l'ombre du mensonge ou à l'abri d'alibis professionnels. Combien de maris anglais se protégeaient de leur famille et vivaient *pour leur compte* lors de voyages d'affaires ? Loin de chez eux, ils s'autorisaient à vivre d'autres facettes de leur personnalité, en jachère, s'affranchissaient des attentes de leurs proches qui les bornaient, du personnage prévisible qu'ils jouaient en société. Les verrous sautaient. On se défroissait de tous ses plis. Le grand craquement ! De l'âme corsetée, des croyances fossilisées, et des instincts (mal) tenus en laisse... Parfois, une liaison se nouait dans cette euphorie ; mais elle était moins due au désir de luxure qu'à celui d'explorer les territoires vierges de leur existence. Le sexe n'était bien souvent qu'une clef pour ouvrir en soi d'autres tiroirs, et s'octroyer de nouvelles libertés.

Les femmes ne connaissaient-elles pas le même besoin de vivre *pour elles*? Cette aspiration n'était-elle pas légitime, et noble ? Pourquoi fallait-il salir par le mensonge le besoin qu'a chaque être humain de découvrir l'étendue de son être, de voyager dans ses potentialités ? Aux yeux des Gauchers, s'habiller de blanc n'était pas le début de la honte, bien au contraire. A Port-Espérance, on y voyait une fête, le courage d'aller voir de l'autre côté de soi, une belle imprudence ; et si un homme ou une femme n'était jamais vu en blanc, ses connaissances et amis s'inquiétaient pour lui ou pour elle. Les *jours blancs*, comme on disait, étaient des jours où l'on essayait de se marier avec soi-même.

Certains Gauchers détournaient cet usage en s'habillant de blanc tout au long de leur vie ; on les plaignait, mais gentiment. Les Gauchers n'étaient jamais très sûrs d'avoir raison de blâmer autrui.

En s'éloignant d'Emily Hall, Cigogne songea à l'un des profits des jours blancs, le principal aux yeux de sir Lawrence : ces temps de liberté permettaient de ne jamais trop en vouloir à sa femme ou à son époux, de ne pas regarder l'autre comme un frein à l'exploration de sa propre nature ; de là peut-être l'extraordinaire longévité et qualité des amours gauchères. Les ressentiments de cet ordre ne polluaient guère les couples héléniens. Par la grâce de cette coutume, le mariage avait cessé à Port-Espérance d'être une longue captivité. Et si les jours blancs faisaient naître des jalousies, parfois légitimes, les Gauchers y voyaient un piment salutaire, l'occasion de se livrer à d'autres jeux amoureux ou d'examiner les carences et les vices de son amour.

De l'une des fenêtres de sa chambre, Emily regarda Jeremy disparaître en haut d'une colline. Elle était lourde de tourments qu'elle ne parvenait pas à démêler, de la terreur d'être abandonnée, de la colère de voir cet homme qu'elle aimait chercher ailleurs qu'en elle des émotions, et de la honte d'éprouver ce qu'elle ressentait. Soudain, rejetant ses contorsions affectives, Emily voulut seller sa jument et partir espionner Cigogne dans les nuits de Port-Espérance ! Qu'il lui échappât comme cela, sans même éprouver un soupçon de culpabilité, à l'abri d'un petit costume blanc, lui parut un peu fort ! Intolérable ! De qui se moquait-on ? Comment pouvait-elle accepter cette coutume qui légitimait l'adultère ? Tous ces beaux discours lui semblaient soudain des fariboles inventées par les hommes pour lutiner des gourgandines en toute quiétude, et en trouvant cela noble par-dessus le marché ! Hors d'elle, Emily dévala ses escaliers et se précipita vers sa monture ; quand tout à coup la voix d'Algernon l'arrêta :

— Madame, si je peux me permettre, vous ne devriez pas sortir ; car il se pourrait bien qu'un jour ce soit VOUS qui souhaitiez sortir en blanc. Et, si j'ai bien saisi les propos de sir Lawrence, cette tolérance-là est bien une preuve d'amour, n'est-ce pas ?

Effarée par cette intervention, Emily resta muette, immobile. Algernon ne s'était jamais autorisé le moindre mot sur ce sujet ; ce porteur de plastrons, uniquement concerné par les questions de préséance à la cour d'Angleterre et par les résultats des courses d'Ascott, lui avait toujours semblé inaccessible aux questions du cœur.

— Puis-je ajouter une chose ? demanda-t-il.

— Faites.

— Si vous n'y voyez pas d'inconvénient, je souhaiterais préparer dès à présent le Christmas Pudding pour Noël prochain. Je le préfère rassis, voyez-vous... enfin, c'est affaire de goût ! N'est-ce pas ?

Refroidie, Emily opina du bonnet et retourna sur ses pas. Après tout, ce que venait de dire Algernon était vrai. Accepter que l'autre usât de sa liberté ne relevait pas nécessairement de la complaisance et, peut-être y avait-il même quelque chose de sublime dans cette attitude, un nouvel amour à trouver en elle, qui se soucierait moins de rafler de la tendresse que d'en donner. Confusément, elle sentit que cette épreuve pouvait l'élever, la conduire vers un progrès si elle parvenait à se défaire de sa rage. Il fallait qu'elle eût besoin de Cigogne parce qu'elle l'aimait et non qu'elle l'aimât parce qu'elle avait besoin de lui. Il y avait là une conversion nécessaire à opérer, sous peine de mal aimer perpétuellement.

— *Mum*, tu me mets au lit ? lui demanda Ernest en glissant sa petite main dans la sienne.

Elle prit son petit dernier dans ses bras en songeant que cet amour nouveau était également bon pour ses enfants, pour tous ceux qui partageaient les élans de son cœur ; et soudain, alors qu'elle revenait vers leur demeure, Emily éprouva comme un soulagement, une détente profonde en aimant son fils, et au-delà son mari, de cet amour gratuit qui ne fait pas commerce des sentiments, qui ne pose pas de conditions, qui est la seule vraie jouissance faramineuse sur cette terre. Dans son émotion, elle sentit clairement que l'amour n'est pas constitué par l'objet sur lequel il se porte mais par ce talent qu'a le cœur de se remplir en se donnant ; oui, c'était cela qu'elle éprouvait, très exactement : plus elle aimait Cigogne tel qu'il était, et non tel qu'elle eût voulu qu'il fût pour la rassurer, plus elle était pleine de vie, de paix, de tendresse passionnée pour lui, mais aussi pour tous ses prochains, et pour cette nature australe qui l'environnait. En aimant ainsi, Emily avait le sentiment de se relier au monde, et à elle-même, dans un plaisir exorbitant. Peut-être était-ce cela que les jours blancs devaient faire découvrir à ceux qui continuaient à porter des vêtements de couleur.

— *Mummy*, pourquoi tu pleures ?

— Je t'aime, mon chéri...

— Moi je m'aime que tu m'aimes... Mais il est où, *daddy* ?

Lord Cigogne entra dans Port-Espérance à la tombée de la nuit ; les réverbères de la cité pionnière s'allumaient un à un. Le long de l'avenue Musset il y avait du monde, des chapeaux australiens avec des Gauchers en dessous qui se prélassaient aux terrasses des grands cafés élégants. Des cavaliers défilaient, des *stockmen* de l'intérieur des terres, des chariots aussi, une cohue de carrioles. On eût dit une population de western éprise de galanterie française, placée par erreur dans un décor colonial d'Océanie. On sentait dans l'air tiède une expectative, une tension qui n'était plus celle du Carême gaucher, faite de légèreté, de cajoleries piquantes, de sensualité badine ; cette soirée était la dernière avant que l'interdit ne fût levé. Encore quelques heures et les corps seraient à nouveau libres de retrouver une intimité sensuelle, de fêter leurs retrouvailles.

Cigogne laissa son tilbury dans une rue adjacente à l'avenue Musset et, avec le sentiment d'être libre, descendit la grande artère, au milieu des robes, des épaules nues des femmes, des couples qui promenaient leur insouciance. Que Jeremy fût vêtu de blanc ne passait pas inaperçu ; deux femmes croisèrent son regard. L'une baissa les yeux pour les mieux relever avec cet air de trouble fugitif qui signifie qu'on vous a distingué. L'autre s'essaya à lui sourire, par en dessous ; mais ces échanges furent moins marqués que pendant le Carême. Le temps n'était plus aux joutes désinvoltes ; minuit approchait.

Jeremy n'avait pas le cœur à plaire, pas plus qu'à déplaire. Il goûtait simplement le plaisir qu'il y a à se sentir affranchi des mille obligations qui ligotent un homme de trente-huit ans, à barboter dans cet état où tout était possible, comme à vingt ans ; mais le fait de ne les plus avoir lui faisait apprécier davantage encore l'illusion de cette liberté. En se baladant en blanc, il avait l'impression de faire à nouveau rouler les dés de son sort. Tout pouvait arriver. Un signe du destin suffirait à faire de lui un chercheur d'or, un trafiquant de perles ou un voleur de femmes.

La houle des passants le poussa peu à peu vers le café Colette. Assoiffé, il choisit une table, commanda ce qu'il buvait à l'approche de ses vingt ans : du cidre, un grand verre ; quand tout à coup il aperçut la jeune étourdie qui l'avait émoustillé, il y avait peu, à la terrasse de ce même café. Charlotte, puisque tel était son prénom, vagabondait d'un pas léger sur l'avenue, vêtue de blanc elle aussi. Son corset finement cousu soutenait d'honnêtes appas ; ses bras et ses épaules étaient nus, suffisamment pour faire désirer de voir le reste de sa peau. A son tour, elle prit conscience qu'elle avait été vue. Un instant elle hésita et, soudain, se dirigea droit vers lui ! Vaguement inquiet, Cigogne se cala au fond de son fauteuil. La beauté spectaculaire de certaines femmes l'avait toujours jeté dans un malaise paralysant.

Sans rien demander, elle s'assit à sa table et siffla le reste de son verre de cidre.

— C'est délicieux d'être effrontée, vous ne trouvez pas ?

— Si je vous trouve délicieuse de l'être ? !

— Prenez-le comme vous voudrez, répondit Charlotte en souriant.

Puis elle ajouta :

— Ordinairement, je me tiens dans une certaine réserve. Oh, je sais, vous n'allez pas me croire ! Mais c'est vrai. Je ne suis culottée que pendant le Carême, ou lors de mes jours blancs ; et alors là je m'en donne à cœur joie ! Je quitte ma nature timide, d'un coup, vlan ! Je me lâche ; ça fait un bien fou. Vous devriez essayer !

Elle avait la politesse d'être charmante, une physionomie animée et cette grâce qu'on ne rencontre que chez les êtres inachevés et vifs, dans les débuts d'une vie où rien n'est encore barré. La conversation roula sur elle. Cette jeune héritière d'une dynastie industrielle du Nord avait quitté son jus familial deux ans auparavant, sur un coup de tête. Les physiques lugubres des siens l'accablaient, tout comme les bons sentiments qu'on voulait lui voir éprouver. La priait-on de sourire ? C'était pour plaire à des sinistres bien nés qui ne sortaient de leur torpeur digestive, une fois l'an, que pour toucher les coupons de leurs rentes. Les plus réveillés étaient dominés par la passion de l'argent ; toute leur personne allait dans cette direction. Cette exaltation paraissait la seule qu'ils pussent éprouver. Le détachement du réel où elle était dans son grand monde lillois lui avait donné la sensation d'avoir perdu tout contact avec l'univers sensible, celui qui procurait les émotions que sa nature ardente réclamait ; là-bas, elle faisait semblant de vivre dans un vide élégant. Pouponner un jour aux côtés d'un bourgeois prudent et déjà sans prostate lui avait semblé un destin peu enviable. Pour se sauver de l'ennui, elle s'était enfuie en sautant dans le lit d'un Gaucher désireux d'immigrer sur l'île d'Hélène. Loin de ses bases, elle était devenue ambidextre.

Ses jours blancs étaient les grandes vacances qu'elle s'inventait. Quand elle enfilait ses vêtements blancs, Charlotte disait s'autoriser à bousculer ses peurs, à tutoyer les mille appréhensions qui la tenaient habituellement dans une réserve ennuyeuse. Elle osait alors suivre ses impulsions, jouer l'imprudente. Descendre l'avenue Musset devenait une aventure, l'occasion de rencontres qui la conduisaient à découvrir des gens et, au-delà, des univers, des facultés qui sommeillaient en elle.

C'est ainsi qu'elle avait fait la connaissance d'une libraire enjouée qui l'avait initiée à l'art de fréquenter les romans, avec passion, désinvolture et sans craindre de sauter parfois quelques chapitres rasoirs ; cela n'avait rien à voir avec la vertueuse obligation de lire les ouvrages *comme il faut* de sa prime jeunesse. Charlotte s'était également laissé entraîner par un couple de musiciens avec qui, depuis, elle découvrait la vitalité du jazz américain, cette trépidation qui la transportait et l'affranchissait de sa retenue. Elle s'était même mise à la trompette bouchée, elle, la fille de bourgeois catholiques pour qui la musique était affaire de liturgie ! Bref, quand elle s'habillait de blanc, Charlotte avait le sentiment de se remettre dans le cours de sa vie, de laisser respirer en elle la délurée imprévisible, cette toupie qui était peut-être sa part la plus authentique, la moins gauchie par les rigidités de son éducation lilloise.

Plus Jeremy l'écoutait, plus il sentait que cette jeune femme éveillait chez lui une énergie assoupie, un entrain qui le faisait renouer avec sa sauvagerie primitive, ce goût inné pour la liberté que lui avait légué son grand-père lord Philby, l'ex-homme-singe. La semi-clandestinité de cette conversation l'aidait à rompre avec le personnage amidonné qu'il jouait dans sa vie officielle d'époux, de médecin, de *chairman* de la Royal Geographical Society ; ses raideurs d'Anglais se dissipaient. Il se surprit même à rire d'un rire débraillé, presque un hennissement de jubilation et, alors qu'en public il se gouvernait toujours, il s'abandonna, parla sans la contrainte de bon goût qu'il s'imposait ordinairement, en oubliant le caractère singulier qu'il s'était forgé pendant ses quatorze années d'exil. Il se risqua même à être banal dans ses propos ; ce qu'il ne se permettait jamais vraiment. Lord Cigogne se maintenait dans une exigence permanente, se surveillait à chaque instant, comme s'il eût craint constamment d'écorner plus encore l'image abîmée qu'il se faisait de sa personne. Mais là, porté par le plaisir qu'il avait à être avec cette étourdie grisante un jour blanc, Jeremy quitta par degrés la distance qu'il maintenait habituellement avec ses interlocuteurs ; il avait toujours redouté une empathie excessive et craignait par-dessus tout d'être submergé par le monde des autres. Charlotte l'aida à sortir de ses gonds par ses remarques ironiques sur son excessif *self-control* ; ses moqueries affectueuses faisaient mouche. Elle y allait sans manières, avec une drôlerie qui ne cessait de le déconcerter, de l'amuser. En face d'elle, il se découvrait différent, dans une vérité qui le surprenait.

Cigogne regardait cette femme avec un trouble dont il ne se croyait plus susceptible pour une autre que la sienne ; jamais il n'avait eu jusque-là le cœur de commettre une infidélité. Certes, il aimait Emily avec feu ; mais cette Charlotte mettait tout son être, sans oublier ses sens, dans un désordre exquis. Elle se plaisait à lui plaire, le considérait avec cette gourmandise charmante qu'ont les femmes qui raffolent des hommes, qui savent leur faire sentir leur virilité par des riens, des nuances de regards, une façon d'être qui grise. Ses sourires l'entretenaient dans un égarement qui, à chaque seconde, aggravait son embarras.

En Cigogne se livrait un émouvant combat entre le penchant qui l'occupait et sa trouille de découvrir avec Charlotte une émotion essentielle, une liberté dont il ne pourrait plus se passer. Mais déjà il savait qu'il ne dépendait plus que des circonstances. S'il avait encore la volonté de différer, il n'avait plus celle de se dérober ; car il pressentait que cette liaison qui se dessinait était porteuse d'illuminations, d'explosions intérieures qu'il ne devait pas éviter, s'il ne voulait pas s'éviter lui-même tout au long de sa vie. Jeremy flairait confusément que le côté officiel de son mariage lui interdisait l'accès à la partie clandestine de sa nature ; seule la plongée dans une histoire illégale lui donnerait le loisir de rencontrer l'envers de son caractère de façade. L'adultère relevait soudain dans son esprit du rite initiatique, du passage obligé ; et Charlotte lui semblait être celle qui saurait le dévoiler à ses propres yeux. De toute évidence, ce rôle n'avait pas l'air de la chagriner, ni de contrarier ses sens.

— Si nous allions prendre un bain de minuit ? lança-t-elle soudain.

Il était minuit moins cinq ; le Carême gaucher touchait à sa fin.

— Oui, *all right*..., s'entendit-il murmurer.

Ce n'était pas lord Cigogne qui venait de répondre mais cette partie ombreuse qu'il dissimulait dans son cœur et qui ne demandait qu'à vivre. Peu porté sur les retardements, son corps préférait des remords futurs aux regrets d'avoir laissé échapper cette occasion, ce rendez-vous avec lui-même, et avec ses instincts. Sans parler, ils quittèrent le café Colette déserté par les clients gauchers, à l'approche du changement de date. Quand ils montèrent dans sa voiture, ils n'avaient toujours pas frotté leurs minois ; ils avaient même maintenu entre eux une distance qui disait soudain leur gêne, leur timidité maladroite. Sous la capote du tilbury, Cigogne voulut hâter la manœuvre, lui embrasser un peu les lèvres ; elle eut un mouvement de recul et, soudain, lui assena une réplique qui le glaça :

— Mais... qu'est-ce qui vous arrive ? Pour qui me prenez-vous ?

— *I beg your pardon*, fit-il en réintégrant illico sa raideur britannique.

Alors Charlotte partit dans un fou rire et, sans justifier sa plaisanterie, le bascula en arrière pour mieux l'enfourcher. Un cri échappa à Cigogne ; le cheval se mit en route, au petit trot, et engagea le tilbury dans l'avenue Musset, déserte. Minuit sonna. Effrayé par les cloches de l'hôtel de ville qui sonnaient à tout va le terme du Carême, le cheval détala au galop et remonta l'avenue. Les mains de Jeremy n'étaient déjà plus disponibles pour le guider.

L'étalon s'élança dans un embarquement qui faillit les faire chavirer tout à fait, ralentit son allure afin de mieux maîtriser sa puissance, écuma sans faiblir, et galopa longtemps, longtemps, en prenant des chemins délicieux, inconnus de Cigogne et de Charlotte ; puis il ralentit sa cadence, marcha au pas, s'ébroua, avant de repartir le nez au vent, à nouveau fringant, comme fouetté par la fraîcheur nocturne, dans une nuit sans fin, grisé par cette liberté qu'il prenait, et dont il jouissait sans trop s'essouffler, loin de sa routine. Une ruade, un coup de cul marquèrent sa joie de vivre, enfouie, qui émergeait, l'emballait tout à coup, puis il tempéra son ardeur et revint à une allure plus paisible. Il était fourbu, sur une petite route qui longeait le rivage de la côte nord, mouillé par son effort, heureux d'avoir goûté cette liberté de yearling.

Charlotte avait lu Flaubert ; cette course lui en rappela une autre, dans une ville normande. Laquelle préférat-elle, la sienne ou celle de la Bovary ?

Le lendemain, lord Cigogne se réveilla chez lui dans une émotion vive où se mêlaient une exaltation frénétique et une anxiété extrême. Ce qu'il redoutait était bien arrivé : il se sentait plus vivant qu'il ne l'avait jamais été, dans une révolution intérieure qui le poussait soudain à réinventer radicalement son existence ; et cela grâce à Charlotte, cette jeune femme qui avait affranchi l'homme révolté et joyeux qui piétinait en lui, cet insoumis qui ne rêvait que d'imprudences vivifiantes, de liquider tout ce qui bridait sa liberté toute neuve.

Que tout cela fût né d'une autre femme que la sienne l'affolait. Un événement considérable, magnifique, s'était produit dans son existence et, pour la première fois, son Emily ne pouvait y être mêlée. Dans sa naïveté, il eut aimé l'associer à cette manière de révélation ; bien qu'il sût la chose impossible. Cigogne ne voyait pas comment rallonger la sauce de son mariage avec l'énergie qu'il s'était découverte dans l'adultère. Lucide, il convenait avec désespoir que cette réoxygénation de l'être ne pouvait se produire que dans une liaison parallèle. Il avait beau raffoler de l'esprit de son Emily, elle n'était plus celle qui réveillait sa vitalité. Il avait désormais un besoin essentiel de refaire l'amour avec Charlotte, d'entretenir avec et par elle son feu sacré, sa nouvelle rage.

Lord Cigogne fila retrouver sir Lawrence ; il avait besoin de causer, de s'examiner avec quelqu'un de vrai. Il le trouva à bord de son voilier, amarré à l'un des quais de Port-Espérance. Avec la véhémence d'un aliéné, Jeremy s'ouvrit aussitôt de la crise heureuse et tragique qu'il traversait, de sa tristesse de se voir s'éloigner d'Emily, et de la passion qui illuminait brutalement sa vie, ce raz de marée quasi spirituel qui ébranlait son âme anglaise.

— Je vois, je vois..., fit lord Tout-Nu, pensif. Prendrez-vous une tasse de thé, avec un nuage de lait ?

— Je me fous du thé ! Des nuages de lait ! Et de toutes ces anglaiseries ! explosa-t-il. Je brûle !

— Vous avez tort... j'ai là un excellent Earl Grey de chez Harrods, mais enfin... vous dites que cette Charlotte fait mieux que vous offrir quelques gâteries sensuelles, c'est bien ça ?

— Ne méprisez pas le cul, il n'y a rien de plus respectable que le cul ! Oh mon Dieu, si vous saviez avec quel talent elle m'a...

— Gentleman, aimez-vous cette Charlotte ?

— Je l'aime de pouvoir entrer en elle, et d'en ressortir plus vivant.

— Bref, ce n'est pas vraiment elle que vous aimez ; et vous dites aimer votre femme... je me trompe ?

— Non.

— Alors, comme dit leur Voltaire, tout va pour le mieux dans le meilleur des mondes, n'est-ce pas ?

— Mais pas du tout !

— Mais si, mais si... Laissez-moi vous dire que vous avez fait un excellent usage de l'adultère. Je vous félicite.

Tant de droitiers se trompent bêtement, sans en rien retirer de valable. Quelques frottis-frottas de muqueuses, un petit spasme et puis c'est tout... Vous, vous avez fait les choses au mieux. Comme un authentique Gaucher ! Une révélation, c'est tout de même mieux qu'un vulgaire coït, n'est-ce pas ? C'est à ça que ça sert l'adultère, à *réoxygéner l'être,* comme vous dites !

— Mais... que font les Gauchers lorsque ça leur arrive ?

— En général, ils remercient d'abord le Seigneur ; car c'est une grâce pour un mari de rencontrer une grande maîtresse, ces femmes qui nous révèlent, et c'en est une aussi pour son épouse, cela va de soi. Il vaut mieux vivre avec un type réoxygéné qu'avec un empaillé, n'est-ce pas ? L'inverse est également vrai. Je vous choque ?

— Non, enfin... oui, mais après ?

— Après, les Gauchers ou les Gauchères vont en parler à leur mari ou à leur femme, tout simplement. S'ils l'aiment encore.

— Tout simplement...

— Oui, nous ne voyons pas d'autre solution que de dire la vérité. Le mensonge tue l'amour à coup sûr, la vérité le régénère parfois.

— Et l'autre encaisse, sans broncher !

— Si c'est bien fait, l'autre en ressort encore plus amoureux, bouleversé par la confiance que suppose cet aveu ; car pour avouer cela il faut croire suffisamment en l'autre, en l'immensité et en l'intelligence de son amour.

— Vous me conseillez donc d'aller voir Emily et de lui raconter ma nuit, tout simplement !

— Non, ce serait infantile. Vous iriez vous soulager de votre culpabilité, comme un petit garçon, en lui refilant votre anxiété. Ce serait indigne de vous, n'est-ce pas ?

— Mais vous dites que...

— De faire bien les choses ! Ici, nous croyons que, si la vérité est nécessaire à la survie d'un amour, il n'est pas bon de la confier sans précautions. Dire sa vérité, la vérité de ce que l'on est, de ce que l'on a fait, de ce que l'on a senti, c'est pour nous l'acte d'amour suprême, la preuve de confiance la plus grande, c'est demander à l'autre de nous aimer dans notre complexité. Il faut permettre cela à l'autre.

— Et si cette vérité fait mal ?

— Eh bien elle fera mal ! s'exclama l'homme tout nu. Et alors ? Le mensonge est le plus grand des maux car il sépare à coup sûr, je le répète. Il rompt la confiance. La douleur, elle, peut sans doute réunir. Et si elle ne réunit pas, tant pis ! A quoi bon vouloir sauver une histoire avec une femme qui n'arrive pas à vous aimer tel que vous êtes ?

— Je suis désolé, sir, il peut y avoir toute sortes de raisons recevables ! Une assurance pour le cœur, des enfants, un quotidien agréable...

— Les Gauchers ont d'autres ambitions que celles des droitiers ! s'exclama-t-il. Il y a certains compromis que nous ne sommes pas prêts à envisager, voyez-vous. Et puis franchement, Jeremy, vous voudriez vivre avec une femme qui aime un autre que vous à travers vous, un trompe-l'œil de vous, une illusion que vous savez pertinemment fausse ?

— Cela peut être... rassurant, oui, bien plaisant même ! La vérité de ce que je suis ne me plaît peut-être pas tant que ça... Oh oui, certains jours, je n'y tiens pas ! Pas du tout !

Sur ces mots, lord Tout-Nu commença à préparer son Earl Grey de chez Harrods ; il ne connaissait pas de conversation, ou de prétexte suffisamment important pour qu'il se dispensât de son *five o'clock tea*. Puis il ajouta :

— Jeremy, si votre amour pour Emily ne vous permet pas de vivre ensemble dans une certaine vérité, à quoi bon aimer ?

— Je ne peux pas me montrer tel que je suis à ma femme, sinon...

Cigogne hésita un instant, fut gagné par une certaine pâleur ; ce qu'il souhaitait dire ne passait pas.

— Sinon quoi ? insista sir Lawrence.

— Sinon, il faudra que... que je sois moi-même tout le temps, à mes yeux aussi ! Tout ce que je suis craquera, mes défenses, mes...

— Jeremy, vous ne pouvez pas vivre l'émotion splendide, essentielle, que vous avez éprouvée dans les bras de cette Charlotte sans la partager avec votre femme ; votre mariage en serait appauvri. Profitez de cette occasion unique pour vous montrer tel que vous êtes. Profitez-en pour enrichir encore les liens qui vous unissent à Emily.

— Mais... dire la vérité, c'est un viol ! Quel droit ai-je de l'imposer à Emily ? Ne vaudrait-il pas mieux lui fournir des indices, lui permettre de la deviner si elle le souhaite, la laisser libre de voir ou de ne pas voir ?

— Je ne vous dis pas d'avouer la vérité des faits, mais celle de vos terreurs, de vos émotions et de vos rêves. Croyez-moi, Jeremy, si vous ne vous mettez pas en danger devant votre femme, il y a une certaine intensité d'amour que vous ne connaîtrez jamais, ni vous ni elle.

— Vous avez déjà avoué à une femme à laquelle vous teniez comme à la prunelle de vos yeux que vous l'aviez trompée, et que c'était formidable, une révélation ? Froidement !

— Oui, mais pas froidement, avec amour.

— Et alors ?

— Et alors elle m'a quitté ! Elle n'a pas supporté. Je ne vous dis pas que ce n'est pas un exercice dangereux. Mais, nom de Dieu, les grandes histoires d'amour sont dangereuses !

Perplexe, Jeremy demeura silencieux un instant ; puis il accepta une tasse de thé.

— Avec un nuage de lait ? demanda lord Tout-Nu.

— *Of course*... merci.

— *Very well*...

— Et... de quelles précautions faut-il s'entourer ? reprit Cigogne.

— La vérité ne doit pas être dite n'importe où, n'importe comment. Vous avez raison, cela s'apparenterait à un viol. Nous avons une île pour cela, Muraki, l'île de Toutes les Vérités, dans un patois polynésien. Elle se trouve au nord de l'archipel. C'est là que se rendent les couples qui souhaitent se marier, juste avant de l'annoncer à leur famille, pour se montrer dans toutes leurs vérités, et s'assurer de leur choix. Vous devriez en profiter pour vous remarier avec Emily selon les rites héléniens !

— Muraki... vous dites.

— Vous découvrirez sur place la particularité de cette île...

Lord Cigogne se tut de longues secondes, but une demi-tasse de thé sans même s'apercevoir qu'il se brûlait. Sa physionomie était celle d'un homme en proie à un doute affolant ; tout cela était si déroutant. En se rendant jusqu'au navire de sir Lawrence, Jeremy ne s'attendait pas qu'on lui tînt un tel discours.

— Vous irez ? reprit lord Tout-Nu.

Cigogne ne répondit pas. L'image de Charlotte flottait dans son esprit. Quelle maîtresse ! Avec quel talent l'avait-elle chaviré une nuit durant... Sa peau en frissonnait encore. Quelle croupe royale ! Quelle gorge ! Il n'était pas un centimètre carré du corps de cette femme admirable qu'il n'eût en mémoire...

Le jour même, lord Cigogne frappa à la porte d'Emily ; elle vint ouvrir.

— Emily, je vais me remarier ! lui lança-t-il avec enthousiasme. Enfin, je l'espère...

Elle blêmit, crut qu'elle était perdue ; et il ajouta avec jubilation :

— Avec toi, ma chérie ! Selon les rites des Gauchers !

Jeremy la souleva de terre ; effarée, Emily se laissa faire, sans bien saisir ce qui lui arrivait. Puis il la reposa sur le sol ; elle reprit ses esprits, lui assena une gifle à lui dévisser la tête et l'embrassa à son tour, comme une folle. Dieu qu'elle avait eu peur ! A l'instant précis, et sans répit depuis qu'elle l'avait vu quitter Emily Hall en blanc, la veille.

Dès le lendemain, les Cigogne voguaient vers Muraki, l'île de Toutes les Vérités, l'île où les langues se déliaient, où les Gauchers se montraient dans toutes *leurs vérités*.

Sur les conseils de lord Tout-Nu, Jeremy avait emporté quelques malles ; on ne savait jamais combien de jours, de semaines ou de mois duraient les séjours à Muraki. Ce simple détail enchantait Cigogne. En Angleterre, le temps lui avait toujours été mesuré, resserré dans des limites invisibles, faites de nécessités absurdes ; alors que les Gauchers, eux, prenaient celui de se bien aimer. Aucune urgence artificielle ne prévalait sur leur exigence ; le reste pouvait bien attendre.

Lord Cigogne avait rempli ses grandes malles en osier de tout le matériel sur mesure qu'il avait fabriqué pour se divertir et répondre à ses angoisses d'une façon qui lui ressemblât : une machine ingénieuse en cuivre destinée à calmer sa jalousie chronique, machine qui fonctionnait à l'énergie éolienne, une pompe à sperme aux dimensions exactes de son sexe qui lui permettait de traire avec efficacité ses testicules, les jours où ses fringales sexuelles excédaient celles d'Emily. Il possédait également une énorme poire en caoutchouc dont il usait pour assouplir les métacarpes de sa main gauche ; à chaque pression, les petits trous dont elle était percée libéraient des bouffées de son parfum préféré, une macération d'ongles d'Emily, de sa sueur et de sa salive, substances que Jeremy recueillait discrètement la nuit à l'aide d'une pipette, pendant qu'elle dormait du sommeil de l'innocence. A cela se joignaient un ustensile conçu pour élargir ses narines, histoire de mieux profiter des subtiles odeurs de sa femme les soirs de copulation, ainsi qu'un appareil étrange dont il se servait pour la gymnastique du médius de sa main gauche, dont Emily appréciait l'habileté prodigieuse dans certaines caresses intimes ; le même appareil, d'aspect luxueux, était employé pour faire faire de l'haltérophilie à sa langue, on imagine à quelles fins. Dans la même malle, on trouvait un autre engin, aux allures de faux dentier, qui lui permettait de coincer au fond de sa gorge un sifflet de sa fabrication qui, s'il se mettait à ronfler, le réveillait aussitôt. Jeremy avait également sculpté deux mains en bois de niaouli, copies exactes des siennes, afin que son épouse pût les appliquer sur ses seins, les soirs où il était trop fatigué pour déférer à ses demandes. Naturellement, rien de tout cela ne servait à quoi que ce fût ; et Cigogne en tirait une étrange fierté. Il se plaisait à constater que ses appareils n'avaient pour utilité que de le faire rire de ses insuffisances.

Pour l'heure, lord Cigogne songeait surtout à Charlotte à qui il avait rendu visite le matin même. Assis sur l'une de ses malles en osier, à l'arrière du bateau à vapeur, il se demandait s'il avait bien fait de la congédier. Certes, il y avait mis des formes, une douceur pleine de sollicitude, mais enfin, il avait blessé cette femme qui l'avait éveillé à sa propre vie, celle à qui il devait le retour de sa vitalité ; et cela le chagrinait, d'autant plus que ses mots avaient devancé quelque peu ses dispositions, du moins celles qu'il espérait se voir ressentir après ce voyage à Muraki, lorsqu'il se serait défait de son envie persistante de lui refaire l'amour.

Jeremy était encore hanté par cette femme qui savait jouir de sa virilité, avant de la lui rendre magnifiée. Il souhaitait la revoir, afin de s'assurer qu'elle existait bien, que ce qui s'était passé entre eux avait quelque réalité. Charlotte... il suffisait d'être désiré par elle pour renouer avec sa force essentielle. Il le savait, hélas ou peut-être tant mieux, pour le restant de ses jours. Toujours il la porterait en lui, comme un recours. Face à la brise du Pacifique, lord Cigogne se détestait de l'avoir blessée et de la trouble satisfaction qu'il avait éprouvée en la quittant ; un instant, il avait été soulagé de n'avoir pas choisi pour femme cette fille aux désirs fulgurants qui, s'ils le revitalisaient de façon spectaculaire, lui fichaient également la trouille. Il devait bien le reconnaître, une épouse aux appétits aussi flamboyants l'eût inquiété, et maintenu dans l'anxiété qui naît de la terreur d'être trompé, dépossédé de la sécurité illusoire de l'amour de l'autre. Comment pouvait-il éprouver des sentiments aussi misérables ? Jeremy se méprisait.

Emily se tenait devant lui, au-dessus de la proue du navire, cheveux aux vents, dans sa robe de fiançailles, d'une légèreté exquise, qu'elle avait toujours conservée. Rassurée que Cigogne lui fût revenu après cette nuit d'absence pour lui redemander sa main, elle se laissait éblouir par cet océan dont les verts et les bleus lumineux ont le pouvoir de rendre heureux qui les contemple. Se remarier avec Jeremy... jamais elle n'eût imaginé que cela fût possible ; et cette idée fantasque lui plaisait, tout comme les rites nuptiaux héléniens. Elle y trouvait un renouvellement, une énergie qui l'avait saisie dès qu'elle s'était glissée dans son ancienne robe. Jeremy s'approcha d'elle et resta là, tout près de son épaule, à regarder dans la même direction.

Cigogne se demandait quelles seraient les réactions d'Emily lorsqu'il parlerait, là-bas, dans l'île de Toutes les Vérités. Puis il songea que s'il était resté chez les Mal-Aimés, en Europe, il n'aurait jamais connu ces tourments-là qui lui étaient aussi un plaisir. A Londres, il se faisait du mauvais sang pour les finances de son sanatorium secouées par la Grande Crise, pour l'assemblée annuelle de la Royal Geographical Society privée de subsides, se tracassait pour l'entretien de son écurie de lévriers, sans compter les mille sujets d'inquiétude dont la presse jugeait absolument nécessaire de l'accabler, sujets sur lesquels il n'avait d'ailleurs aucune prise. Qu'il fût mis au courant par le *Times* des dernières imprécations de Mussolini, lui, lord Cigogne, n'avait jamais eu l'air de troubler le ridicule Duce. Oh, certes, il connaissait la puissance des conformismes qui poussaient à se croire obligé d'être informé, comme si cela eût donné un sens à l'existence. Cigogne avait toujours flairé que les émissions radiophoniques de la BBC visaient à lui faire ressentir des émotions qui se substituaient aux siennes propres plus qu'à l'informer véritablement. De tout cela il était exempté, comme protégé par l'étendue du Pacifique ! Dieu que ses tourments actuels lui plaisaient au regard de ceux qui engorgeaient la cervelle des droitiers.

Jamais depuis son arrivée il ne s'était senti aussi joyeux d'avoir rompu avec l'Europe. A Port-Espérance, on recevait bien des nouvelles de *là-bas* ; mais personne n'avait l'idée de se passionner pour ce que les droitiers avaient coutume d'appeler l'actualité, sauf peut-être celle des arts et des lettres. Tous les Gauchers s'accordaient à trouver naturel qu'un monde peuplé de Mal-Aimés, inconscients d'eux-mêmes, allât de mal en pis. L'animosité n'appelait-elle pas la violence en la légitimant ? Personne sur l'île d'Hélène n'ignorait que des nuages s'accumulaient sur l'Europe hargneuse qui se hérissait peu à peu de croix gammées, de bras tendus, d'uniformes sombres, loin derrière les barrières de corail du Pacifique, très loin des couleurs des lagons, bien au-delà de la ligne d'horizon, là où les droitiers vivaient à l'envers sur une terre grise et froide, dure aux hommes, et encore plus aux femmes.

Lord Cigogne serra la main gauche d'Emily ; ici, la vie avait du sens.

— Regarde, murmura-t-elle.

Devant eux se dessinait, très au large, la silhouette du grand volcan de Muraki qui fumait. Cigogne frissonna. Le pilote du bateau leur avait dit que sur cette île volcanique régnaient des vapeurs bleutées, des émanations des failles du volcan qui possédaient un pouvoir particulier. Respirer cet air chargé de substances non toxiques aidait à s'ouvrir, les hommes surtout, à ce qu'ils fissent tomber les barrières de leur pudeur. Ce gaz iodé dissolvait les mensonges, agissait comme un opiacé léger, une drogue qui libérait les mots pour se dire, se confier tout à fait, sans altérer le moins du monde les états de la conscience. Son action était beaucoup plus nette que celle du virus de la mouche pikoe qui interdisait seulement de mentir, sous peine d'être gagné par des accès de fièvre paludéens.

Certains Gauchers goûtaient tellement le gaz muraki qu'ils renonçaient à quitter l'île ; ceux-là choisissaient de rester *vrais* dans la jungle hospitalière, ou sur les plages de sable noir, jusqu'à leur mort. Mais la plupart s'en allaient après un séjour plus ou moins bref, conscients que la vie à deux ne pouvait se dérouler continûment dans la transparence ; cette honnêteté extrême devait demeurer circonscrite pour n'être pas trop toxique. Certains couples en repartaient détériorés, ratatinés pour toujours ; d'autres s'en retournaient éblouis d'avoir vu la petite ou la grande âme de l'autre, et d'avoir été aimés tels qu'ils étaient, dans leur vérité. L'alliance de ces derniers en ressortait renforcée ; ceux-là étaient prêts pour le mariage gaucher.

L'étrave du bateau fendait les eaux claires de Muraki ; une brume bleu pâle commençait à descendre sur eux ; son odeur marine n'était pas trop forte, légèrement iodée. L'heure de toutes les vérités avait sonné. Dans quel état Jeremy et Emily quitteraient-ils cette île ?

Sept jours durant, Emily et Cigogne parlèrent à Muraki, inventorièrent leurs ressentiments. Le grand décrassage ! A peine dormirent-ils quelques heures. Sitôt qu'ils se réveillaient, c'était pour reprendre le fil de cette conversation fiévreuse qui allait décider de leur destin, en ne s'arrêtant brièvement que pour se nourrir d'igname, de squale ou de poisson-perroquet. Ordinairement les mots en disent trop ou pas assez ; cette fois ils dirent tout, jusqu'à la lie. Trois fois Jeremy et Emily furent près de rompre leur dialogue, et leur mariage aussi ; et par trois fois ils réussirent à reprendre langue, à confronter à nouveau leurs vérités, toutes crues, à creuser leur sincérité pataude, parfois violente, souvent désespérante. Ils vomissaient des années de rancœurs accumulées, un remugle de reproches délirants et acides, entrés en fermentation, sans bien savoir s'ils ressortiraient indemnes de ce duel.

Jeremy et Emily s'étaient installés non loin du cratère du volcan pour purger leur histoire, là où les vapeurs gazeuses étaient les plus fortes, dans un petit bungalow en feuilles tressées de bananiers sauvages, à l'abri de la brutalité du soleil. Ils voulaient aller jusqu'au bout de leurs querelles, se vider totalement ! Se décalaminer ! Plus ils causaient, plus ils s'étonnaient de l'ampleur de la haine que cachait leur amour, que cet amour pas frelaté pût générer un tel purin. L'irréductible différence de l'autre avait si souvent été perçue et interprétée en rapportant tout à sa propre nature. Les sentiments d'Emily lui avaient toujours semblé une manière de titre lui donnant le droit d'exiger des choses de Jeremy, et inversement ; et cela sans que rien fût dit, bien souvent. Ainsi se mettait en branle la machine à désaimer qu'on appelle un couple, d'attentes insatisfaites en incompréhensions douloureuses. Leur bel amour en crevait de ces quiproquos plus ou moins volontaires qui étaient autant de violences silencieuses.

Les hostilités avaient commencé par l'aveu de Jeremy, sans détour :

— Hier soir, je t'ai trompée. Et je ne m'en sens que mieux ! Ça m'a comme réveillé, oui, voilà. Cette jeune femme m'a rendu ma vitalité, elle en a le pouvoir, elle, et je t'en veux, oui, horriblement.

— Tu m'en veux ? répliqua-t-elle, en suffoquant presque.

— Oui, car lorsque nous faisons l'amour, c'est parfois bien, même très très bien. Mais tu ne sembles pas aimer ce qu'il y a de masculin en moi, tu ne sais pas me... comment dire ? Me *recentrer* sur ma virilité. Et je t'en veux, oh oui je t'en veux d'être comme obligé d'aller chercher chez une autre cette *sensation-là*, essentielle. Comprends-tu ?

— *Oh yes, very well !* fit-elle, glaciale. C'est exactement cette *sensation-là* que j'ai trouvée dans les bras du jeune musicien, sur l'île du Silence, cette *sensation-là* que je n'ai jamais éprouvée quand tu me prends, vois-tu ? Est-ce ma faute à moi si tu ne te lâches pas vraiment lorsque tu me fais l'amour ? Si tu as l'air de craindre de me faire jouir ? De quoi as-tu peur ? Que j'y prenne goût ? Que je t'échappe ensuite ? *For God's sake,* traite-moi en femelle ! Cessons de baiser comme des civilisés ! Je suis sûre qu'avec ta maîtresse, tu n'as pas eu peur de montrer ta *sauvagerie.* Je me trompe ?

— Non, fit-il, blême.

Le gaz muraki agissait. En quarante secondes, Cigogne et Emily venaient de se parler plus franchement qu'ils ne l'avaient jamais fait, avec une brutalité froide qui trahissait leur inexpérience dans l'art de parler de soi. Ils n'en revenaient pas de leur audace. Comme échauffés par ce premier échange, ils allèrent plus avant, sans se ménager :

— Elle te fait donc si peur que ça, ta sauvagerie ? reprit Emily.

— *Yes !* Derrière les manières de lord Cigogne, ma chère, tapi derrière ma réserve de gentleman, il y a un monstre, un monstre d'instincts virulents, un magma de violence irréductible que mon éducation n'a pas su anéantir, malgré les efforts de lord Callaghan, mon tuteur, murmura Cigogne. S'il sortait au grand jour, ce...

Puis il souffla, comme à voix basse :

— Si toi, ma femme officielle, tu avalises le monstre, c'est officiellement que je devrai avaliser ce que je suis vraiment...

— C'est avec toi que je veux vivre, Jeremy, c'est de toi que je veux jouir, pas d'un fantôme de toi qui me baise mal, tu m'entends ? J'ai besoin que tu sois VRAI ! Que tu sentes tes propres paroles, au lieu de dire les choses pour t'en convaincre. Quand on a décidé d'émigrer, tu m'as dit que ton ambition était de devenir mon mari ; eh bien tu mentais. L'idée te plaisait, certes, elle avait du panache, ça oui ! Mais tu ne sentais pas tes mots, tu les répétais pour essayer d'y croire. Je te connais, ne me dis pas le contraire !

Ulcéré, Cigogne s'emporta. Il se jugeait méconnu et s'irrita qu'elle ne lui sût pas même gré qu'il eût quitté sa position, son sanatorium londonien et ses biens en Angleterre pour aller l'aimer, à l'autre bout du globe. Combien d'époux eussent fait de même ? Son exaspération en réveillait une autre, très ancienne, celle de n'avoir jamais eu le sentiment d'en faire assez pour elle, d'être toujours loin de ses attentes, engoncé dans le rôle de l'époux inapte à la combler, à percevoir ses demandes subtiles que, bien entendu, elle ne daignait pas toujours articuler. Emily trouvait exquis d'être devinée, et se sentait le droit de lui faire reproche d'être passé à côté de telle ou telle de ses attentes qu'elle avait, paraît-il, suggérée avec tact. A croire que leurs yeux n'étaient pas faits de la même matière ! Pour être parfait, il lui eût fallu décrypter Emily seconde après seconde. Cigogne en avait assez d'être regardé comme un générateur de frustrations ; et cela le précipita dans une fureur sans borne, froide, qu'il manifesta par une ironie blessante, odieuse pour Emily.

Pendant six jours et six nuits Jeremy ne sortit pas de sa colère. Leur guérilla verbale se poursuivit sans faiblir ; et c'est un miracle s'ils n'en vinrent pas aux mains. Plusieurs fois, la nuit surtout, Emily désespéra de leur mariage, et de l'amour en général. Jeremy ne voulait pas lâcher prise ; il continuait à détailler ses déceptions, sans répit, à poser les questions qui font mal ; et quand il s'essoufflait, perdait pied, glissait dans des abîmes de chagrin, Emily à son tour se mettait à espérer pour lui, pour eux ; et ils continuaient à parler, à progresser dans le tunnel de leur amertume, sans en voir la sortie. Leur opiniâtreté était sans doute due à la culture gauchère qui les imprégnait depuis quelques mois, à cette croyance très hélénienne en la possibilité qu'a l'homme de réussir à aimer, envers et contre tout.

Certains soirs, Jeremy se reprochait d'avoir conduit Emily à Muraki, sur cette terre où les vérités blessaient tant qu'il se demandait si leur tendresse refleurirait un jour. Dans ces moments-là, Emily le rassurait ; elle avait toujours cru en la nécessité d'être intègre et, alors que Cigogne lui faisait mal, elle le remerciait de n'avoir pas esquivé cette épreuve qu'elle attendait depuis des années, sans trop oser l'espérer. Cependant, ils continuaient à se lacérer de vérités qu'ils avaient toujours tues ou occultées.

Mais au septième jour un miracle arriva ; ils s'avisèrent qu'il n'était pas de solution s'ils ne cessaient de définir l'autre. Se contenter de dire ce que l'on éprouvait, soi, sans jamais céder à la tentation de juger, semblait être le seul chemin pour être écouté, l'unique moyen d'éviter le ping-pong des reproches, de quitter le cercle de la violence ; du moins il leur apparut que cette voie était la bonne pour eux. Instruits par leur expérience de sept jours, ils se fixèrent cette règle qui les sauva. Et c'est ainsi qu'ils parvinrent à réduire leurs différences de perception, ou plutôt à rendre cet écart acceptable, voire touchant. De la même façon, l'opposition de leurs attentes respectives cessa d'être un sujet de querelles, à leur grand étonnement.

Ils furent véritablement stupéfaits de la décompression rapide que cette façon de converser provoqua. Plus Emily se dévoilait, sans charger Jeremy, plus ce dernier était ému qu'elle eût enduré par sa faute de tels tourments, plus il était disposé à l'écouter, à se réformer ; et à son tour Emily se sentait l'envie de lui pardonner. Ils n'étaient plus deux cœurs qui se donnaient aveuglément, au risque de se heurter, mais deux intelligences qui se comprenaient dans une paix nouvelle.

Le septième jour fut divin. Ils quittèrent leur bungalow pour aller se baigner dans un bassin naturel creusé dans la roche volcanique par les eaux chaudes et gazeuses d'un torrent. La végétation tropicale des alentours était puissante, intouchée et d'une singularité extravagante ; il y avait là des espèces étranges qui avaient évolué dans un long isolement, des sortes d'arbres des koghi géants dont les contreforts en palettes avoisinaient les douze mètres de diamètre, des fougères arborescentes à la tige pelucheuse de trente mètres de haut, des banians qui semblaient posséder plusieurs dizaines de troncs par individu. Un papayer produisait des fruits gros comme des citrouilles ; fleurs et fruits poussaient ensemble sur les mêmes arbres, signe que les saisons n'existaient guère sur ce territoire.

Dans le cirque minéral jaune soufre qui refermait ce décor, sous un ciel d'un gris violent, loin des atteintes des hommes, ils poursuivirent leur conversation-fleuve de Muraki qui bientôt devint un dialogue des corps ; le glissement se fit naturellement. Le passé apuré ne venait plus pervertir le présent ; jamais peut-être ils ne furent plus présents que dans ces instants d'intimité retrouvée. Au cours de cette étreinte, Jeremy connut une intensité d'assouvissement qui dépassait celle qu'il avait connue avec Charlotte. Son être entier y participa, au-delà de toute censure ; il se sentit réunifié, amant et mari de sa femme qu'il traita en sœur, en amie, en maîtresse, en femelle. Emily en pleura et quand, dans sa jouissance, elle l'appela Hadrien, du nom de son amant, Cigogne accepta ce jeu ; fou d'amour, il lui permit d'entrer tout à fait dans sa rêverie érotique, comme pour mieux conjurer ce souvenir de l'île du Silence.

Quand elle crut que son ventre avait eu son compte de douceur et de violence, Emily ouvrit les yeux : son amant était devenu son mari. Sans qu'elle contrôlât quoi que ce fût, son émotion physique s'en trouva alors augmentée. Elle venait de se rassembler, épouse et maîtresse, dans une seule extase.

Ce jour-là, sur cette terre du Pacifique, Emily et lord Cigogne eurent le sentiment qu'ils avaient converti leur ancienne passion en un amour véritable ; sincèrement, ils crurent la métamorphose achevée, comme si elle pouvait l'être tout à fait... Heureux, ils résolurent de s'écrire chaque jour, jusqu'à leur mort — ce qu'ils firent ! —, avec l'espoir que leur lettre quotidienne, ce voyage dans des mots écrits d'une encre authentique, serait comme un petit périple à Muraki. Les *nouvelles du jour* seraient d'abord celles de l'autre ; à quoi bon être au courant des souffrances du peuple ouzbek si l'on ignore celles de sa propre femme ?

Au terme de ce séjour dans cette île au vent, si particulière, Jeremy croyait avoir satisfait son ambition démesurée de devenir un mari, inconscient qu'il était des épreuves qui l'attendaient encore avant qu'il pût prétendre à un tel titre. Porté par son exaltation délicieuse, un peu naïve, il se figurait que sa vie serait désormais un long, très long voyage de noces ; il est des instants où, après avoir lutté, le confort d'une illusion brève ne saurait être repoussé.

Il lui restait toutefois à réépouser Emily, selon les rites gauchers.

En route vers l'île d'Hélène, Cigogne était songeur. Il s'étonnait soudain que personne à Port-Espérance ne s'insurgeât que la vie amoureuse fût l'objet de si nombreux rites collectifs. Etait-ce à la société de s'inquiéter de la fréquence des coïts de chacun, de l'intensité des râles des épouses et de la sincérité des élans ? En Angleterre, chacun se serait indigné si le Parlement s'était chargé de ces questions-là ! Qu'aurait dit le *Times* si l'on eût organisé un référendum sur l'interdiction de forniquer pendant le Carême ? Cette façon qu'avaient les Gauchers de mettre sur la place publique leur frénésie à rendre leurs femmes moins frustrées qu'ailleurs avait quelque chose d'extravagant ; à les entendre, c'était même là l'essence de l'action politique gauchère. Sur ce bout de terre océanienne, chacun pensait qu'il valait mieux aimer qu'exercer du pouvoir, activité finalement assez lassante, et salissante. Les Gauchers ne se rassuraient pas sur leur valeur par les jeux navrants de la reconnaissance sociale.

Lord Cigogne s'ouvrit de son débat intérieur avec les passagers du navire, et se fit l'avocat du diable. On lui répliqua que sur l'île d'Hélène la recherche du bonheur n'était pas une obligation. Chacun était libre d'user ou non de la géographie particulière de l'archipel, de ne pas tirer profit du calendrier hélénien, ou des coutumes insulaires ; et puis, si l'on avait vraiment le goût du malheur — persistant chez certains détériorés — ou la passion de faire partager à son prochain son dégoût pour l'existence, on pouvait toujours mettre les voiles pour regagner le monde des Mal-Aimés. Il se trouvait bien des capitales en Europe pour accueillir les fanatiques de la désespérance, toute une presse disposée à leur renvoyer d'eux-mêmes une image assez fidèle, glauque à souhait, éprise des raffinements de la morosité ou, pis, une autre presse, ivre de mièvrerie, de sourires artificiels, qui saurait les écœurer tout à fait de l'idée du bonheur.

Le pilote du bateau attaqua vivement Cigogne en lui faisant voir que ceux qui s'offusquaient que la société s'inquiétât de la vie de cœur des citoyens avaient assez de revenus pour disposer du loisir de se bien aimer. On lui fit également sentir que l'existence intime ne pouvait que fort difficilement s'épanouir dans un univers qui s'en moquait, qui versait chez les êtres des aspirations vides de sens, et les éloignait toujours davantage de celles qui leur étaient propres. Combien d'hommes jeunes en Europe faisaient de piètres compagnons, occupés qu'ils étaient par l'obsession de *s'en sortir* ou de briller des feux pâlots de la réussite ? Comment faire l'amour divinement après les fatigues d'une journée laborieuse, soumise aux tensions ordinaires de l'existence droitière ? Et, mon Dieu, qu'y a-t-il de plus important pour un homme que de faire jouir une femme ? De son corps, et d'elle-même !

Rêveur, appuyé sur le bastingage, lord Cigogne se plut à imaginer Winston Churchill intervenant à la Chambre des communes pour proposer au Parlement une loi-cadre afin que l'on aimât moins mal en Angleterre : *Gentlemen, happyness is a new idea in the British Empire!* Cela le fit sourire ; et il en fut affligé. L'Europe était-elle vouée à traîner, de siècle en siècle, le chancre de son mal de vivre ? Pourquoi étions-nous aussi fâchés avec l'idée du bonheur ? Pourquoi ce mot avait-il toujours été prononcé par des politiques douteux, pour mieux cacher de crapuleux desseins ?

Au loin, l'île d'Hélène se profilait, si petite pour porter un si grand projet.

Une question vint à l'esprit de lord Cigogne : pourquoi les hommes gauchers, eux, n'avaient-ils pas peur des femmes ?

A Port-Espérance, on apercevait parfois un animal domestique étrange à pelage très doux et rayé, une sorte de croisement entre un koala, un tapir, un zèbre et un gibbon. Muni de bras interminables, le zubial — puisque tel était son nom — possédait un museau très long, prodigieusement mobile, qui amusait les enfants, tout comme ses grandes oreilles qui se dressaient au moindre bruit. D'un naturel heureux, les zubiaux rayés circulaient aisément dans les branches des arbres ou faisaient des bonds lestes de kangourous sur le sol, la truffe en l'air, en oubliant leurs quinze ou vingt kilos (les gros) ; mais les jours de spleen, ils se traînaient misérablement sur leurs deux petits pieds plats, le museau en berne, en gémissant.

De mémoire de Gaucher, on n'avait jamais vu de meilleur ami pour la femme ; car ces marsupiaux fort rares avaient une extraordinaire capacité d'empathie. Ils partageaient vos émotions instantanément, s'étendaient sur le sol les bras en croix dès que leur maîtresse était accablée, se mutilaient parfois atrocement quand ils sentaient qu'elle était rongée de culpabilité. Etait-elle gaie, insouciante ? Dans l'instant ils bondissaient, l'imitaient, s'arrosaient de parfum, coiffaient leur pelage en lui chipant ses brosses, se montraient turbulents, sautaient à pieds joints dans son bain. Bref, les zubiaux étaient à la femme ce que le chien est à l'homme.

Le zubial avait une autre caractéristique qui lui avait sans doute valu la place de choix qu'il occupait dans la société gauchère : c'est le seul animal qui rit, de bon cœur. Son flair pour repérer les ridicules de la vie à deux est infaillible. Sitôt qu'un couple se comportait de façon risible, même et surtout lorsque les époux se chamaillaient, le zubial se tordait de rire ; il devenait évidemment difficile de poursuivre l'altercation devant ce marsupial hilare. Mais, parfois, son rire était terrible, sinistre, lorsqu'il n'y avait plus de quoi rigoler, quand les amours de ses parents adoptifs tournaient au vinaigre.

Les Gauchers avaient donc adopté cet animal très casanier, qui n'aimait guère s'aventurer seul dans les rues de Port-Espérance ; il leur servait de baromètre sentimental. Leur zubial se laissait-il dépérir ? Perdait-il du poil ? Sa truffe était-elle chaude ? Aussitôt ils s'inquiétaient de l'état de leur mariage. De temps à autre, dans la nuit tropicale de Port-Espérance, on entendait de grands cris de détresse, des sanglots bruyants ; et l'on savait qu'un zubial désespéré pleurait l'amour de ses maîtres. Le cri du zubial était alors déchirant.

A l'époque, en 1933, cet animal originaire de l'Australie septentrionale était déjà en voie de disparition. Chassé par les aborigènes qui voyaient en lui un dieu malfaisant, riant de tout, il s'était réfugié sur Little Greece, la grande île montagneuse du nord du continent austral, où il subsistait difficilement, caché dans le maquis, errant à la recherche de fruits. La famine guettait l'espèce ; en liberté, les zubiaux ne rigolaient guère. Hors de ces montagnes qui rappelaient la lointaine Grèce, on n'en trouvait plus que sur l'île d'Hélène.

A Port-Espérance, il était de tradition que les futurs maris se rendissent à Little Greece pour y capturer le zubial qui veillerait ensuite sur leur foyer. Cette capture était d'un type particulier car, dans l'esprit des Gauchers, il n'était pas question d'user de gourdins ou de filets pour attraper celui avec qui il leur faudrait vivre par la suite en bonne intelligence. L'usage était donc d'apprivoiser son zubial, ce qui n'était pas chose facile.

Les zubiaux se liaient à vous de la façon que vous aviez de vous relier à vous-même. Eprouviez-vous de la difficulté à vous estimer ? Vous pouviez être sûr que le zubial le flairerait et que, plein d'un mépris équivalent pour votre personne, il ne se montrerait même pas. Etiez-vous bouffi d'orgueil ? L'animal en aurait alors trop pour se laisser atteindre. On l'approchait comme on s'approchait de soi. Si vous ressentiez de la peur, de la méfiance en le voyant, il se montrait craintif ; un geste agressif de la part de son futur maître pouvait même le rendre féroce.

Cette chasse au zubial se pratiquait toujours en solitaire, sur la terre ingrate de Little Greece, quelle que fût sa durée. Certains Gauchers mettaient des mois, parfois des années, à apprivoiser celui qu'ils offriraient à leur promise ; celle-ci attendait alors, plus ou moins sereine. A quoi bon vouloir hâter le cours des choses ? Comment auraient-elles pu aimer bien un homme qui ne s'aimait guère ? Il était rare que le prétendant ne s'obstinât pas ; car personne n'aurait plus voulu de lui s'il était rentré bredouille. Quelle Gauchère eût souhaité épouser un homme incapable de s'apprivoiser soi-même ?

Conscient de tout cela, lord Cigogne appareilla seul pour Little Greece, un matin, à bord du voilier de sir

Lawrence. Ce dernier lui avait enseigné les rudiments de la navigation et le maniement de son ketch ; la montgolfière achetée à Sydney ne lui permettait pas de remonter les alizés.

Jeremy était résolu à rapporter *son* zubial à Emily, quel qu'en fût le prix.

A peine était-il arrivé en l'île de Little Greece que lord Cigogne eut la chance d'apercevoir une truffe de zubial qui sortait d'un buisson, au bout d'un long museau velu et rayé, tel un périscope olfactif. Suivant une recommandation de sir Lawrence, il prit une banane dans sa musette ; aussitôt deux oreilles blanches et noires se dressèrent de part et d'autre de la truffe qui se dilatait en respirant avec nervosité. Dissimulé par la végétation, le marsupial frugivore devait saliver mais, prudent, il demeura à couvert toute la soirée et attendit que Cigogne se fût endormi au creux de son hamac, près de la plage, pour intervenir.

Quand Jeremy se réveilla, le lendemain matin, toutes ses bananes avaient été subtilisées ! Les peaux gisaient non loin, tels des scalps, sur le sable ; la bestiole gourmande n'avait pu se retenir de les avaler au plus vite. Ne restaient plus à lord Cigogne que quelques papayes mûres, dissimulées au fond de son sac, solidement fermé. Les jours suivants, le zubial ne se montra pas ; mais Cigogne le sentait rôder, attiré par l'odeur de la papaye. Quand Jeremy se soulageait contre un arbre, il l'entendait rire, planqué dans les bosquets. Le même fou rire agaçant l'accompagnait lorsqu'il se brossait les dents. Comment prendre contact avec ce marsupial rieur? Plusieurs fois, il essaya de lui parler :

— Gentleman, si votre plumage se rapporte à votre ramage, vous êtes le Phénix de ces bois! *Good Heavens*, montrez-moi votre museau!

Puis Cigogne se reprenait, trouvant soudain ridicule de parler à un animal.

Alors il eut une idée pour tendre un piège au zubial.

Jeremy se mit à la recherche d'un plan d'eau calme, qu'il finit par trouver : une rivière d'eau de mer qui pénétrait loin dans l'île jusqu'à une piscine naturelle où se réfugiaient des colonies de tortues, par gros temps. Mais il faisait beau; seule une petite caouanne à écailles évoluait dans les eaux claires de ce bassin. Cigogne se mit à genoux sur un rocher et, en se tenant aux racines échasses d'un palétuvier, il se pencha au-dessus de l'eau pour faire apparaître son reflet. Son idée était de venir embrasser son image afin que le zubial crût qu'il s'aimait; ce qu'il fit, en surveillant les alentours. L'animal restait caché. Jeremy poursuivit sa descente vers son reflet, toujours à l'affût du zubial dont le long museau commençait à poindre derrière un bosquet de pandanus. Soudain Cigogne regarda sa propre figure; il eut alors un mouvement de recul qui trahit son dégoût. Il ne pouvait pas embrasser ce visage qu'il haïssait, cette physionomie d'emprunt qu'il s'était sculptée pendant quatorze ans d'exil, pour mieux masquer sa véritable nature. Jamais il n'avait supporté sa propre image. Aussitôt l'animal disparut; il avait compris de quel traquenard il avait failli être la dupe.

Cigogne essaya de se regarder à nouveau; une brise irisa l'eau lisse et, tout à coup, il crut apercevoir dans cette eau tremblée l'image de son père, ou plutôt le visage que ce dernier avait sur les photos jaunies que Jeremy possédait. Dieu qu'ils se ressemblaient, le père et le fils, mélangés dans cette image trouble, comme une photo flottant dans un bain révélateur. Alors Jeremy eut une idée étrange ; il se parla à lui-même, en prenant la voix qu'il supposait à son père, mort trop tôt pour qu'il pût conserver un souvenir exact de ses intonations :

— *Hey boy ! Nice to meet you...*

Personne n'était là pour surprendre ce curieux dialogue ; et que le zubial ne se fût pas mis à rire l'encouragea à continuer, en anglais, en empruntant cette voix qui n'était pas la sienne. Usant de mots simples, Cigogne se montra tendre avec lui-même, hasarda quelques plaisanteries sur leur aspect commun. Le vent retomba ; le miroir de l'eau redevint lisse. Sa propre figure réapparut ; mais cette fois-ci, elle lui sembla moins désagréable à regarder. Jeremy souffla sur l'eau, l'irisa lui-même et fit revenir le visage de son père qui lui sourit. Le dialogue entre le fils et le père reprit et, peu à peu, Cigogne réussit à se donner des bribes de l'amour que son père n'avait eu ni le cœur ni le temps de lui prodiguer, jadis. Cela dura longtemps, dans une grande irréalité. Saisi par une émotion qu'aucun mot ne désigne, à la frontière de la douleur et de l'apaisement, Jeremy cessa finalement de souffler sur l'eau ; alors apparut sur la surface plane du lagon, à côté de son image, le reflet de l'une des plus jolies têtes de zubial rayé qui se puisse imaginer.

Lord Cigogne redressa la tête et aperçut *son zubial* accroché dans les branches du palétuvier, au-dessus de lui. Le marsupial descendit avec habileté et, tendrement, lui caressa le bout du nez. A son tour, Cigogne caressa sa truffe ; puis il se mit à rire de bonheur. Le zubial rigola.

Mais ces rapports en miroir furent brefs ; leur commerce ne faisait que commencer. Le zubial accepta les papayes mûres et disparut promptement dans la forêt.

Les jours suivants, Cigogne laissa son père lui reparler d'amour, par l'intermédiaire des reflets de ce lagon. Souvent il pleurait ; mais une paix inédite le gagnait doucement. Le zubial se montrait moins farouche, se joignait à ses excursions dans les collines et, chaque matin, se tenait un peu moins loin de son campement.

Seul sur cette île australienne, Jeremy demeurait lord Cigogne, châtelain de Shelty Manor. A l'ombre d'un palmier, vêtu d'une culotte succincte, il prenait chaque jour son thé à cinq heures, sans nuage de lait hélas ; il réussit même à faire goûter un excellent Earl Grey fumé à la pauvre bête qui n'apprécia guère, ce qui ne manqua pas de le décevoir. Le soir, il disposait ses couverts en argent, ainsi qu'une assiette creuse de porcelaine de Prague, sur une table pliante en vieil acajou et, vêtu d'une redingote en velours grenat, le cou serroté dans un col cassé blanc, Cigogne se livrait à ce qu'il appelait sa *prise nutritionnelle.* A la lueur d'un chandelier, pieds nus — il avait oublié ses souliers vernis —, il s'enfilait un sherry avant d'avaler une soupe à la tortue avec la même distinction que s'il eût été invité à souper à Windsor. Les jours où il mangeait un ragoût d'hippocampe ou une poêlée de raie, il ne se serait jamais permis de dîner sans utiliser les couverts à poissons de son aïeule lady Philby. Manquer à son éducation sous le prétexte qu'il était le seul témoin de ses agapes lui eût semblé *vulgaire.*

Un soir, lord Cigogne parvint à faire asseoir le zubial face à lui, sur une chaise pliante, équipé d'un nœud papillon en soie. Il connut alors la satisfaction de lui apprendre à siffler *My Queen is in love,* une chanson un peu leste — irrévérencieuse, disaient certains membres de son club — des Horse Guards de Sa Majesté. Plus le marsupial était familier, plus Jeremy se sentait à son aise dans une conduite spontanée, moins il se surveillait dans ses propos. Avec naturel, Cigogne faisait craquer son personnage raidi par les chagrins anciens, ses corsets d'attitudes composées. Tout en restant britannique jusque dans sa ponctualité à prendre le thé, il retrouvait l'étonnante liberté intérieure et de gestes qu'il avait connue jadis parmi les Poloks de Papouasie. Si lord Cigogne ne renonçait pas à ses rites, il était à présent en mesure d'en jouer, avec cette distance amusée qui est peut-être le comble de l'anglicité.

Cinq semaines après son arrivée sur l'île de Little Greece, le zubial d'Emily était apprivoisé ; Jeremy n'était plus une manière de fils mais une esquisse d'homme, ce qui est déjà assez rare, on en conviendra. Il était désormais apte à se remarier avec sa femme.

Mais Emily était-elle toujours dans les dispositions qu'il lui avait vues lorsqu'il l'avait quittée ? En appareillant avec son zubial, Cigogne songea un instant, avec effroi, qu'un galant était peut-être venu l'étourdir de compliments en son absence. Trois mois... c'était long, surtout dans cette île gauchère où l'on avait la passion d'aimer, où les hommes et les femmes poussaient loin l'art de plaire. Qui sait si le calendrier hélénien n'avait pas ménagé pendant ce temps-là d'autres festivités destinées à attiser les appétits de la population ? Dieu qu'il avait été imprudent de ne pas s'en assurer avant de déguerpir ! Tout sur l'île d'Hélène semblait se liguer pour qu'un lascar lui dérobât sa femme.

Mais ce qui inquiétait surtout Jeremy, c'était l'impossibilité dans laquelle il était de connaître les sentiments présents d'Emily ; car l'usage était, de retour de Little Greece, de ne retrouver sa fiancée que le jour du mariage, en la cathédrale gauchère de Port-Espérance, au pied de l'autel.

A Port-Espérance, Cigogne apprit qu'avait eu lieu en son absence le *Grand Jour Blanc,* la fête du solstice de l'hiver austral au cours de laquelle presque tous les Gauchers prenaient plaisir à se vêtir de blanc. C'était, à ce qu'on lui dit, un jour de liberté où chaque Hélénien se dégageait son personnage ordinaire, se reposait de ses façons d'être habituelles, s'autorisait à vivre avec d'autant plus d'éclat et de licence que l'on savait les autres dans les mêmes dispositions.

— Effectivement des liaisons se nouent, reconnut sir Lawrence, chez qui Cigogne était venu loger.

— Et... ma femme? hasarda Jeremy, du bout des lèvres.

— *My dear,* les jours blancs, nous ne sommes pas autorisés à porter de jugement sur nos prochains ; et il est même souhaité d'effacer de sa mémoire ce qu'on leur a vus faire. Soyons *fair-play*...

La réponse de lord Tout-Nu précipita Jeremy dans une jalousie sans bornes, que relayait son imagination toujours prompte à envisager le pire. Si sir Lawrence eût répliqué qu'Emily avait profité de cette journée pour découvrir les joies de la pêche à la grenouille tropicale,

Cigogne en eût été rassuré; mais cette finasserie très jésuite le laissait concevoir tous les écarts, tous les entraînements dont une femme gourmande est susceptible. L'affolement de Jeremy s'aggrava encore quand, par hasard, il croisa dans la rue le pousseur de touches de piano dont elle avait prononcé le nom lors de leur dernière étreinte, Hadrien Debussy lui-même, qui ne se gêna d'ailleurs pas pour lui sourire avec un air de malice et de contentement suspect.

Pénétré d'anxiété, Jeremy annonça à Emily la date et l'heure de leurs noces par courrier, en pesant chaque mot. La lettre fut un chef-d'œuvre; Cigogne y mit tout son art pour faire naître chez elle le désir de lui plaire. Il se promettait tout en se gardant assez pour qu'elle eût à nouveau envie d'exercer sur lui le pouvoir de sa séduction. Prudent, il se livrait sans se mettre à sa merci, naviguait dans une sincérité pleine d'habiletés, la flattait tout en la frustrant avec cette subtilité qui devait éveiller chez Emily le besoin de le rejoindre.

Mais, à l'heure du mariage, lord Cigogne ignorait toujours si elle viendrait. Cette coutume un tantinet sadique visait à faire sentir au futur époux que l'amour de sa femme ne lui serait jamais acquis. Le jour même de leurs épousailles, les Gauchères demeuraient libres de se refuser, d'hésiter encore, de différer leur consentement, comme pour mieux marquer que cette liberté ne leur serait jamais ôtée.

Seul devant l'autel de la cathédrale de Port-Espérance, en frac, lord Cigogne commençait à se convaincre qu'il avait été imprudent de se lancer dans cette aventure. Pourquoi ne s'était-il pas contenté de leurs premières noces droitières et anglicanes? A présent, si Emily ne rappliquait pas, ce camouflet vaudrait divorce; et il aurait l'air fin avec son zubial sur les bras. Dans quelle galère s'était-il embarqué... Les invités s'impatientaient le long des travées, sous le toit de la grande nef dont les pièces maîtresses provenaient de la coque de *L'Espérance*, le navire qui avait jadis transporté les premiers colons gauchers. On toussait, on jacassait. Il y avait là des voisins, des patients de lord Cigogne devenus des amis et, bien sûr, lord Tout-Nu qui, exceptionnellement, avait consenti à cacher son sexe pour leur tenir lieu de témoin. Le zubial s'était endormi au fond d'un confessionnal, repu, après avoir ripaillé de noix de macadamia ; son ronflement de marsupial résonnait dans la cathédrale de bois. A bout, Cigogne était sur le point de se carapater quand les grandes portes s'ouvrirent.

Emily apparut, comme nue sous une robe de fleurs fraîches, voilée par un tulle végétal. Peter, Laura et Ernest portaient la traîne, tandis qu'Algernon en grande tenue, vêtu d'un kilt aux plis impeccables, jouait tant bien que mal d'un instrument qui avait l'air d'une cornemuse confectionnée dans un estomac de tortue géante. Cigogne demeura un instant saisi par une émotion vive, plus qu'il ne l'eût souhaité devant cette assistance. Cette femme qui le choisissait à nouveau était plus émouvante que l'Emily qu'il avait épousée huit ans auparavant, celle qui avait dit *oui* dans les turbulences d'une passion naissante, avec une belle inconscience. A présent qu'elle connaissait les doubles fonds de sa nature, la venue d'Emily signifiait qu'elle l'aimait authentiquement, au-delà de l'illusion de son personnage, malgré les déceptions qu'il lui avait infligées. Combien de membres de son ancien club eussent été réépousés par leur femme après huit années de lit commun ? Oubliant un instant sa condition d'aristocrate anglais, Jeremy se laissa aller à pleurer. Lui aussi brûlait, non plus de passion, mais d'amour ; d'un sentiment flamboyant, guerrier, volcanique, qui se joignait à un désir sexuel de rhinocéros. S'il avait été seul avec son Emily, il l'eût culbutée sur l'autel, lui eût fait voir les anges sans autre forme de procès.

Emily s'approcha ; la cérémonie religieuse gauchère pouvait débuter, ce rite singulier si différent d'un mariage de droitiers. En Europe, les époux ne se promettaient pas grand-chose, hormis de se supporter jusqu'à ce que mort s'ensuive, de ne pas trop fauter avec la voisine et d'accepter de se lancer dans la procréation, sans mégoter sur les délais ; trois points qui ne concernaient pas le mariage gaucher. On pouvait donc se remarier à Port-Espérance sans que cela fît prêter deux fois le même serment. Celui des Gauchers portait sur des questions plus cruciales pour ceux qui avaient l'ambition d'aimer. Leur serment nuptial entrait dans des détails ignorés par les prêtres droitiers, comme si le viatique des Evangiles eût été assez clair et suffisant pour que les mariés fussent en mesure de transmuer leur passion en amour !

Le très vieil évêque gaucher, atteint de la goutte, commença une messe ordinaire, en latin, avec encensoir, panoplie brodée, mitre astiquée, chasuble gaufrée, dessous en dentelles et tout le tintouin liturgique. L'eucharistie fut célébrée dans un déluge de cantiques par ce dinosaure en soutane, véritable figure de l'île d'Hélène, qui fit partie en 1885 du voyage mythique de *L'Espérance*. Deux enfants de chœur l'aidaient dans ses déplacements, tandis qu'un troisième le suivait muni d'un bassin en faïence orné des armes du diocèse, en cas de fuites urinaires. On pria beaucoup pour le salut des droitiers ; puis le prélat incontinent s'approcha du couple et les bénit de la main gauche. Avec ce ton doucereux propre aux ecclésiastiques de naguère, il s'adressa d'abord à Cigogne ; car le serment des hommes était infiniment plus long que celui que l'on exigeait des femmes. Dans sa sagesse, le clergé gaucher de Port-Espérance avait jugé prudent d'être précis avec les hommes, toujours plus lents à comprendre certaines choses.

— Jeremy Cigogne, fils de William Philby, commença le vieillard, promets-tu de bâtir de tes mains une maison pour Emily Pendleton, et de faire évoluer son architecture au fil de votre vie ?

— *I swear.*

— Pardon, jeune homme ?

— Je le jure.

— Promets-tu d'inventer pour elle un quotidien au lieu de laisser les jours s'écouler ? Et, l'Eglise insiste, promets-tu d'imaginer toujours de nouveaux rites qui soient propres à votre couple ?

— *I do.*

— Jures-tu de lui offrir ses rêves de petite fille et de femme, érotiques et autres ?

— *I solemnly swear that I will.*

— La feras-tu rire chaque dimanche, le jour de notre Seigneur ?

— Je m'y efforcerai...

— Promets-tu de lui offrir un zubial et de venir à elle après en avoir apprivoisé un toi-même ?

— C'est chose faite, *my lord bishop.*

— Ecouteras-tu toujours ce qu'Emily te dira et ce qu'elle ne parviendra pas à te dire ?

— Je le jure.

— Promets-tu de toujours lui pardonner ?

— *Well...* je le promets.

— Jeremy, jures-tu de respecter les aspirations contradictoires de ta future épouse, sans jamais chercher à la simplifier ?

— Oui.

— Promets-tu d'essayer toujours d'être *présent* dans les moments que vous partagerez ?

— *Yes, I swear.*

— T'efforceras-tu de lui parler d'amour par symboles, en privilégiant ce langage ?

— Je le jure !

— Promets-tu de régner sur son imagination ?

— Heu... oui, je le promets.

— Crois-tu vraiment que tu puisses tenir tout ce que tu viens de jurer ? hasarda soudain le prélat.

— Hum... hésita Cigogne, *yes*.

— Alors tu es un fou, mon fils, mais tu viens de commettre la plus belle folie de ta vie ! Je te bénis au nom du Père, du Fils et du Saint-Esprit. Aime cette femme comme tu t'aimes toi-même, et un peu mieux si tu le peux, *amen*.

Puis l'évêque de Port-Espérance se tourna vers Emily et lui posa une seule question ; le reste allait de soi :

— Emily Pendleton, fille du pasteur Malcolm Pendleton, reconnais-tu que tu n'auras jamais aucun droit sur Jeremy, sinon celui de le laisser vivre sans trop lui casser les pieds ?

— Je le reconnais.

— Alors au nom de Notre Seigneur je vous déclare mari et femme selon les traditions gauchères, pour le meilleur ; le pire, laissez-le aux droitiers ! A présent nous allons procéder à l'échange des alliances...

— Monseigneur, murmura un jeune prêtre, il s'agit d'un transfert...

— Ah oui... en effet. Eh bien faites !

Jeremy fit passer l'alliance d'Emily de sa main gauche à l'annulaire de sa main droite, afin de marquer leur conversion au mariage gaucher ; puis elle procéda à la même opération avec l'anneau de Cigogne. Le transfert achevé, ils étaient passés comme à travers un miroir ; leur main droite était baguée.

— Mes enfants, reprit le vieil ecclésiastique, vous pouvez vous embrasser !

— YEPÉE ! s'écria tout à coup Emily.

Et elle souleva Jeremy de terre ; ils pleuraient. Peter, Ernest et Laura vinrent les rejoindre. La foule applaudit, tandis qu'une pluie de pétales de roses blanches se mit à tomber dans la cathédrale ; des enfants de chœur en déversaient des sacs entiers de la passerelle qui conduisait à l'orgue monumental. Surpris par une émotion soudaine, Algernon versa une demi-larme qu'il se hâta d'essuyer ; mais on pouvait percevoir sous sa morgue apparente des tressaillements de bonheur, indices que sir Lawrence fut le seul à déceler. Entre Anglais...

Sous les pétales, lord Cigogne et Emily se retrouvaient tels qu'en cette soirée de 1925 où, dans Hyde Park, elle l'avait aimé sous un cerisier japonais en fleur ; leurs désirs étaient intacts, mais leur amour s'était enrichi de ce que seul le temps permet. Ils n'étaient plus seulement deux cœurs qui se donnaient avec fièvre mais aussi deux esprits qui avaient commencé de se comprendre, deux sensibilités qui s'accordaient mieux, deux caractères qui avaient appris à se synchroniser. Leurs différences les liaient à présent, après qu'elles les eurent longtemps fâchés. Un instant, Cigogne songea à ses croyances de jeune homme, terrorisé par la certitude que les années, le piège lent des habitudes finiraient par diminuer ses sentiments ; et il sourit à cette idée. Non, le temps n'était pas le grand ennemi des amours encore vivaces ; comment avait-il pu se tromper à ce point ? Il ne connaissait pas de plus grand vertige que de réépouser sa propre femme, celle avec qui il partageait un amour conquis, cent fois plus bouqueté et corsé que la passion simple qui leur avait été donnée dans les commencements de leur liaison.

Amoureux de sa femme, Jeremy lui donna le bras et ils prirent la tête du cortège qui traversa Port-Espérance avant de sortir du grand cirque minéral qui abritait la cité coloniale ; puis la foule se rendit au cimetière des Gauchers, un vaste parc clairsemé de tombes qui descendait en pente douce vers le lagon. L'usage était que les mariés décidassent ce jour-là de l'endroit où ils reposeraient ensemble pour l'éternité, plus tard.

Emily entraîna Jeremy par la main jusqu'au sommet d'une éminence verdoyante, plantée d'une couronne de pins colonnaires ; de ce point de vue excentré, on dominait la baie de Chateaubriand où les baleines venaient s'accoupler chaque année, après la saison des cyclones. Mais ce qui plut surtout à Emily, c'était que tous les oiseaux de l'île semblaient s'être donné rendez-vous là, dans les branches des pins. Emily et Cigogne s'allongèrent dans l'herbe côte à côte, en riant, pour *essayer l'endroit.* Satisfaits, ils s'embrassèrent en goûtant bien le contact de la chair tiède de l'autre. Le zubial exultait. Les enfants n'appréciaient guère cette répétition festive d'obsèques dont la perspective les effrayait. Le petit dernier, Ernest, insista pour que ses parents se relevassent au plus vite. Puis, suivant en cela l'usage gaucher, Emily et Jeremy se mirent à creuser leur future tombe.

Autour d'eux, le grand pique-nique nuptial s'organisait ; les musiciens sortaient leurs instruments, des trombones, des trompettes bouchées ; les vivres apparaissaient sur les nappes. La nuit tropicale tomba vite ; on improvisa un brasier. Des airs de jazz se mirent à flotter, les croupes commencèrent à chalouper, au milieu de ce jardin des amants morts. Devant les flammes, les silhouettes féminines charlestonnaient, s'enroulaient autour des ombres des hommes ; on dansait avec frénésie, pour faire la nique aux ténèbres, histoire de se pénétrer de l'idée qu'il y avait urgence à s'aimer, avant que la mort n'éteignît les désirs.

Dans la fosse qui s'approfondissait, Jeremy regardait Emily qui pelletait avec ardeur, tandis qu'il piochait ; un court instant, il la vit morte, froide, blafarde, déjà percée par les vers qui feraient un festin de sa chair, avant que la terre ne la digérât toute ; et il posa sa pioche pour la prendre dans ses bras, tant qu'elle était là, chaude, intacte, lisse, vivante. Elle saisit son visage dans ses mains, sentit le crâne sous la peau, l'os encore recouvert ; il y avait loin du bonheur qu'elle éprouvait en cette soirée au chagrin qui l'attendait si un deuil... Elle chassa cette idée et embrassa Jeremy vigoureusement ; ils glissèrent au fond de la tombe, dans l'entrelacs des racines des arbres qui, plus tard, suceraient le jus de leurs corps en décomposition, cette macération infecte de leurs viandes. Il était sous elle ; quand, soudain, Emily le sentit durcir entre ses cuisses ; un sursaut de la vie, une révolte du bas-ventre, quelque chose comme l'envie de jouir pour dire *non*. La foule dansait, non loin. On ne pouvait les apercevoir au fond du trou. Poussée par l'instinct, sans chercher à mettre des mots sur sa conduite, Emily saisit le sexe de Cigogne, arracha ses sous-vêtements sous sa robe et le guida en elle. L'étreinte fut brève, convulsive, dans l'obscurité. Leurs corps raides d'un plaisir effrayant, ils s'arc-boutèrent l'un contre l'autre, comme deux cadavres roidis, entremêlés dans une copulation morbide. Le vertige qu'elle obtint de lui fut si fort qu'elle dut mordre une racine pour ne pas hurler ; ils demeurèrent ainsi quelques instants, au fond de leur tombeau, mêlés à cette terre qui les engloutirait un jour, à se demander ce qui avait bien pu leur prendre, de quelle spermatorrhée ils avaient été les jouets.

Tard dans la nuit, lord Cigogne et Emily refermèrent la fosse avec une grande dalle de granit rose, encore vierge de toute inscription ; puis, selon l'usage, ils dansèrent dessus, avec une gaieté et un entrain qu'on leur avait rarement vus, entourés de leurs invités. La noce gauchère touchait à sa fin. Dans un ultime tour de danse, Jeremy songea à la dernière promesse qu'il avait faite au prélat : *régner sur l'imagination d'Emily...* Que recouvrait exactement ce serment ? Par quels procédés extraordinaires parviendrait-il à régner sur les songes de son épouse ? Il lui restait à franchir une étape décisive sur le chemin qui ferait de lui un mari ; ce qu'il n'était pas encore.

Lady Cigogne et son époux n'entreprirent pas de voyage de noces ; cette coutume droitière n'avait guère de sens sur l'île d'Hélène. Dans l'esprit des Gauchers, l'existence à Port-Espérance se devait d'être une longue lune de miel, d'une durée approchant le demi-siècle. Leur colonie n'avait pas été fondée dans un autre dessein. Mais le calendrier hélénien ménageait une autre aventure au jeune ménage.

Le mois d'octobre inaugurait le printemps austral et, comme chaque année, les Gauchers le consacraient au libertinage, le vrai, ce cruel jeu de l'esprit que l'on se piquait de pratiquer dans une certaine aristocratie française ou vénitienne, au XVIIIe siècle. Au cours de ces semaines, il n'était pas question de vivre licencieusement, en faisant de son plaisir immédiat une règle, mais plutôt de se livrer à un libertinage cérébral volontiers frondeur à l'égard de la morale courante, des conformismes de tous ordres et des règles sociales.

Parfois, ces dispositions subversives conduisaient à se donner ; mais on recherchait moins la débauche que la mise en lumière de la face cachée de sa victime, et de soi. Loin de s'embourber dans l'exaltation d'une sensualité ordinaire, les Gauchers s'appliquaient à concevoir de subtiles stratégies de domination. L'objet de ces manœuvres était de persuader sa proie qu'elle n'était pas ce qu'elle croyait mais plutôt un être inconstant, ami de la jouissance facile; puis, si l'on avait assez d'habileté, il fallait la convaincre de se délivrer du piège de la sentimentalité courante afin qu'elle trouvât dans un éternel renouvellement des désirs le sentiment d'exister. Là était le plaisir suprême, plus que dans la possession physique, dans cet art de pervertir, de corrompre méthodiquement en affaiblissant peu à peu les croyances et la marge de manœuvre de l'autre.

Devenue libertine, la victime pouvait à son tour jouir du pouvoir qu'elle exerçait alors sur elle-même, de cette liberté effrayante qui la plaçait hors d'atteinte du genre humain, protégée de tout assujettissement sentimental, donc de toute souffrance. Naturellement, ce froid libertinage se parait de dehors souriants, et se déroulait dans une atmosphère divertissante faite de légèreté, de rires et de dissipation badine.

L'espace de quatre semaines, l'archipel gaucher tout entier se métamorphosait. Les citoyens de Port-Espérance quittaient leur apparence de fiers pionniers, rangeaient leurs winchesters, et se changeaient soudain en Français de cette classe oisive et futile qui donna tout son lustre à un certain Paris du XVIIIe siècle. Rompant avec leurs habitudes, ils dormaient tout le jour, s'éveillaient à la nuit tombée et ne sortaient que masqués pour participer à des fêtes galantes, à des bals, des parties de whist, des joutes poétiques. On assistait à des ballets, à des dîners donnés dans des boudoirs secrets, des parties champêtres, des feux d'artifice, des concerts, des séances de cinématographe, tout ce qui peut se concevoir pour mieux s'étourdir. Afin d'être plus libres d'explorer ce petit monde devenu soudain libertin, les couples de Gauchers se séparaient ; les maris vivaient ensemble, par paires de célibataires, et les femmes faisaient de même.

Les enfants étaient envoyés en grandes vacances sur l'île des Pins, au sud de la Nouvelle-Calédonie, dans des tribus mélanésiennes. Il n'y avait plus de parents sur l'île d'Hélène, plus d'époux, seulement des amants et des maîtresses, des chasseurs émérites, de vraies et fausses victimes, des menteurs sans scrupules. Chacun cultivait son inclination à plaire, à soumettre le cœur de sa ou de ses proies en déployant tous les pièges et tous les artifices de la séduction.

On pourra s'étonner que les Gauchers, si épris d'amour authentique, s'adonnassent à une telle saison de frivolités apparentes, de perversion affichée ; mais personne à Port-Espérance n'eût voulu éviter les griseries de ces jeux féroces, personne n'eût souhaité renoncer à cette part de soi, dominatrice, ou au plaisir qu'il y a à être dépossédé de sa volonté par le charme d'un homme ou d'une femme.

Les Héléniens pensaient que l'on pouvait *tout vivre* au cours de son existence, sans trop s'abîmer, pourvu que l'on sût entourer de précautions et de cadres rigides les incursions les plus audacieuses vers ses désirs les moins clairs. A Port-Espérance, le libertinage n'était pas synonyme de danger pour l'âme, ou d'odyssée sans retour, car son exercice était contenu dans quatre petites semaines ; pas un jour de plus ! Et puis, personne n'était très sûr qu'il existât une *bonne* manière de cultiver ses sentiments ; alors on se piquait depuis 1885 d'essayer différentes façons d'aborder les choses de l'amour.

Le capitaine Renard et ses compagnons étaient convaincus qu'il leur fallait donner carrière aux différentes facettes de leur être, fuir la logique droitière qui veut que l'on abdique des pans entiers de ses aspirations sous le prétexte d'être *cohérent*. Qui en amour peut se targuer de l'être, sitôt que l'on accepte d'écouter la complexité de ses désirs ? Et, mon Dieu, pourquoi s'amputer du meilleur de l'existence ? L'imagination et les sens ne peuvent se resserrer éternellement dans les limites étroites de la raison ! Quelle est l'épouse qui, heureuse d'aimer chez elle et d'être adorée en retour, ne rêve de plaire ailleurs, à son insu parfois, de susciter le trouble et de rencontrer cette figure d'amant qui, en l'étourdissant comme par surprise, saurait l'entraîner dans les ardeurs d'une liaison ? Pourvu que le galant fût assez habile pour que cela arrivât sans qu'elle eût à prendre de décision, dans des glissements exquis, incontrôlés... Ah, qu'il est délicieux d'éviter ainsi les désagréments de la culpabilité ; et qu'il est difficile pour un homme d'exécuter avec art ce genre de manœuvre, de vaincre sans que la dame ait le sentiment d'assumer sa responsabilité. Divine illusion ! Rares étaient les Gauchères qui n'eussent envie de cet homme susceptible de cambrioler leurs fantasmes avant de s'emparer de leur libre arbitre, de façon irrésistible, pour les conduire dans des sphères du désir effrayantes et attirantes, ces zones ombreuses que l'on craint d'explorer, tout en le souhaitant, et que l'on n'ose fréquenter que dans les emportements d'une passion interdite. Il peut y avoir bien du plaisir à se faire manipuler ainsi, à s'en apercevoir dans une semi-lucidité, et à jouir d'être l'objet de tant de soins pour, ensuite, s'y abandonner tout à fait, ou pour se reprendre dans une volte-face de dernier instant ! Et il en allait de même pour les hommes, sans que, peut-être, la culpabilité tînt une aussi grande place dans ces manèges enivrants.

C'était toute cette part de l'homme et de la femme qui s'épanouissait au cours de ce mois d'octobre libertin ; mais il entrait également dans leurs jeux une grande et délicieuse fausseté. Autant sur l'île de Toutes les Vérités on cherchait à se montrer sans retenue, à communiquer dans la transparence des cœurs, autant il fallait désormais s'étudier, déguiser sa sensibilité, feindre des inclinations que l'on n'éprouvait pas, en se gardant bien de se laisser prendre au piège de la passion que l'on s'attachait à inspirer. Ce que l'on paraissait ne devait en aucun cas correspondre à ce que l'on ressentait ; et l'amour véritable ne devait être pour rien dans cette sorte de commerce que les hommes et les femmes établissaient entre eux, quel que fût leur degré d'intimité. A la recherche d'un plaisir sans mélange, on jouait à se séduire en refusant d'éprouver des émotions vraies qui pussent, en se retournant, infliger des tourments authentiques. Afin de rester libre — car cette parenthèse libertine ne durait qu'un petit mois, je le répète —, les sentiments se devaient de demeurer une plaisanterie. On ne se liait que pour mieux rompre. Naturellement, tout le jeu était de vaincre l'autre, entendez de le placer sous sa domination en éveillant chez lui ou elle une sincérité que l'on se refusait.

Le 30 septembre 1933, lord Cigogne était très inquiet ; et son angoisse s'accrut encore lorsqu'il vit son épouse quitter Emily Hall en fin de journée, à cheval, sur une selle amazone. De derrière la fenêtre de son appartement, il la regardait s'éloigner, guillerette, sans qu'elle lui témoignât la moindre compassion. Emily devait rejoindre une certaine Julie Fontenay, une jeune femme sculpteur, afin qu'elles passassent ensemble ce mois libertin, dans la maison de ville de cette dernière. Emily avait déjà fait porter ses malles par Algernon, deux jours auparavant, lorsque Peter, Ernest et Laura étaient partis pour la Nouvelle-Calédonie, avec les autres enfants. Cigogne avait noté qu'elle y avait disposé ses vêtements les mieux coupés, sa collection de parfums. Elle n'avait oublié aucun des agréments propres à augmenter son attrait, elle qui, six mois auparavant, dédaignait encore tous les artifices de la féminité ordinaire.

— *Damn*... murmura-t-il, qu'en penses-tu, Algernon ?

— *My lord,* nous sommes d'avis que nous devrions rentrer en Angleterre tant que lady Cigogne se regarde encore comme notre épouse ! Nous avons déjà beaucoup souffert dans cette colonie française dont je déplore les mœurs, nous sommes las et nous pensons qu'à Londres les femmes sont mieux muselées que sur cette terre d'Océanie, *n'est-il pas* ? De plus, la cire à parquets que l'on trouve dans les échoppes de Port-Espérance est exécrable !

Lord Cigogne demeurait silencieux, tirant sur un détestable cigare en feuilles d'igname. Cette nouvelle épreuve — qui s'ajoutait à celle du cigare — l'accablait et, un instant, il se mit à envier les droitiers, tous ces gens prudents d'Europe, d'Amérique et d'Asie qui avaient la sagesse de maintenir leurs épouses dans des vies réglées, à l'abri d'occasions trop nombreuses de cocufiage. Cigogne en avait assez des jours blancs, de l'île du Silence et de tous ces rites qui fatiguaient sa persévérance. Pour la première fois, il se sentait las d'être un mari ; son ambition épuisait sa capacité d'aimer. Comment pourrait-il, année après année, demeurer un époux sur cette île gauchère ? Le calendrier hélénien requérait trop des hommes ; jamais il ne tiendrait le choc, songeat-il. Pauvre Cigogne ! Dans son inconscience, il ignorait encore qu'il n'avait parcouru qu'une petite partie du chemin qui ferait un jour de lui, s'il y parvenait, un mari digne de ce que ce mot promet. Mais où s'arrêtait cette route exténuante, parsemée de travaux que chaque année renouvelait ?

Egaré dans ses réflexions, Jeremy se mit pour la première fois à rêver de son existence prévisible de jadis, au charme discret de ses anciennes pantoufles écossaises, de la tranquillité avec laquelle il buvait autrefois son thé, dans son château du Gloucestershire. Il se sentait soudain nostalgique de cette *Pax Britannica* dont il avait joui lorsqu'il régnait encore sur son sanatorium de Kensington. Il aurait voulu briser les horloges, que ce mois d'octobre n'eût jamais lieu, souffler un peu, aller faire une partie de cricket sur un gazon anglais impeccable, loin, très loin de cette île.

Quand tout à coup un gémissement le sortit de sa rêveuse lassitude. Le zubial était assis dans son rocking-chair, la truffe dirigée vers le sol, l'air navré, le pelage terne ; il paraissait souffrir de l'estomac. Le temps se gâtait. Une épreuve décisive allait faire de lord Cigogne un mari *complet*, si tant est qu'on pût l'être, ou le séparer à jamais d'Emily.

Jeremy perdit la trace d'Emily; il ignorait quel loup elle porterait lorsqu'elle sortirait, à la nuit tombée. Au sein de la foule masquée qui promenait sa faim d'aventures dans Port-Espérance, il eût été bien en peine de la retrouver. Affranchie de toute censure autre que celle de sa morale, Emily se glissa donc avec délice dans son nouveau rôle d'apprentie libertine, minauda dans des bals nègres, fit des frais à des joueurs de trictrac, se laissa étourdir les sens par quelques danseurs de tango, sans bien apercevoir que ses partenaires ne recherchaient pas les plaisirs simples de jeux frivoles. Cette ronde galante dura jusqu'au soir où Emily vint dîner dans un salon privé, qui n'ouvrait ses portes qu'en octobre, non loin d'un hôtel borgne de la rue Julien-Sorel.

Julie Fontenay, son amie, y avait convié sa curiosité, au sortir d'un ballet champêtre. C'est ainsi qu'elle s'était jointe à une société d'esprits libres, volontiers fantasques, de noceurs masqués affectionnant les mots d'esprit, les récits piquant l'imagination, l'imprévu et les folles imprudences. Le souper s'annonçait très gai quand l'un d'entre eux, à l'abri d'un masque de chat, se vanta de ses conquêtes faciles et affirma ne s'être jamais laissé prendre aux sentiments qu'il prétendait susciter. Il portait un masque ancien et un pourpoint brodé qui donnait de la rigidité à son maintien. Sa seule passion semblait être de n'en éprouver aucune, tout en en inspirant de nombreuses. Son assurance sarcastique était horripilante, teintée d'une fatuité sans bornes. A l'entendre, il lui suffisait d'agir sur un mince trait de caractère de ses futures victimes pour les contraindre tout entières à succomber à son verbiage, et s'assurer une maîtrise durable de leurs inclinations ; il insista sur ce dernier point, avec une sûreté de ton qui se marquait dans sa voix, son maintien composé et ses manières étudiées. Cet homme réglait tous ses gestes, ses regards furtifs ou appuyés, l'intensité de ses éclats de rire, avec le même soin qu'il disait gouverner ses sentiments.

Irritée de voir son sexe déprécié par ce phraseur, Emily se mit à le railler, avec une ironie pleine de drôlerie et une sagacité désarçonnante. Déséquilibré, le chat essuya quelques ricanements, se ressaisit et riposta avec habileté, en mettant les rieurs du côté de son insolence. Puis, narquois, il pria Emily de l'excuser d'avoir négligé ses charmes, discrets jusque-là. Bientôt les deux adversaires masqués furent les deux pôles du repas. Emily se posa en avocate des femmes, de leurs exigences, de leur noblesse, de leur droit à revendiquer des différences, plutôt que de subir celles que les hommes voulaient bien leur supposer. Dans la fièvre de ses propos, elle se prétendit même maîtresse des mouvements de son cœur, invulnérable à toute séduction insincère, à toute flagornerie, sans voir dans quel piège le matou libertin était en train d'attirer sa candeur.

— Non, madame, répliqua-t-il. Je vous donne du madame car je vois que vous êtes baguée... D'ailleurs, aimez-vous votre mari ?

— Oui, beaucoup.

— Voilà un beaucoup qui est de trop... Cependant, malgré cela, madame, je vous prédis qu'avant la fin d'octobre vous serez à moi ! Ma victoire sera la preuve de mes talents, de mes admirables talents que vous appelez injustement mes *prétentions*. Ainsi nous saurons qui de vous ou moi a raison, ou bien tort.

— Moi ! A vous ? fit Emily, avec une stupeur pleine de mépris.

— Oui, vous, madame. Et comme je ne saurais me contenter de ne posséder que votre corps charmant, je vous annonce que je me rendrai également maître de votre tête de linotte, oui, de toutes vos pensées qui, bientôt, aboutiront à moi. Oh, pas trop vite, rassurez-vous ! Je veux goûter le plaisir de vous voir m'aimer peu à peu, alors que vous me haïrez encore, puis je jouirai du combat qui se fera en vous entre votre inclination et ce que vous n'allez pas tarder à me dire...

— Monsieur, je ne serai jamais à vous ! lança-t-elle avec froideur.

— Vous voyez, je n'ai pas fini de parler que déjà vous vous conformez à mes prévisions ! Où en étais-je ? Oui, à l'agonie de votre volonté... car j'entends non seulement me faire aimer de vous mais surtout vous faire accepter cette idée, en vous-même, avant que vous ne l'admettiez en public, quand votre envie de moi sera plus forte que votre humiliation, quand votre passion sera irrépressible, violente, lorsque j'aurai rompu les derniers liens qui, déjà, vous rattachent si mal à votre mari. Ah, mon Dieu, comme vous allez souffrir... comme vous n'auriez pas dû affirmer des choses pareilles avec une telle impudence... Votre mariage est bien compromis, belle enfant !

— Monsieur, je ne vous permets ni de méjuger la

solidité de mon mariage ni de m'appeler *belle enfant* ! Faites ce que vous voulez, je ne serai jamais à vous.

— Vous m'êtes témoins, fit-il en se tournant vers ses compagnons, Mme Belle-enfant me met au défi. Elle l'aura bien cherché, la malheureuse !

— Oui, je vous mets au défi, parfaitement, et pour vous prouver à mon tour que les femmes ont parfois plus de science des sentiments que vous ne le pensez, je vous jette également un défi ! Je vous prédis qu'avant la fin de ce mois, ce n'est pas moi mais VOUS qui crèverez d'amour, qui me supplierez de vous accorder la faveur d'un baiser. C'est bien moi qui jouirai du spectacle de votre humiliation. Et je ne vous lâcherai que lorsque je vous verrai rongé par une passion irréfléchie, gouverné par un sentiment brûlant que vous ne pourrez plus maîtriser, qui fera de vous ma *chose* !

Etonnée par son audace, Emily se tut. Sa fureur l'avait poussée plus avant qu'elle ne l'eût vraiment désiré ; mais à présent qu'elle avait engagé sa fierté dans ce duel amoureux, il lui était difficile de se replier. L'assistance demeurait interdite ; face à ce double défi, les esprits fermentaient. Habituellement, seule l'une des parties attaquait, l'autre se contentait de se défendre ; mais là, le jeu se révélait plus palpitant qu'à l'ordinaire, plus violent aussi. Le premier qui aimerait aurait perdu. On réclama des assurances pour suivre les développements de cette affaire. Tous convinrent de se retrouver ici même, le même soir, la semaine suivante.

Lorsque vint l'heure de se séparer, l'homme au masque de chat voulut raccompagner Emily. Chacun tendit l'oreille ; qu'allait-elle alléguer pour appuyer son refus ? Maligne, elle répliqua qu'elle acceptait, en ajoutant bien fort — afin que tout le monde l'entendît — qu'une dérobade donnerait le sentiment qu'elle le craignait, alors que c'était plutôt à lui de la redouter. Sur le coup de cinq heures du matin, peu avant l'aube, Emily remontait donc l'avenue Musset en calèche, assise à côté de son adversaire de cœur.

— Madame, reprit-il, vous m'aimerez bientôt de vous avoir libérée.

— De quoi, *good Lord*?!

— De vous-même ! De votre sentimentalité de pacotille, des conventions ridicules qui brident votre véritable nature. Votre jouissance avec des hommes qui vous seront indifférents, puis avec moi que vous haïssez, sera la marque de votre libération. C'est pour cela que vous m'aimerez, voyez-vous. Parce que en ma compagnie vous vous sentirez affranchie, oui, libre d'aller voir en vous, partout, jusque dans ces zones d'ombres qui aujourd'hui vous inquiètent tant, tout en vous attirant, avouez-le !

— Pas du tout !

— Mais si ! Ne me dites pas que vous êtes sans contradictions !

— C'est vrai mais...

— Vos peurs vous masquent vos propres désirs. Je veux vous apprendre à dissocier votre cœur de vos sens, afin de mieux dominer une liaison. Libérez-vous de ces croyances vieillottes dont les hommes usent pour mieux museler les appétits de leur femme. La belle croyance ! On associe l'amour et le désir, le premier étant rare, on bride le second, et c'est ainsi que l'on conserve des épouses bien sages, domestiquées. Cela fait des siècles que nous entretenons nos femmes dans cette croyance commode, pour les mieux tenir ; alors que nous, les hommes, naturellement nous n'y croyons pas ! Croyez-moi, le sexe est la clef de toutes les libertés. Tant que vous n'aurez pas liquidé vos certitudes, vous resterez la bourgeoise étriquée que vous êtes, coupée de son énergie vitale, l'épouse en laisse, inconsciente de son asservissement que vous persistez à être, ma pauvre enfant ! Oui, vous demeurerez resserrée dans vos croyances, confinée dans vos plaisirs étroits qui ne sont pas *la vraie vie*, dans vos rêves bornés. Vous ne savez pas ce que c'est que de repousser les murs invisibles qui vous enferment, que d'accéder à cette liberté intérieure qui permet d'être maître de soi, oui, inatteignable par la souffrance, cuirassé contre l'inconstance des autres !

Essoufflé, il s'arrêta un instant. La calèche longeait à présent le rivage du lagon intérieur de Port-Espérance, subitement éclairé par le soleil, si prompt à se lever sous ces latitudes. Puis l'homme considéra Emily avec un soupir de mépris, suffisant pour être décelé mais excessif pour qu'il fût tout à fait naturel ; et il ajouta, dans une volte-face :

— Mais je ne vous apprendrai pas comment y accéder, non, pas vous. J'ai cru que... mais non, vous en êtes indigne.

— Indigne... de quoi ?

— Vous me regardez avec méfiance alors que je suis prêt à vous ouvrir des portes. Vous êtes persuadée, bécasse comme vous êtes, que je vous parle ainsi pour mon profit, afin de gagner mon pari, dont je n'ai que faire. Non, vraiment, vous posséder ne me tente plus. Je ne veux pas d'une épouse bégueule, incapable de jouir de ce que j'aurais pu lui faire découvrir. Je préfère me garder, ne pas perdre mon temps avec vous, madame. Allez, je vous raccompagne et ne parlons plus de cette liberté-là. Je pouvais vous initier à... mais non, non, rentrons.

Il hâta le trot de son cheval et se renferma dans un silence qu'il semblait ne plus vouloir quitter. Assise près de lui, au fond du landau, Emily demeurait à la fois méfiante et follement intriguée par cet homme qu'elle savait faux. Sa nervosité venait de ce qu'elle n'était pas indifférente aux propos du libertin ; elle y voyait même quelque vérité, bien qu'elle fût consciente que ces paroles étaient proférées par un filou qui n'était que calculs. Mais cet homme avait pour lui une voix d'un velouté extraordinaire, un regard pénétrant qui l'épinglait, derrière son masque de félin, un ascendant naturel qui éveillait chez elle un plaisir trouble à être en sa compagnie, fait d'irritation et d'envie de gagner son estime. Pourtant, cette fausseté qui se marquait dans tout son être aurait dû paraître odieuse à Emily, si éprise de vérité. Eh bien non ! Un instant, elle envisagea même le bonheur qu'elle pourrait trouver dans la soumission à sa volonté ; mais, comme effrayée, elle chassa bien vite cette idée, sans parvenir à recouvrer sa quiétude, car elle savait déjà qu'il n'était plus question d'oublier leur rencontre.

Emily fut la première à renouer le dialogue :

— Mais... ça consisterait en quoi, cette *initiation* dont vous parliez ?

— Vous voyez le jeune homme, là, bien de sa personne, qui titube un peu sur le trottoir ?

L'homme-chat arrêta la calèche à la hauteur du fêtard qui promenait son ivresse, et intima à Emily l'ordre d'écarter ses cuisses, sur un ton qui ne souffrait pas la rébellion ; puis, tandis qu'elle les resserrait instinctivement, il somma le garçon de la *sauter*. Prise de court, Emily ne savait comment manifester la panique qui la gagnait, cette terreur organique. Elle allait exploser de fureur lorsque, tout à coup, l'homme-chat lui serra le bras cruellement, en disant :

— S'il vous dégoûte, souriez ! Je veux que votre visage exprime le contraire de vos sensations !

Le jeune homme trémulant avait déjà baissé son pantalon. Horrifiée, Emily se crut sur le point d'être violée quand, soudain, le libertin rejeta l'ivrogne loin de son effroi, à terre, et fit repartir la calèche, en précisant :

— Je n'ai pas voulu que les choses aillent à leur terme car vous n'étiez pas prête.

— A quoi ? s'exclama-t-elle.

— A en tirer profit, pas prête à retirer quelque chose de cette transgression. Vous n'êtes, hélas, madame, pas aussi convaincue de mes propos que je voudrais que vous le fussiez. Vous êtes trop prisonnière de vos limites, voilà tout.

Emily se remit peu à peu de cet assaut bref et effrayant, tandis que l'homme-chat semblait goûter la quiétude de l'aube ; il marquait une attitude qui disait qu'à ses yeux ce qui venait de se produire n'avait été qu'une vétille. Puis il se tourna vers Emily et, avec une fièvre inattendue, lui tint à peu près ce discours :

— Voulez-vous que je vous dise ce que vous auriez ressenti si vous vous étiez pliée de bonne grâce à ce que je vous prescrivais ? Vous auriez joui d'un sentiment de liberté qui vous est inconnu, du vertige qu'il y a à être totalement sous son propre empire, jusqu'à choisir les expressions que l'on souhaite afficher sur son visage ! Vous vous seriez affranchie des mièvreries de la sentimentalité, et vous auriez puisé en vous une nouvelle énergie.

— Laquelle ?

— Celle d'être un peu plus à vous, oui, *à vous*. Avez-vous remarqué que dans tout cela je ne recherche pas mon profit, mais le vôtre ? Plutôt que de tenter de satisfaire mes propres sens, c'est à un autre que je me suis adressé. Méditez cela pour mieux juger mes propos, et si un jour vous parvenez à cette... comment dire ? Oui, à cette *libération de l'être,* alors vous me serez attachée, vous me bénirez de vous avoir menée sur ce versant de vous-même, vers cette conduite grisante qui n'a de licencieux que l'apparence, trompeuse ! Sur ce, madame, dormez bien !

Il la fit descendre, sans même lui donner la main, comme on chasse un intrus, et claqua sèchement la petite porte de bois derrière elle. Les regards du libertin esquivaient Emily ou passaient au travers d'elle, comme s'il eût nié jusqu'à son existence. Déconcertée par ces façons un peu cavalières — juste ce qu'il fallait pour écorner sa vanité —, elle fit quelques pas vers la porte de la maison de bois de Julie Fontenay. Aussitôt la calèche démarra. Dans un mouvement involontaire, Emily se retourna alors et, en se surprenant elle-même, rappela l'homme-chat avant qu'il ne fût trop éloigné. Au moment même où elle commença de parler, elle prit brutalement conscience que son attitude irréfléchie échappait à sa volonté ; et cette idée l'affecta vivement, plus qu'elle ne l'eût voulu. L'homme-chat arrêta aussitôt son cheval ; on eût dit qu'il avait calculé l'élan d'Emily.

— Sans doute souhaitez-vous me revoir ? lança-t-il, alors qu'elle s'efforçait de diminuer son trouble. Mon parti était de vous négliger désormais, mais si vous tenez vraiment à me fréquenter, vous saurez bien me trouver !

Et il ajouta avec une insolence amusée :

— Cette recherche sera votre pénitence pour votre niaiserie de ce soir !

Le fouet claqua ; l'attelage disparut au coin de la rue. Emily était dans un sentiment de révolte contre elle-même, contre sa candeur de petite souris face à cet homme-chat qui n'agissait que par procédé, en observant sur elle l'effet de ses paroles truquées. Certes, elle voyait bien que ce libertin entendait la dépraver, l'amener à ne plus se respecter, comme lui-même ne se respectait plus ; mais si son esprit lui disait de le fuir, quelque chose de souterrain en elle, d'incontrôlé, l'engageait à l'écouter, à découvrir la femme instinctive qu'il éveillait par ses paroles, celle qu'Emily avait souvent devinée, cachée dans les profondeurs de sa chair. Emily s'était toujours ressentie comme un mystère ; et la porte, *la dernière porte,* allait peut-être s'entrouvrir grâce à cet homme odieux.

Comme elle pénétrait dans la maison de son amie, Emily demeurait stupéfaite de sa conduite de cette nuit, qu'elle eût avalé avec une curiosité passionnée chaque verset de son catéchisme libertin, qu'elle n'eût pas fui quand il lui avait ordonné d'écarter les cuisses. Elle, la fille du pasteur Pendleton, si folle d'authenticité, de droiture ! Où était passée sa volonté de jadis ? Emily était subjuguée par la violence glaciale de l'homme-chat, par l'ascendant incroyable que sa virilité trouble exerçait sur son imagination, et sur ses sens. Ah, qu'il est fascinant d'être dépossédé de soi, de son libre arbitre, par la volonté insinuante d'un autre, d'un homme dont la plus grande séduction était justement ce *pouvoir* mystérieux qui lui permettait de régler les désirs d'Emily, jusqu'à substituer les siens à ceux qui lui étaient propres. Face à lui, elle se sentait le besoin de conquérir son regard, sa considération. Cela l'effraya soudain, la précipita dans une fébrilité inhabituelle, lui ôta même le sommeil ; et ces symptômes d'un désordre intime qui ressemblait à de la passion achevèrent de l'affoler.

L'épouse de Cigogne savait déjà qu'elle avait perdu son pari. Dans les dispositions où elle était à présent, Emily n'était plus en mesure de soumettre le cœur de l'homme-chat, tout en se gardant d'être prise à son tour. Elle ne pouvait plus que résister, ou s'abstenir de le revoir.

Deux jours plus tard, Emily retrouva l'homme-chat à un bal donné dans l'ancien bâtiment de la Compagnie minière, aux allures de grande demeure du Sud américain. Il y avait dans cette fête galante un parfum de Louisiane, mâtiné d'influence néo-calédonienne, des robes bouffantes, des hommes masqués, des loups posés sur les yeux des femmes, des gorges ravissantes, des chandeliers en bois de cocotier qui répandaient une lumière chaude.

— Tiens, vous ! s'exclama Emily en se retournant, un verre à la main.

— Ne prenez pas cet air étonné, répliqua le libertin, cela fait deux jours que vous me pistez.

— Comment le savez-vous ? demanda sèchement Emily.

— Je l'ignorais il y a encore cinq secondes, mais vous venez de me l'apprendre à l'instant. Je prêchais le faux, à tout hasard... Mais ne faites pas cette tête, la gravité est un péché, avant d'être un ridicule, vous ne le saviez pas ?

Sans attendre de réponse, il l'entraîna dans une valse, histoire de mieux dissiper la vexation d'Emily. L'homme-chat avait en horreur les situations pesantes. Il prétendait qu'être léger était une politesse minimale et que les gens sérieux relevaient d'une impardonnable vulgarité. Une inclination persistante lui semblait toujours suspecte ; il s'attachait à n'éprouver que des goûts mobiles et faisait de son inconstance une règle, et un chic. Plus un sentiment était futile, plus il le peignait avec enthousiasme ; ses vraies douleurs n'avaient droit qu'à des litotes, lorsqu'il ne les taisait pas.

— Ainsi donc, reprit-il, vous vous demandez depuis deux jours ce qui se passe dans une existence lorsqu'on se met à écouter ses instincts, je me trompe ?

— Pas tout à fait, s'entendit-elle répondre.

— Eh bien, je vous l'ai déjà dit, on trouve l'énergie d'être soi, et à soi ! Cette réponse vous suffit-elle ? Cela dit, belle enfant, il importe surtout de savoir se protéger de ses liaisons.

— Et comment ?

— Vous avez donc déjà tout oublié ? En deux jours ! Mais en apprenant à feindre ce que vous n'éprouvez pas, à employer de grands mots pour dire vos émotions les moins sincères, celles qui glisseront sur votre cœur tout en se marquant vivement sur votre physionomie. Vous verrez, c'est très amusant ! Il suffit d'être passionné sans sentiments, de dissocier vos émois véritables de votre expression.

Profitant d'un changement de danse, il l'attira sous une véranda, à l'écart des éclats de la fête, en lui proposant de s'exercer séance tenante :

— Tenez, par exemple, parlez-moi d'amour alors que tout ce que je vous dis vous scandalise. Tout ce que je suis vous insupporte, n'est-ce pas ? Allez-y, déclarez-moi la flamme que vous ne ressentez pas, en y mettant du sentiment, de la persuasion, sans oublier une nuance de trouble et un soupçon d'anxiété. Allez-y ! C'est par les mots qu'il faut commencer à se *pervertir*, comme disent les bien-pensants.

— Pardonnez-moi mais... *je tiens à mes mots*. Les faire mentir me chagrinerait, et je ne crois pas être très douée pour la fausseté. Ma mère l'était, mais moi je...

— Sans doute était-elle maladroite. Vous n'avez pas eu de bon professeur. Tenez, faites comme moi. Il suffit d'inverser tout ce que vous pensez ou ressentez.

L'homme-chat lança alors son éloquence dans une logorrhée de flatteries, de compliments physiques et moraux qui, inversés, étaient autant d'insultes faites à l'anatomie d'Emily, à son caractère, à sa féminité ; et il les égrenait en affectant un air de sincérité presque touchant, une fausse timidité qui l'eût émue s'il n'avait été question de retourner les sentiments qu'il faisait mine de montrer. Ses mots d'amour étaient empreints d'une poésie authentique. Pénétrée de trouble, contre sa volonté, Emily avait envie de croire qu'une part de ces paroles était vraie, que ce procédé était le seul par lequel cet homme compliqué pouvait entrouvrir son cœur ; mais dans le même temps, elle était révoltée qu'il la maltraitât ainsi ; quand soudain elle aperçut à la naissance de ses lèvres un demi-sourire qui disait toute la fausseté de cet homme. Tout n'était que flagornerie, ignominie, puant mensonge !

Ulcérée, Emily entra dans le jeu :

— J'ai compris, j'apprends vite ! fit-elle avec hargne.

A son tour, elle se mit à dire le contraire de ce qu'elle éprouvait, pour mieux lui signifier le mépris, le ressentiment fielleux que sa conduite et ses propos injurieux lui inspiraient ; et, sous le couvert de ce procédé, elle ne modéra pas ses critiques, ses piques venimeuses. Il l'avait incitée à quitter toute retenue, à dessein naturellement, pour la faire entrer dans des sentiments vifs. Un délire passionnel ! Sa seule crainte était qu'ils ne s'accoutumassent à se voir de façon paisible ; sa présence devait demeurer synonyme d'orages, de vertiges, qu'ils fussent de haine ou de trouble. On revient si difficilement de dispositions indifférentes, alors qu'il suffit d'un glissement habile pour convertir une prévention déclarée ou une irritation en inclination véritable. Dans sa fureur, humiliée, Emily n'apercevait pas cette manœuvre ; elle se croyait plus loin que jamais de fléchir, alors qu'elle n'en avait jamais été si près. Le libertin l'observait, scrutait dans ses gestes nerveux et sur sa physionomie animée les symptômes de la passion qui commençaient à paraître, sans qu'elle le sût elle-même.

— Bravo ! s'exclama-t-il, vous apprenez effectivement très vite... je ne m'attendais pas que vous me suiviez si promptement sur ce chemin ! Vous aviez l'air si prévenue contre moi... et mes *vilains procédés*.

— Vous me dégoûtez !

— Mon Dieu, vous m'aimez donc déjà ?

— Il y a quelque chose de corrompu en vous, de pourri, qui salit tout !

— Vous voyez que vous arrivez parfaitement à exprimer le contraire de ce que vous éprouvez ! Le ton y est, l'apparence de sincérité, le...

— Arrêtez de tout inverser ! De tout pervertir.

— Vous me priez de continuer ?

— Ce que vous êtes me DÉ-GOÛTE, suis-je claire ?

— Oh oui ! Et pourtant, ce qui est surprenant, c'est que vous allez quand même venir me rejoindre à minuit, au café Colette, au sous-sol.

— Moi ? !

— Oui, vous, d'abord parce que je le VEUX, et ensuite parce que si vous saviez QUI se trouve sous mon masque de chat vous seriez moins serpent. Peut-être même auriez-vous l'envie d'être tendre... ou de m'aimer un peu.

— Vous aimer... fit-elle avec ironie.

— Oui, car vous sauriez que le personnage que je joue devant vous depuis notre rencontre n'existe pas, qu'il est même exactement contraire à ma véritable nature, et que je ne l'ai joué que parce que nous sommes en octobre, et que c'est le moment ou jamais d'explorer cette façon d'être, ces vertiges extraordinaires qu'a balisés pour nous le XVIIIe siècle des gens libres, de mœurs, de croyances et d'esprit.

— Si c'est une nouvelle ruse, elle est habile, dit Emily soudain désorientée par ce brusque changement de ton.

— Oh, je sais, je ne peux pas vous empêcher de le penser à présent, mais ce que je viens de vous dire est pourtant *vrai*. Si toutefois vous hésitiez encore à venir tout à l'heure, à minuit, je vous rappelle qu'octobre finira bientôt. Si je réussissais à m'emparer de votre volonté, vous n'auriez donc pas à répondre des suites de vos actes. Votre découverte du libertinage serait sans risque puisque ça ne serait pas un parti sans retour. Sur ce, madame, je vous laisse à vos interrogations. Mais n'oubliez pas, *vous me connaissez* !

Et il s'éclipsa, un verre à la main, sans s'apercevoir qu'un homme masqué le suivait, dissimulé derrière un long bec d'oiseau en paille. Cet homme-oiseau avait écouté furtivement les éclats de leur conversation, les épiait depuis leur premier échange, avec la rage froide et étouffée d'un mari jaloux ; oui, cet homme n'était autre que Cigogne ! Il avait eu du mal à retrouver son Emily dans cette marée de masques qui inondait les rues de

Port-Espérance ; mais sa persévérance avait eu raison des faux indices et, en la pistant, il était remonté jusqu'à ce chat libertin qu'il filait à présent.

Se croyant seul, aux approches d'une jolie maison de bois, l'homme-chat ôta son masque et, dans la clarté lunaire, Jeremy le reconnut. C'était donc lui ! Saisi de panique, il demeura immobile, caché derrière un flamboyant. Que pouvait-il tenter contre un tel adversaire ?

Poussée par une curiosité teintée d'appréhension, Emily gagna le café Colette vers minuit. L'identité de cet homme-chat l'intriguait autant que cette pseudo-liberté qu'il prétendait lui faire goûter ; et puis, que le mois d'octobre se terminât bientôt était entré pour beaucoup dans sa décision de le rejoindre avant, peut-être, de se rendre à ses instances ; bien qu'elle n'osât pas même envisager cette hypothèse, qui tentait ses appétits et l'effarouchait à la fois. Les contorsions du désir la travaillaient sans relâche.

L'habileté de l'homme-chat était de paraître déplaisant, de l'irriter assez pour qu'elle se crût hors de danger en sa présence, afin qu'elle se prélassât dans cette illusion tout en continuant à subir son ascendant, jusqu'à ce qu'elle fût dans la complète dépendance de son regard, sans qu'elle s'en rendît compte. Il avait saisi qu'une femme comme Emily ne pouvait se donner que dans un ultime glissement, à la faveur de circonstances qui ne feraient pas peser sur elle le poids de sa culpabilité ; et son intention était de susciter cette occasion au plus vite, dès la nuit prochaine s'il le pouvait.

Emily entra dans le café, plus nerveuse qu'à l'ordinaire,

saisie par le pressentiment de ne bientôt plus s'appartenir ; mais elle était toujours dans le dessein de s'enfuir sitôt qu'elle aurait appris *qui* la convoitait sous ce masque de chat. Aucune piste ne se présentait à son esprit, car elle ne se connaissait pas de relations capables, à ses yeux, de soutenir un tel personnage, fût-il de pure composition. Au rez-de-chaussée, en terrasse, personne ne s'était établi en portant un masque de chat. Elle poussa plus avant, au sous-sol, et, là, trouva son homme qui égrenait quelques notes sur un vieux piano, habituellement animé par les musiciens de jazz de l'île. Quelques rares clients écoutaient la mélodie heurtée que ce chat maladroit torturait de la main gauche. En affectant une mine détendue, Emily vint s'asseoir à côté de lui, de son air distrait, et alors qu'il continuait à malmener la musique, elle appuya plusieurs fois, avec agacement, sur la touche de la note la plus aiguë. La septième fois, le chat arrêta et commença à parler, avec un air de douceur qu'elle ne lui avait jamais vu, une apparence de sincérité qui ne pouvait relever de la manœuvre :

— Sur l'île du Silence, j'ai rencontré une femme que j'ai beaucoup aimée, puis haïe à proportion de mon amour déçu. Elle fut celle qui me fit croire à l'ambition de cette société gauchère, à la possibilité d'un amour véritable, alors que je ne croyais plus guère qu'à l'effervescence des passions. Comment dire ? Il y avait dans sa féminité une promesse de bonheur. En la regardant, j'ai éprouvé pour la première fois la joie qu'il y a à aimer sans conditions, à *être* avec l'autre, dans une recherche d'intimité qui n'exclut pas de respirer pour son compte, aussi. Ces quelques jours m'ont... bien que nous n'ayons pas prononcé un seul mot ! Quand je vous ai rencontrée, je me suis mis à rêver, bêtement, que votre voix fût la sienne, et que sa figure fût sous votre masque. Votre voix pourrait être la sienne ; elle va si bien avec le visage de cette femme... que j'ai par la suite tant détestée. Elle m'a si cruellement... Enfin je vous ai prise pour elle, pour son fantôme. Pardonnez mes écarts de langage, ma férocité parfois. Je n'ai été avec vous que comme j'aurais aimé être avec elle, pervers, acerbe, comme pour mieux me venger.

— Que s'est-il passé entre vous, à la fin ?

— Je ne sais pas, je n'ai rien compris...

Machinalement, ses mains touchèrent les touches du piano et, avec une agilité surprenante, se mirent à jouer un air qu'Emily avait déjà entendu quelque part ; quand tout à coup elle eut un vertige. Cessant un instant de respirer, elle fouilla rapidement sa mémoire et, dans un affolement complet, Emily comprit soudain que cette musique était celle qu'avait composée pour elle Hadrien Debussy !

Emily était donc assise à côté de celui en qui se confondaient les deux hommes qui lui avaient inspiré des désirs illégitimes : l'homme-chat et le jeune musicien ! Elle se sentit alors la proie de tous les égarements, de toutes les agitations dont son cœur était susceptible. Ses lèvres se desséchèrent. Son souffle devint court. Sa vue se troubla. Elle n'entendait plus que le sang qui lui battait dans les tempes. Comment une telle coïncidence avait-elle pu se produire ? Cet homme dont elle ignorait la voix — puisqu'ils s'étaient connus sur l'île du Silence — avait songé à elle en écoutant la sienne ! Il y avait là quelque chose qui dépassait le fortuit, un phénomène quasi magique dans lequel Emily voulut voir un *signe du destin*.

La vérité était, hélas, moins poétique. Alors qu'il feignait d'être égaré dans les vapeurs de sa mélancolie, en jouant du piano, Hadrien Debussy n'ignorait pas qu'il se trouvait à côté d'Emily. Depuis le début il l'avait su, et ne s'était intéressé à elle que pour tenter de la reprendre, à la faveur du mois d'octobre. Il entendait se dédommager de ses anciennes larmes par une conduite déshonnête à son endroit, pleine de cautèle, de calculs, inspirée par un vif besoin de vengeance ; car il était vrai que le froid mépris qu'Emily lui avait marqué après leur rupture, sans explications, l'avait précipité dans un chagrin sans fond. Là était la seule sincérité de ses demi-aveux. Du coin de l'œil, il observait Emily afin de s'assurer qu'elle avait bien reconnu sa musique. Le léger tremblement de ses lèvres lui apprit que c'était chose faite ; sa respiration oppressée le lui confirma.

Satisfait, Hadrien Debussy sortit de sa fausse méditation et, avec une désolation simulée, ajouta que son plus grand rêve était qu'une nuit sa belle de l'île du Silence le rejoignît chez lui, au numéro 2 de la rue Marivaux, sous l'emprise d'un violent regret, dans le projet de l'aimer à nouveau, ne fût-ce qu'une nuit. Si cela arrivait, précisa-t-il avec un regard fiévreux de possédé, alors il retrouverait la capacité de composer sa musique, faculté que son désarroi lui avait fait perdre, en ruinant tous ses désirs.

— A présent je vais vous laisser, madame, en vous priant de m'excuser de vous avoir importunée avec ces histoires dont vous n'avez que faire. Adieu !

L'homme-chat se leva et, comme ébranlé par le ressac des souvenirs qu'il était censé repasser dans son esprit, il s'éloigna d'un pas chancelant, d'un pas qui témoignait de la vivacité de son ancien amour.

Lord Cigogne asphyxiait de tristesse sous son masque d'oiseau. Attablé derrière eux, il n'avait pas perdu un seul mot de cette entrevue qu'il jugeait trop heureuse pour être fortuite. Jeremy ne croyait guère aux signes du destin, surtout dans une île où les hommes savaient donner au quotidien un tour romanesque. Que lui s'en fût aperçu, alors qu'Emily semblait vouloir l'ignorer, le désespérait. Au fond, elle désirait que leurs retrouvailles fussent un effet du destin, une manière de fatalité contre laquelle il était en somme vain de lutter.

Emily était effectivement dans ces dispositions. A quoi bon s'user contre le sort lorsqu'il se montre aussi opiniâtre ? se répétait-elle. N'était-il pas écrit que leur liaison devait se renouer ? Avait-elle le droit de laisser cet homme dans de tels tourments qui stérilisaient son beau génie, que chacun admirait sur l'île d'Hélène ? Il y avait là comme un crime contre l'art, une attitude qui lésait l'humanité, une mesquinerie qu'elle ne pouvait raisonnablement perpétuer. N'avait-il pas dit qu'une seule nuit suffirait à lui rendre son inspiration ?

Ces pensées fermentaient dans le cerveau d'Emily, encore étourdie par ce hasard étonnant qu'elle ne cessait de déchiffrer. Mais l'affolement de lord Cigogne était encore plus vif, balayait ce qui subsistait de britannique en lui, liquidait son flegme. Devait-il s'opposer par la force à ce qu'elle le rejoignît cette nuit même ? Mais à quoi bon ? Elle irait bien un jour ou l'autre au 2, rue Marivaux, si son désir le lui commandait. Et puis, n'y avait-il pas pour la femme comme une nécessité à se placer, tôt ou tard, face à un amant, un homme qui, par son statut clandestin, lui donnait accès à cette partie clandestine d'elle-même, à cette femme irréductiblement libre qui, un jour ou l'autre, réclame sa part de vie, d'ivresses et de jouissance ? Cette pensée, qui s'imposa à Jeremy, le désespérait mais lui paraissait incontournable ; quand, brutalement, il fut saisi par un accès de jalousie, une fureur elle aussi inévitable contre les exigences des femmes, surtout contre celles qui lui semblaient, hélas, légitimes. Enragé, il quitta le café Colette et alla se poster devant le 2 de la rue Marivaux, avec la ferme intention d'empêcher toute copulation.

Dissimulé derrière un arbre creux, Jeremy priait pour qu'Emily ne vînt pas ; mais sa silhouette ne tarda pas à se profiler. Elle passa devant lui, avec un air de panique sur le visage, une précipitation qui trahissait son envie de se donner pour, l'espérait-elle, mieux se reprendre ensuite. Toujours cette illusion qu'en cédant à ses instincts, on obtiendra d'eux un répit, un amoindrissement de leur emprise. Quelle erreur ! Ils se déchaînent alors, augmentent leur appétence, l'urgence de leurs assouvissements ; mais dans sa fringale de peau, Emily ne voulait plus le savoir. Son imagination égarait son jugement.

Terré dans sa cachette, Jeremy hésita à paraître. A quoi cela eût-il servi ? se demanda-t-il à nouveau. N'avait-il pas déjà écarté en vain Debussy, sur l'île du Silence ? N'était-il pas illusoire de s'opposer à ce qui devait se tisser entre ces deux êtres ? Et puis, quel droit avait-il d'interdire à Emily qu'elle fît avec ce musicien ce qu'il s'était permis avec Charlotte ? Etait-elle plus monstrueuse que lui de suivre son désir ? Ne devait-il pas, enfin, aimer sa femme telle qu'elle était ? Plus triste qu'amer, Cigogne renonça à se montrer ; et soudain, dans un éclair qui l'étonna lui-même, il sentit que sa résignation n'était pas une défaite. Bien au contraire ! Porté par un élan d'amour confus, inexplicable, plus fort que sa jalousie, Jeremy découvrit la jouissance étrange, inavouable, qu'il y a à laisser l'autre être lui-même, quelles que soient ses propres souffrances. Tout à coup, il lui apparut comme une évidence qu'il avait épousé Emily pour lui donner sa liberté, intellectuelle, affective et dans l'ordre des mœurs, afin de l'aider à s'affranchir des conventions étroites qui la réduisaient. Ah, quel luxe suprême d'aimer l'autre sans l'enfermer ! L'amour qu'il ressentit pour elle en cet instant était d'une pureté extrême. Il connut brièvement le bonheur d'adorer sa femme sans aucune complaisance, sans que la moindre perversité comptât dans son plaisir. Le prix qu'il payait rehaussait l'éclat de ses sentiments, les dilatait, les libérait des limites communes qui les avaient si longtemps resserrés. Les jaloux ordinaires ne comprendront rien à cela ; seuls les fous d'amour saisiront la nature de cette jouissance, dans ce qu'elle a de lumineux et de généreux, jusqu'au délire.

Emily entra donc au 2 de la rue Marivaux, sans masque.

Dans l'exaltation qui l'animait, Jeremy eut alors une idée qui l'inquiéta sur ses propres goûts. Etait-il de ces hommes qui trouvent une satisfaction trouble à livrer leur femme aux appétits d'un autre ? Non, il dut convenir qu'aucun plaisir de cette sorte n'entrait dans son envie d'aller épier les deux amants. Ses désirs n'avaient pas besoin du soutien de ceux d'un autre pour s'affermir. Cigogne avait seulement la curiosité passionnée de connaître l'envers de son Emily, cette face d'elle-même qu'il n'avait jamais su éclairer et qui allait peut-être se révéler dans les bras de Debussy. Son amour exorbitant était plus puissant que les douleurs qu'il s'apprêtait à subir, par Emily et pour elle. Rien ne bornerait jamais sa soif d'explorer les mystères de sa femme ; lorsque, tout à coup, une réflexion faillit l'arrêter. Avait-il le droit de violer ainsi la vie intime d'Emily ? N'y avait-il pas là une contradiction avec le respect qu'il prétendait éprouver à son endroit ? Pourquoi cette contradiction lui plaisait-elle tant ? Ces interrogations qu'il avait soin de ne pas négliger le ravissaient. En descendant dans son cœur, il avait soudain le sentiment d'étudier aussi celui d'Emily.

La réponse qu'il se fit était honnête, jusque dans sa rouerie : oui, il n'était guère élégant de voler à sa femme ces instants de vérité. Mais l'amour porté à un certain degré a des droits qui se moquent de la morale commune ! Le sien quittait les territoires balisés par les mœurs ordinaires. Il y avait dans sa conduite quelque chose d'extrême qui ne pouvait s'accommoder de réflexions étroites. Cette idée acheva de l'embraser.

Avec discrétion, il pénétra à son tour dans la maison pleine d'obscurité de Debussy, par une fenêtre, en soulevant une moustiquaire. Sur l'île des Gauchers, nombreux étaient ceux qui ne prenaient pas la peine de mettre des vitres à leurs fenêtres ; sous ces latitudes, les brises n'étaient jamais vraiment fraîches et l'on n'était pas venu sur cette terre nouvelle pour nettoyer des carreaux. A tâtons, Cigogne se dirigea dans un couloir, guidé par des notes de piano. Hadrien Debussy jouait le morceau composé pour Emily. Une porte était entrebâillée et donnait sur une pièce éclairée par des bougies. Jeremy jeta un œil, fouilla la chambre du regard et aperçut, derrière un paravent, Debussy qui était assis devant son piano à queue, une pièce extraordinaire conçue pour les musiciens gauchers. L'ordre des touches était inversé, tout comme la découpe de la lourde queue.

Emily entra dans la chambre. Le piano gaucher se tut et, sans un mot, elle commença à se déshabiller avec des lenteurs propres à agacer les sens de Debussy. Lord Cigogne en suffoquait, de rage mais aussi de stupeur. Elle, lady Cigogne, qui dans leurs étreintes ne se montrait habituellement qu'avec une extrême réserve — sauf lors du Carême gaucher —, se livrait avec un plaisir manifeste à l'émerveillement de cet Hadrien de rencontre, éveillait sa lubricité sans vergogne ! Le musicien ne bougeait pas. Ils avaient l'air de jouir du silence qui les enveloppait, comme s'ils eussent instinctivement souhaité renouer avec la magie de l'île sur laquelle ils s'étaient connus. Avec l'envie de frapper Debussy, et comme pour mieux s'assurer que ce spectacle effarant avait quelque réalité, Cigogne s'approcha sur la pointe des pieds jusqu'au paravent, derrière lequel il se posta. Allait-il étrangler les deux amants ?

Nue, Emily se dirigea vers Debussy, descendit le long de son corps et, avec une gourmandise que Jeremy ne lui connaissait pas, se livra sur le jeune homme à certaines privautés qu'elle ne lui avait accordées que rarement et avec répugnance, affaiblissant ainsi tout le plaisir qu'il eût pu en retirer. Emily manifestait un goût stupéfiant, quittait d'un coup sa peur ancienne du corps et du sexe des hommes. C'était à la fois insoutenable pour Cigogne et bouleversant de la voir sortir de ses terreurs de petite fille. Si elle se fût contentée d'improviser cette faveur avec réticence, afin de se montrer complaisante, Jeremy eût sans doute mis un terme à tout cela ; mais, dans son amour fou, il eut assez de tendresse pour respecter cette libération qu'elle était en train de connaître, cette occasion qui lui était donnée d'apprivoiser ses instincts, dans la semi-inconscience que permet l'adultère. Loin d'être excité, Jeremy pleurait ; il mordit un foulard pour ne pas trahir sa présence et, alors qu'il voulut se replier, fuir cet enfer, il n'en eut pas la possibilité.

Les impatiences du corps d'Emily précipitèrent les événements. Elle entraîna brusquement Debussy vers l'alcôve. Jeremy eut tout juste le temps de se dissimuler sous le lit, sur lequel les deux amants s'abattirent avec hâte. Pendant toute la nuit, il dut subir le calvaire d'entendre sa femme accorder de bonne grâce à un autre tout ce qu'elle lui refusait, dans des hennissements de volupté, et de voir la trace mouvante de leurs ébats qui s'imprimait sur le matelas, à quelques centimètres de ses yeux. Le malheureux asphyxiait de désespoir, de chaleur, et plus son affliction l'anéantissait, moins il lui devenait envisageable de sortir de la cachette dont il était prisonnier. Comment eût-il pu justifier les heures passées sous eux ?

Dans son désarroi, Cigogne s'attachait à se consoler en se répétant que tout se déroulait tel qu'il l'avait, d'une certaine façon, espéré. Emily paraissait voyager de l'autre côté de ses appréhensions, dans un abandon qui l'affranchissait toujours plus de ses trouilles d'antan. Mais chaque fois que Jeremy parvenait à tempérer sa souffrance morale, les halètements reprenaient avec plus de vigueur au-dessus de sa tête, jusqu'à lui ôter la raison. Tout, tout, les deux amants explorèrent tous les vertiges qu'il est concevable de goûter dans un lit. S'il ne voyait rien directement, Cigogne pouvait hélas contempler les ombres portées de leurs plaisirs sur le mur opposé à la lampe de chevet ; et il avait beau essayer de diriger son regard sur autre chose, ce spectacle d'ombres sonores obsédait ses nerfs malmenés. Si encore ses sens et son imagination y avaient trouvé leur compte ! Mais non, son sexe demeurait au point mort, comateux, dans une léthargie qui n'appelait pas les délices du poignet. Le compliqué lord Cigogne nourrissait pour sa femme un amour simple.

Au lever du jour, sans qu'ils eussent prononcé un seul

mot, Emily avait vaincu ses peurs, les avait converties en de nouveaux appétits, par la grâce de son époux et non par celle de son amant, comme elle le pensait. Aucune parole n'avait été nécessaire; l'accord de leurs peaux, l'assortiment des désirs, les caresses des regards avaient suffi. Emily se sentait belle d'avoir été aimée ainsi, ronde d'assouvissement; sa peau retenait encore les tendresses, les divines brusqueries et les odeurs de la nuit, comme si elle eût été hâlée par les plaisirs. Alors, au réveil, les deux amants se mirent à causer; ils rirent ensemble d'avoir perdu tous deux leurs défis de libertins.

Mais peu à peu les mots les séparèrent, d'abord insensiblement, puis plus nettement. Ceux de l'autre recouvraient mal ce qu'ils éprouvaient chacun de son côté au sortir de ces voluptés; plus ils parlaient, plus l'incompréhension naturelle qui règne entre les hommes et les femmes reprenait ses droits. De menus quiproquos en micro-agaceries, leurs paroles dissipèrent, malgré eux, l'accord parfait de la nuit. Debussy commit la faute de rappeler avec quelque précision des complaisances qu'elle avait eues et qui, décrites à froid, déparaient la féerie qui enveloppe certains abandons, dans l'instant où on les vit. La pudeur d'Emily s'en trouva froissée, et elle lui découvrit soudain une pointe de vulgarité qui lui déplut. Craignant de décharmer davantage leur aventure, elle voulut se retirer, non sans lui avoir donné rendez-vous, ici même, pour le prochain soir.

Mais, avant de partir, elle précisa ses désirs :

— Hadrien, ne parlons plus, plus jamais. J'aime ce que ton corps, ton visage, tes yeux et tes mains me disent.

— Et ma musique ?

— Oui, ta musique aussi, fit-elle en souriant.

Et elle s'en alla, heureuse d'avoir établi une liaison sans mots.

Sous le lit, Jeremy n'en avait pas perdu un.

Lorsque Emily reparut dans la chambre, le soir même, Hadrien Debussy avait éteint la lampe de chevet. Des bougies parfumées éclairaient le masque de chat qu'il portait. Il se trouvait près du piano, occupé à goûter un vin rouge d'Australie. Suivant le rite qu'elle avait inauguré la nuit précédente, Emily se dévêtit en des lenteurs qui soulignaient le prix de ce qu'elle offrait à ses regards puis, avec une liberté qu'elle ressentit comme une effronterie, lady Cigogne s'accouda au piano et offrit ses fesses, en imprimant à son dos une cambrure qui disait ce qu'elle attendait de son amant.

Cette posture était pour Emily une manière de victoire sur elle-même, un écart qui ne lui eût pas même paru concevable une année auparavant quand, dans ses cercles de Kensington, elle était encore corsetée par un puritanisme inquiet. Jamais peut-être cette fille de pasteur ne s'était sentie aussi maîtresse d'elle-même, de son sort, de sa conduite, de ses pensées, qu'en cet instant qui semblera bien sage en cette fin de XXe siècle mais qui, en 1933, relevait du songe érotique, d'une transgression qu'aucune femme de l'aristocratie britannique n'eût pu s'accorder sans déchoir, aux yeux de son mari, et aux siens propres.

Ivre du sentiment de se gouverner, en rupture avec toutes les convenances, Emily poussa les choses jusqu'à se présenter d'une façon peu orthodoxe lorsque Debussy voulut entrer en elle. A Londres, en ce temps-là, seules les prostituées reconnaissaient se livrer ainsi. Cette ultime audace marquait dans son esprit une volonté de divorcer d'avec son éducation, d'ouvrir à jamais la cage de ses terreurs. Emily prit ensuite toutes les initiatives ; elle était décidée à se posséder elle-même, avec une frénésie sans bornes.

Alors, tandis que l'homme s'apprêtait à jouir, elle entendit tout à coup la voix de Jeremy qui hurlait son amour, avec une ferveur emportée. Interloquée, Emily tourna la tête et, avec effarement, vit Cigogne qui retirait le masque de chat ! Un tressaillement de panique la traversa, mêlant la honte et le plaisir vertigineux d'être regardée telle qu'elle était vraiment. Pour la première fois de son existence, Emily eut le sentiment fugitif d'être réunifiée, rassemblée dans sa complexité. La part organique de sa personne et celle plus officielle se confondaient soudain ; dans l'affolement, sa jouissance en fut décuplée, la chavira, jusqu'à lui faire perdre presque conscience.

Dans le même temps, Cigogne cessa de se retenir. Sans quitter le corps d'Emily, il lui murmura alors qu'il avait enfermé Debussy pour se substituer à lui, qu'il savait tout depuis les débuts de leur liaison. Il allégua qu'il lui avait laissé toutes les licences parce qu'il l'aimait pour lui donner sa liberté, et non pour éteindre ses désirs contradictoires. Longtemps il lui reparla ainsi d'amour, de ses déchirements, de l'adoration folle qu'il avait pour elle, de sa curiosité illimitée pour les mystères de sa nature ; mais il ajouta qu'à présent il était à bout. Les souffrances de la jalousie l'exténuaient, détérioraient son jugement, sa santé aussi. Il ne pouvait plus aimer au-delà.

Encore dans l'étourdissement dû au choc qu'elle venait de subir, Emily se dégagea, assena une claque à Jeremy et se mit à pleurer qu'il eût pu l'aimer jusque dans ces extrémités. Fascinée, reconnaissante, irritée, pleine de fureur, troublée, tremblante, en un mot amoureuse, Emily l'attira et, mue par un désir magnifique, et tragique aussi, elle se donna toute, dans un partage complet de leurs sensations, en se défaisant de cette distance que, jadis, elle ne quittait jamais vraiment tout à fait. Avec Jeremy, elle se sentait soudain plus libre que sans lui. Combien de maris savent faire naître cette sensation-là, plutôt que d'enfermer dans les rets de leur affection ? Ils firent l'amour somptueusement, comme des époux qui s'aiment, dans cette intimité prodigieuse que les amants passionnés ne font qu'apercevoir, et que seul permet l'amour conquis par de folles luttes, contre l'autre et contre soi.

Quand leurs corps eurent enfin épuisé leurs appétits, Cigogne dit à voix basse :

— Ce mois d'octobre m'aura appris une chose décisive, oui, décisive.

— Quoi ?

— Une attitude.

— A quel sujet ?

— L'art d'aimer une femme, de répondre à ce qu'elle ne songerait pas à réclamer...

— C'est agréable ? fit-elle en souriant.

— Non, pas du tout ! Mais grisant, oui, enfin je l'espère. Désormais, tout va changer. Je vais quitter mon ancienne conduite...

Ces semaines d'octobre avaient appris à lord Cigogne dans quelle erreur il s'était enlisé en s'efforçant, jour après jour, de s'accorder aux désirs d'Emily, de pénétrer ses sensations. Instruit par ses propres expériences libertines — sur lesquelles il resta discret — Jeremy avait saisi qu'il ne devait pas seulement comprendre sa femme mais aussi apprendre à la frustrer, avec suffisamment d'art pour la jeter dans l'inquiétude sur le chapitre de sa féminité, de façon à susciter chez elle de temps à autre le désir de lui plaire. Oh, pas trop, juste ce qu'il fallait pour qu'elle se sentît vivre avec quelque intensité en sa compagnie, qu'elle demeurât en position de conquérir chacun de ses regards. Un soupçon de manipulation ne pouvait nuire à leur mariage, bien au contraire.

Cigogne avait toujours été frappé de la faveur dont jouissaient auprès de certaines femmes ces hommes distants, facilement hautains, qui leur dispensent plus de souffrances que de félicité en les traitant parfois assez mal, en les négligeant souvent, sans jamais se soucier de leurs insatisfactions et qui, dans le meilleur des cas, ne les paient de leur obstination que par de brefs élans de tendresse. Sans souhaiter imiter cette race cynique, loin de là, Jeremy entendait tirer les leçons de cette attitude misérable qui, à défaut de mener vers un amour authentique, présente le mérite d'être efficace.

Cependant, s'il avait le projet de frustrer Emily, il n'était pas question de faire naître chez elle l'amertume et la désillusion ordinaires que la plupart des droitières éprouvent, à force d'être méconnues de leur mari ou amant. Dans l'esprit de Cigogne, il s'agissait d'une frustration calculée, politique, administrée avec science et dans un dessein précis ; cette incomplétude-là n'était pas fille de la négligence.

Chercher à comprendre Emily lui semblait à présent insuffisant et, d'une certaine façon, dangereux pour l'avenir de leur couple ; car s'il persistait dans cette seule voie, il placerait Emily, bien involontairement, dans l'obligation d'aller trouver ailleurs certains frissons, l'assurance d'être toujours désirable, cette énergie vitale que l'on puise en soi et dans les pupilles de l'autre en exerçant le pouvoir de sa séduction. Il lui fallait de toute urgence remettre Emily en situation de rechercher sa tendresse, son attention, de se battre pour qu'elle éprouvât de la fierté et du plaisir à ce qu'il consentît à lui accorder la faveur d'une étreinte. Rien ne devait être obtenu sans combats, afin que tout eût un prix. Pour cela, Cigogne devait quitter son langage habituel, se défaire de son amour inconditionnel, ou tout au moins ne plus le laisser paraître ; cependant, il valait mieux qu'il augmentât réellement le degré de son exigence, au quotidien.

— Je passerai te prendre dans ton living-room à neuf heures ce soir, lui lança-t-il le soir du bal de clôture du mois libertin.

Et il ajouta sans rire :

— Sois irrésistible, éclatante, sinon je ne sortirai pas

avec toi, mais avec une autre qui le sera, voilà tout, *darling*.

Emily crut tout d'abord en une plaisanterie ; puis elle se laissa prendre, malgré elle, à l'agacement qu'il pût aller à ce bal, tranquillement, avec une autre jugée plus attrayante. Bien qu'elle ne voulût pas l'en croire capable, et qu'elle sût que Jeremy cherchait à la manœuvrer, Emily se mit peu à peu à paniquer, à méditer sur les tenues, les étoffes et les artifices susceptibles de la rendre *irrésistible* et *éclatante*. Dans ces instants d'inquiétude virevoltante, elle était loin de ses années de révolte contre les froufrouteries de sa mère ; elle furetait dans ses placards, étudiait ses poudres, concevait des associations de bijoux, avec la fièvre d'une gamine inquiète de n'être pas remarquée. Heureux, le zubial sifflotait gaiement dans la maison.

Tandis qu'elle essayait une robe sous l'œil béat du marsupial, Emily songea qu'elle se contentait d'une apparence honnête depuis des années, sans plus chercher à rehausser son éclat. Elle avait en quelque sorte oublié sa beauté, cette façon qu'elle avait jadis de se parer avec des riens, quelques fleurs, un ruban, une astuce de fard qui gommait tel ou tel de ses défauts. Ses mains cherchaient à faire renaître sur sa physionomie les effets de ses secrets enfouis, à retrouver la grâce d'anciennes coiffures.

Lorsque lord Cigogne se présenta, à neuf heures, Emily eut un choc. Jeremy était dans une mise de gentleman — mais où s'était-il procuré cette jaquette coupée à merveille, cette cravate d'un goût exquis et ces souliers vernis ? —, une tenue qui n'appelait aucune réserve. Rasé de près, il était l'image même de la virilité forte et raffinée, d'un certain désir de plaire qui se ressentait dans toute sa personne, jusque dans l'élégance de ses boutons de manchette, sans que ce soin fût toutefois trop tapageur. Son regard se reporta sur Emily, détailla sa tenue, son visage ; puis Jeremy sourit et dit, avec une distinction très sûre :

— *I'm sorry darling*, mais c'est insuffisant !

Et il sortit sans ajouter un mot, sans avoir rien dit qu'il n'éprouvât comme vrai ; car il était exact qu'Emily n'était pas ce soir-là au sommet de son éclat. Vexée, elle se força à rire, lui lança que son procédé était un peu grossier et que sa tentative de manipulation manquait de finesse, d'habileté ; mais aucune réflexion ne put le fléchir. Il ne se retourna pas, monta sur son tilbury et partit seul, pour de bon.

Il l'avait fait !

Emily était dans une humiliation complète, qui effritait soudain le peu de confiance en son physique qu'elle avait acquis sur l'île d'Hélène. Etait-elle vraiment moche ? Blessée, Emily en voulut à Cigogne de se livrer à ce petit jeu qui ranimait en elle des inquiétudes assoupies. Qu'il était con ! Ah oui, con ! Furieuse, elle résolut de sortir quand même, de ne pas se soumettre à ce jugement qui témoignait d'une prétention intolérable : *c'est insuffisant,* avait-il susurré la bouche pincée, le salaud ! L'irritation d'Emily était d'autant plus vive qu'elle croyait Jeremy insincère, manœuvrier, et qu'elle se reprochait de tomber dans ce piège évident, qu'elle tenait pour un pur calcul.

Derrière elle, le zubial jubilait de sentir sa maîtresse dans de telles dispositions. Plus Emily se tourmentait, plus l'animal rayé manifestait par des soupirs d'aise son contentement qu'elle fût préoccupée par les manèges de son époux ; mais dès qu'elle l'apercevait, le marsupial compréhensif marquait sa compassion par des mines affligées, en se grattant la truffe et en crachant par terre. Son pelage était alors hérissé de colère ; l'œil mauvais, il partageait celle d'Emily, arpentait le rez-de-chaussée en grognassant. Etrangement, ce comportement en miroir eut sur Emily plus d'effet qu'un discours plein de raison. Que cette bête l'eût comprise, et qu'elle le témoignât, l'apaisa un temps.

Mais lorsque Emily retrouva enfin lord Cigogne, au bal de clôture du mois libertin, elle éprouva une irritation sans bornes. Ce dernier avait pris soin de ne plus porter de masque, afin qu'elle le repérât plus facilement, et il se trémoussait au bras d'une ravissante, alors qu'il n'avait jamais montré d'empressement à danser avec Emily. La gesticulation rythmée n'était pas de son goût, ordinairement. Ce dernier point acheva de la mettre hors d'elle, de faire naître cette jalousie sans laquelle, quoi qu'on en dise, l'amour conjugal manque d'assaisonnement. Etait-ce l'une de ces femmes sur lesquelles il s'était livré tout au long du mois d'octobre à des stratégies libertines ? Cette interrogation ne quitta plus Emily, et elle ne mettait un pluriel au mot *femme* que parce qu'un singulier la terrorisait davantage.

Incapable d'effacer de son visage les traces de sa fureur, elle résolut de battre en retraite, plutôt que d'offrir à Cigogne la satisfaction de la voir dans cet état. Un air de désordre régnait dans toute sa personne ; ses gestes étaient empreints de nervosité. Qu'il l'eût manipulée ainsi, aussi aisément, augmentait encore son courroux, qu'elle croyait dilaté à l'extrême.

Elle n'avait encore rien vu.

La semaine suivante, les enfants revinrent de l'île des Pins, l'esprit farci de légendes canaques, les yeux encore agrandis par les beautés de ce territoire minuscule. Peter, Laura et Ernest étaient moins britanniques que jamais, comme lavés de leur éducation par ce séjour dans des tribus mélanésiennes. Consterné, Algernon reprit en main les jeunes Cigogne, imposa avec fermeté l'usage des patins sur les parquets cirés d'Emily Hall, leur fit chanter le *God save the king* chaque matin en hissant l'Union Jack à un cocotier ; et il ne se passa pas de journée sans qu'il leur versât dans le bec un bon demi-litre de thé brûlant, sur le coup de cinq heures. L'un des enfants s'accordait-il la licence d'exprimer une émotion sans l'enrober d'une réserve mâtinée de pudeur ? Aussitôt Algernon le tançait, malgré les appels à la modération d'Emily, sommait le criminel d'user de litotes, de tournures allusives qui, dans sa cervelle de *butler,* fleuraient bon la vieille Angleterre, celle des *clubs* et des joueurs de cricket. La vie anglaise reprit donc à Emily Hall.

Comme il le faisait souvent, pour mieux bavarder avec son épouse, lord Cigogne invita Emily à dîner en ville, par courrier ; car ils continuaient à s'écrire chaque jour. Mais Cigogne posa la même condition ; il ne consentirait à accompagner sa femme que si elle se présentait le soir même, à huit heures, dans des atours éclatants, propres à l'éblouir, comme au premier jour. Irritée d'être traitée ainsi, Emily ne pouvait céder à son envie de paraître en cheveux gras et vêtue de nippes ordinaires — par pur plaisir de la provocation — car c'était bien elle qui à maintes reprises lui avait fait le reproche de ne pas fignoler assez son apparence, de ne pas y mettre cette recherche subtile qui, parfois, achève de rendre un homme appétissant. Or, à présent, Jeremy dépassait ses exigences, s'habillait toujours avec un goût parfait qui, sans être affecté, allait de la plus grande simplicité au chic le plus dandy; et il ne se dispensait d'élégance à aucune heure du jour et de la nuit.

Afin de n'être jamais pris en défaut par Emily, Cigogne réglait désormais chacun de ses gestes, s'étudiait en recherchant un nouveau naturel qui fût exempt de ces fautes qui, dans la vie courante, amoindrissent le désir qu'un homme peut inspirer, quand elles ne le ruinent pas. Quelle femme peut encore se pâmer en présence d'un amant qui, à l'heure du coucher, se déshabille sans précautions et ôte ses fixe-chaussettes en dernier ? Il est également des bâillements et des glouglous dont les plus vives passions ne se relèvent pas. Loin de ces vulgarités, Jeremy se surveillait, sentait toujours la camomille, ne se coupait plus les ongles qu'en catimini, se mouchait avec une divine discrétion, déglutissait de façon admirable, respirait sans que ses fosses nasales émissent le moindre sifflement. Dans son enthousiasme, il avait même renoncé à ses slips fourrés en zibeline, aux vessies de chauve-souris qui encapuchonnaient ses oreilles la nuit — contre le bruit — et aux peaux de chats sibériens qu'il portait autrefois, à même la peau, pour se garantir de la fraîcheur nocturne. C'était un délice de le voir se dévêtir et pénétrer, avec des gestes d'une virilité très sûre (sans renifler ses aisselles), dans leur lit commun, au premier étage. Clark Gable, à la bonne époque, n'eût pas montré plus de masculinité. Bref, l'apparence de Jeremy était changée; il ne s'exposait plus aux remontrances habituelles d'Emily. Mais il avait le tort de renouer avec des pratiques qui rappelaient ses stratagèmes de jadis.

A huit heures, elle ouvrit donc à lord Cigogne. Flegmatique, il arrêta son regard sur Emily, la détailla avec l'espoir d'être impressionné; mais hélas, il ne le fut pas. Sa femme n'était que très jolie, sans que sa beauté eût ce quelque chose d'insolent, de spectaculaire qui, parfois, l'émerveillait, l'asphyxiait presque. Déçu, il eut assez de volonté pour le dire sans détour, avec une sollicitude qui ne laissa pas d'humilier Emily, de lui retirer un instant toute confiance dans son attrait et, au-delà, en sa valeur, alors qu'un autre, moins difficile, se fût contenté de ses charmes immenses.

Cigogne ne s'aimait pas d'être aussi chacal ; mais il savait que les amours meurent de négligence. Il leur fallait accepter cette violence-là, salvatrice, pour s'en trouver mieux, et pas qu'un peu ! Son intransigeance — qu'il s'imposait à lui-même — les protégeait de dérives qui les eussent l'un et l'autre chagrinés, les délivrait de la tentation d'aller aimer ailleurs. Jeremy demeurait en face d'elle avec l'espérance d'être ébloui, dans cette tension assez exaltée qui mettait en lui un peu de l'électricité que l'on trouve dans les romans. Emily goûtait étrangement les tourments dans lesquels elle mijotait, qu'il fût difficile d'avoir grâce aux yeux de l'homme qui les lui infligeait, et elle se délectait du pressentiment qu'y parvenir, un jour, serait une jouissance véritable, un concentré de toutes les euphories. Depuis qu'il la traitait ainsi, au lieu de ne la regarder que superficiellement, avec l'air distrait qu'il prenait jadis, Emily s'apercevait bien que Cigogne ne la frustrait que pour mieux la magnifier. Certes, il se montrait parfois odieux, la blessait ; mais alors même qu'il remettait sans cesse en cause l'éclat de sa chère féminité, elle trouvait dans sa vigilance une qualité et une intensité de regard qui la valorisaient diablement.

Le soir où elle réussit à vaincre ses réticences, lord Cigogne parut enfin heureux de son apparence ; et du bout de ses lèvres d'Anglais, en contenant son bel émerveillement, il se contenta de dire :

— *Darling,* je crois que nous pouvons aller dîner...

Fasciné par son aspect, il lui sourit et lui donna la main. A vrai dire, Emily n'était pas tellement plus jolie que les autres fois, ou mieux fardée ; mais ce soir-là, au-delà des séductions de surface, son visage avait ce quelque chose de vivant qui charme plus que tout et disqualifie les beautés plus évidentes. Sa physionomie mobile, ses regards vifs, inquiets et amusés reflétaient la vivacité de sa gourmandise à vivre, l'appétit généralisé qui l'animait. Ses cheveux aussi participaient à cette impression de mouvement qui flottait dans toute sa figure.

Jamais Emily ne s'était sentie aussi précieuse dans les yeux d'un homme ; chaque détail de sa personne était soudain une manière de chef-d'œuvre, digne d'une adoration attendue, conquise. Le désir énorme dont elle se voyait l'objet l'étourdit tout à fait, la jeta presque dans un vertige de pucelle. Combien d'épouses furent ainsi regardées par leur mari, avec cette ardeur, après quelque temps de vie partagée ? Les compliments que lord Cigogne lui adressa au cours de la soirée furent peu nombreux mais achevèrent de la griser, alors que ceux qu'il lui débitait auparavant, sans avarice, lui faisaient certes un joli plaisir, mais glissaient sur elle ; leur effet s'estompait rapidement. Un soupçon de férocité et une certaine exigence avaient suffi pour rendre leur virulence, et leur douceur, aux mots qu'ils employaient entre eux, ces termes émoussés, gaspillés, émasculés car ils s'obtenaient trop facilement.

Emily n'était pas seule à jouir de ces paroles qui recouvraient enfin leur fraîcheur et leur faculté à faire naître le trouble ; car en les disant, Jeremy s'émerveillait que ses propos économes — mais bien ajustés — touchassent le cœur d'Emily avec cette puissance qui se lisait sur son visage. Depuis combien de temps n'avait-il plus fait rougir sa femme ? Dès lors, conscients qu'un amour sans mots vivants se corrompt, Cigogne et Emily veillèrent à ne plus amoindrir la portée du lexique qu'ils réservaient à leur commerce intime; l'usage du sous-entendu, du trait allusif et du silence plein de connivence, reprit du galon chez les Cigogne. Les termes qu'ils avaient employés autrefois, dans les commencements de leur passion, prirent dans leur bouche une vigueur plus grande, une tonalité plus émouvante; car ils ne s'aimaient plus au travers des illusions d'un penchant naissant mais presque en connaissance de cause. Leurs sentiments s'étaient affermis bien qu'ils eussent avec le temps percé tous les trompe-l'œil du tempérament de l'autre, cette brume de séductions mensongères qui, dans les débuts, entoure tant de coups de foudre et les rend si précaires. Comme il est suffocant d'avouer que l'on aime lorsqu'on sent encore ce verbe vivre en soi, exsuder toute l'émotion qu'il recèle, après que l'on eut la belle imprudence d'explorer la nature pas claire de l'autre ! Cette mue du sens de leur vocabulaire amoureux achevait de repeindre leur ancienne passion en un amour authentique.

Perdu sur ce territoire austral qu'ignorait la géographie droitière, lord Cigogne se conduisit dès lors comme un authentique Gaucher. Il s'attacha par la suite à alterner les instants de valorisation extrême de son épouse et de subtil dénigrement, propres à donner à Emily envie de se décarcasser pour lui plaire ; et leur couple trouva bien des vertiges dans ces oscillations, ces inquiétudes fiévreuses et douloureuses. Mais cette conduite de Jeremy n'était pas politique ; elle n'était que l'effet d'un désir d'être plus vrai, d'une volonté de cesser, une fois pour toutes, de taire ce qui lui déplaisait chez Emily. Osait-elle une coiffure qu'il désapprouvait ? Il le lui faisait savoir promptement, sans recourir à ces tournures prudentes, à ces ménagements qui, à la longue, adoucissent les passions jusqu'à leur retirer leur nerf. Parfois elle pleurait, de rage, comme une amoureuse éconduite ou raillée. Il lui en coûtait d'aimer ce lascar. Réussissait-elle à le fasciner par ses propos ? Aussitôt il célébrait son esprit, son jugement ou son à-propos, avec des termes enflammés qui portaient. Dans un perpétuel affût, Cigogne ne lui passait rien. Face à lui, Emily n'eut plus le loisir d'être médiocre. Il lui fallait être spirituelle, sensible, à croquer, bref user avec virtuosité de toutes ses facultés ; et elle goûtait cette tension qui l'éreintait parfois, mais qui toujours la menait dans les extrémités de ses raisonnements et l'obligeait à se maintenir au sommet de sa beauté particulière. Le zubial en jubilait.

Cependant, leur mariage n'entra dans un plein équilibre que le jour où Emily retourna à Jeremy cette franchise absolue, cette vigilance brutale qui ne connaissait aucun répit. Ce fut lord Tout-Nu qui, incidemment — le crut-elle —, lui en donna l'idée. Sir Lawrence avait noté depuis un certain temps le changement de conduite de Cigogne avec son épouse, cette façon qu'elle avait de se conformer à cette nouvelle règle ; et son estime pour Emily en souffrit. Puis il s'inquiéta de voir les Cigogne persévérer dans cette méthode à sens unique ; car il craignait qu'un jour Emily ne se rebiffât contre les pratiques épuisantes, et parfois humiliantes, de son mari. Sir Lawrence eût été sincèrement désolé que l'amour de ses amis les plus chers se détériorât.

Un jour qu'il était en visite à Emily Hall, pour enseigner aux enfants les subtilités du cricket, lord Tout-Nu raconta à Emily qu'un couple de ses relations s'avançait, il y avait peu, vers un fiasco mérité, faute d'avoir su établir entre eux une intransigeance réciproque. Afin qu'Emily ne s'aperçût pas qu'il s'agissait d'elle, sir Lawrence eut l'habileté d'inverser les rôles. Il donna au mari celui de la victime ; puis il exposa que, depuis que ce dernier avait adopté une attitude équivalente à celle de sa femme, leur amour s'en était trouvé affermi, et un peu pacifié ; car l'épouse sentait désormais ce que sa dureté pouvait faire éprouver. Ce récit laissa Emily songeuse.

A compter de ce jour, elle prit sur elle de marquer plus d'authenticité dans ses réflexions, sans redouter de blesser Jeremy, et d'introduire entre eux un peu de cette violence qui l'avait toujours effrayée. Se permettait-il des considérations oiseuses sur l'existence ? Elle se montrait plus tranchante qu'à l'ordinaire, lui mettait le nez dans ses faiblesses de jugement, soulignait le ridicule de ses positions, en affirmant que ses dires étaient indignes de lui. Se risquait-il à se déshabiller le soir devant elle avec des gestes patauds, qui n'éveillaient guère le trouble ? Il était moqué avec ironie. Mais sitôt que Jeremy recommençait à l'enchanter, Emily n'était plus économe de son admiration ; elle lui renvoyait alors de lui-même une image bien jolie, qui flattait sa virilité inquiète. En faisant taire sa pudeur, elle se laissait aller à lui causer de son corps, de ses épaules, de ses fesses, qu'il avait bien faites. Toute complaisance fut abolie entre eux ; leur tendresse devint plus sentie.

Passé les premiers étonnements, les premiers déséquilibres, lord Cigogne découvrit qu'il raffolait davantage d'Emily depuis qu'elle le mettait à son tour sur le gril, depuis qu'il lui fallait se surveiller à chaque instant, faire le ménage de ses maladresses pour conquérir ses regards ; et quels regards ! Aimer sa femme lui permettait de récolter davantage d'émotions, et des belles avec ça, pas de ces émois éventés, à moitié feints, qui font l'ordinaire des couples droitiers. Dès lors, jamais zubial ne fut plus content que le leur.

Un soir qu'il rôdait dans la bibliothèque de Port-Espérance, Cigogne était tombé sur un ouvrage français ; en haut d'une page, un auteur droitier avait écrit que *les gens heureux n'ont pas d'histoire*, afin d'avertir l'univers que sa déveine était palpitante, voire enviable. Cette réflexion pauvrette sembla à Jeremy d'une crétinerie abrupte. Combien de guerres avait-il menées, depuis son arrivée sur l'archipel des Gauchers, pour respirer un peu de ce bonheur ressenti après lequel les gens de Port-Espérance cavalaient ? L'île d'Hélène était le plus formidable démenti qu'il pût trouver à cette assertion foireuse de droitier. Quelle nique ! La quête d'un certain bonheur agitait sans trêve les imaginations des Héléniens, les précipitait dans des méli-mélo d'aventures, faisait d'eux des écrivains non pratiquants, toujours à concevoir leur existence, et leur propre personnage.

Cependant, Emily et Jeremy étaient-ils pleinement heureux en ces débuts trop chauds et un peu moites de 1934 ? Cigogne ne pouvait se dissimuler que l'irréductible différence de l'autre restait la grande épine, la source éternelle de débine des sentiments, d'irritation haineuse, de foutue désespérance. A vous écœurer d'aimer ! Pourquoi l'autre s'opiniâtrait-il à ressentir toutes choses à sa façon bien énervante ? Comme si le Créateur nous eût conçus tout exprès pour qu'on s'engueulât sur la terre jusqu'à la fin des temps ! Comment Cigogne pouvait-il se libérer de cette hypothèque faramineuse, qui était en même temps la source de tant d'éblouissements ?

— Par le rire ! lui répliqua un soir sir Lawrence.

— *I beg your pardon* ? fit lord Cigogne, étonné.

— Oui, par le rire, *my old friend*. Vous verrez bientôt !

— Quoi ?

— Le Carnaval des Gauchers !

Aux approches du mois de février, les chaleurs de l'été austral étaient troublées par le singulier Carnaval des Gauchers. Pendant dix jours, les femmes de l'île se déguisaient en leur mari, et ces derniers prenaient l'apparence de leur épouse ; mais le travestissement ne s'arrêtait pas aux vêtements, ni aux coiffures. Les citoyens de Port-Espérance s'attachaient à parodier les travers de l'autre, à imiter leur moitié jusque dans ses ridicules les plus dissimulés. La seule règle de ce Carnaval était d'y mettre plus de clownerie que de cruauté ; car nul n'ignorait que, passé les premiers six mois de roucoulades, on affectionne un peu moins les défauts de celle ou de celui qui partage votre lit.

Trois cent cinquante-cinq jours d'agaceries conjugales, tout le lot d'irritations annuelles, partaient donc en fous rires, s'apuraient en scènes burlesques, sur fond de grincements de canines parfois. Le grand ménage de toutes les rancœurs ! La grande décongestion des couples et de leurs aigreurs ! La purification par la rigolade ! Vive le Carnaval ! L'espace de dix journées, on découvrait avec stupeur, et pas mal d'effroi, ce que c'était que de vivre avec soi. Le vertige ! Au dixième jour, chacun s'accordait à reconnaître que l'autre avait bien de la vertu de s'attendrir encore sur le cas de son conjoint, malgré le fumier des misères personnelles soudain étalé, les petites terreurs fienteuses de chacun, ses manies têtues et perfectionnées avec les années. En général, on en devenait presque tolérant, armé de bons principes pour se laisser émouvoir par les faiblesses de l'autre, un an encore !

Un vendredi matin, le 2 février 1934, Emily ouvrit donc les yeux. Alitée, elle aperçut lord Cigogne, vêtu de ses nippes en dentelles de la veille. Une bien jolie robe, à la vérité, qu'il portait ; mais, ainsi déguisé, Cigogne faisait une femme sans grâce, typée rombière.

— Si tu veux aller au mariage des Clamens, lui lança-t-elle, il faut que tu passes tout de suite chez la couturière, pour les retouches... Ça ferme à midi !

Singeant Emily, les jours où elle barbotait dans ses hésitations, Cigogne répliqua qu'il ignorait encore s'il s'y rendrait. Par une longue tirade zigzaguante, et avec délice, il lui exposa toutes les tentations qu'offrait cette journée, soupesa les joies d'une visite au musée de Port-Espérance, examina combien il serait préférable d'herboriser dans les collines avec les enfants et le zubial avant qu'un nouveau cyclone ne les séquestrât dans Emily Hall, puis il affirma que se refuser une partie de tennis sur gazon par cette belle journée était bien désolant ; enfin, il fut question que la famille excursionnât sous des ombrelles dans une île volcanique infestée de papillons, afin d'augmenter la collection de Laura, à moins que lord Cigogne ne se résolût, finalement, à assister au mariage des Clamens, si sir Lawrence ne le conviait pas à... Toutefois, si les vents le permettaient, il se voyait bien voguer vers...

Emily était ainsi, dans de perpétuels retardements, toujours à finasser avec fébrilité, à éconduire la décision, comme si ses valses-hésitations lui eussent permis de jouir par la pensée de toutes les opportunités qu'un choix ultime l'obligerait à écarter; volupté de ne renoncer à rien, de perpétuer son plaisir, que les hâtifs à trancher ignoreront toujours...

Cependant, à voir le spectacle assez drôle que lui offrait Cigogne, vêtu de sa robe, Emily s'étonna qu'elle fût sujette à de telles transes, que ses atermoiements ne connussent aucun essoufflement. Car il se tortilla ainsi deux bonnes heures, jusqu'à ce qu'elle eût assez d'esprit pour se moquer à son tour de Jeremy qui, dans ces moments critiques, avait coutume de paniquer, de vitupérer pour tenter de forcer la décision. Irrité, il se mettait en pétard, bien en vain d'ailleurs, en oubliant quel sang britannique irriguait son cerveau. D'un coup, il n'avait plus le gène aristocrate! Saturé de rage, l'œil dilaté de fureur, Cigogne tonnait que son épouse le tenait en otage, le ravalait à une condition larbine, obstruait sa destinée! Et c'est ce que fit Emily, en enfilant des vêtements de Jeremy, et en y mettant cette touche de ridicule qui assaisonnait son *show*.

Ils en étaient à se retenir de pouffer, lorsque Emily comprit soudain l'affolement de son Jeremy. La parodie qu'elle jouait lui fit sentir l'angoisse de son époux, son insondable terreur d'être submergé par l'univers de sa femme, qu'il perdît jusqu'à son être dans cette sujétion à une volonté autre que la sienne, à un rythme qui lui était bigrement étranger. Oh, certes, l'énervement était bien disproportionné; mais Emily perçut, entre deux fous rires, que l'inquiétude de Cigogne était cousine de l'impuissance, une peur phénoménale! Il se voyait déjà les couilles concassées. Son intégrité était menacée ! Par elle ! Elle qui l'aimait, pourtant... Mon Dieu, l'amour est une filouterie colossale, un trompe-l'œil vicieux par-dessus le marché. Le cœur s'emballe, et les pièges de la vie à deux se tendent, bien malgré soi. La grande machine à broyer les amants ! A qui c'est la faute ? A nous autres, pauvres crétins, d'avoir cru aux mirages de nos sentiments moins clairs qu'on ne le pensait, aux promesses d'un horizon dégagé. Mais comment cesser d'y croire ? Emily riait, et crevait d'envie de chialer, que sa seule faute dans cette affaire fût d'être elle-même, que sa seule nature pût terroriser et blesser ce lord Cigogne dont elle raffolait.

Elle en était à s'appesantir sur ces tristes réflexions, quand tout à coup il la souleva de terre, l'embrassa et murmura :

— Je t'ai comprise...

Cigogne avait donc, lui aussi, fait le même bout de chemin qu'Emily, dans ses sensations à elle, par-delà leurs fous rires. Il avait saisi tout le plaisir qu'elle prenait à hésiter, à bifurquer inlassablement, sans qu'il entrât dans cette jouissance le moindre désir de le faire enrager. Brutalement, Emily congédia ses considérations amères sur les choses du cœur, se libéra de sa morosité, fit reluire ses espérances et, avec jubilation, l'embrassa, en y croyant aux foutues merveilles de la vie à deux. Au diable les aigreurs ! Toute la chimie du ressentiment fielleux ! Les combinaisons de l'amour étaient jouables. La martingale des Gauchers fonctionnait à merveille.

Ravis de leur tendresse, ils n'eurent plus le cœur de continuer sur le registre de la raillerie ; au contraire, ils se mirent, brièvement, à imiter l'autre dans ses jolis côtés. Cigogne ôta ses nippes en vitesse et, avec soin, entreprit de s'habiller comme le faisait Emily, non pour se protéger de la fraîcheur matinale, mais afin de dissimuler tel ou tel de ses défauts, ou de faire valoir ses appas. Au lever, c'était sa silhouette qu'elle dessinait, rectifiait, en d'interminables essayages ; alors que lord Cigogne, lui, ne se vêtait que pour ne pas être nu, même s'il y mettait désormais du goût. Malicieuse, Emily acheva de s'habiller en toute hâte, à la manière de Cigogne qui semblait toujours désireux de se débarrasser des tâches matérielles de l'existence, comme si le monde réel eût pu l'asphyxier, l'empêcher d'être tout entier à ses pensées, à ses sensations.

Peu à peu, la parodie reprit ses droits ; et lorsqu'ils se résolurent à sortir — car Jeremy avait consenti à se rendre aux mariage des Clamens, des relations gauchères — il fallut encore patienter sept minutes, ces quelques minutes qui faisaient toujours fulminer lord Cigogne. A l'instar d'Emily, il vérifia si les robinets de la maison étaient bien fermés, si les portes qu'il avait déjà verrouillées étaient bien closes. N'avait-il pas tourné la clef en pensée ? Puis, feignant d'être inquiet, il retourna dans la cuisine pour s'assurer que l'arrivée du gaz était bien arrêtée ; et quand tout fut constaté pour la cinquième fois, il insista — *juste une minute !* — pour contrôler sa coiffure et l'état de sa frimousse, au cas où un courant d'air eût malmené ses cheveux, ou si une suée inopportune avait fait briller le bout de son nez. Emily était ainsi, toujours à s'encombrer de craintes bien ridicules dans les instants qui précédaient celui où elle refermait la porte de sa maison.

— Allez ! pesta Emily, le sourire aux lèvres. *Let's go !* La couturière va fermer ! Les retouches !

Cet échange de rôles les fit rire aux éclats, tant chacun

s'était avec le temps spécialisé dans un comportement, également agaçant : Emily jouait ordinairement la retardataire ; Jeremy avait pour tâche de râler, d'assener quelques remarques froides, ironiques et mordantes, horripilé qu'il était d'être en retard et placé à nouveau dans la position ingrate de celui qui vitupère.

Naturellement, la boutique de la couturière était close lorsqu'ils parvinrent sur les quais de Port-Espérance. Emily ronchonna à la place de Jeremy qui, se substituant pour une fois à sa femme, fit rouvrir l'établissement en allant sonner à la porte du domicile. Emily se plaisait habituellement à se rendre chez les commerçants cinq minutes après qu'ils eurent tiré leur rideau, car elle était persuadée que *les gens aiment rendre service, il faut leur en donner l'occasion !* Chaque fois qu'il accompagnait Emily, Cigogne souffrait donc de devoir déranger de braves personnes, lui qui hésitait à demander son chemin dans la rue, de peur d'importuner un passant. A chacun ses bizarreries bien ridicules ! Et énervantes avec ça ! Cependant, il était exact que les commerçants avaient en général l'air d'apprécier la conduite d'Emily ; car elle les gratifiait d'un couplet sur leur amabilité, ainsi que sur le plaisir qu'elle prenait à jouir de leur gentillesse, sans qu'elle y mît une once de flagornerie. On pouvait même dire qu'une manière de rencontre s'opérait, pleine de sollicitude réciproque, alors que l'achat aux heures d'ouverture n'eût fait naître qu'une relation froide, commerciale, à peine agrémentée de quelques bavasseries. Si bien que Cigogne devait convenir que *les gens aiment rendre service.*

Et c'est ce qui arriva une fois de plus ! La couturière — dont le rôle était tenu par son époux pendant le Carnaval — se montra ravie de ressortir ses ciseaux et son aiguille.

On caqueta beaucoup, but même du thé à la santé de la vieille Albion et, contre toute attente, on se découvrit une passion commune pour la littérature yougoslave, dont lord Cigogne exposa les vertus requinquantes. Une séduction réciproque s'installa entre les deux couples. La fausse couturière, barbue, était férue de civilisation slovène et des beautés des légendes dalmates.

Tandis que l'on s'écoutait, lord Cigogne s'éprenait à nouveau de sa femme, qu'elle eût cette faculté de susciter des moments inattendus, de relier les êtres. Elle possédait le talent de donner de l'épaisseur à la vie, de la nourrir d'émotions partagées qui, de fil en aiguille, tissaient une manière d'intimité entre les hommes, et les femmes aussi. Cigogne l'aima soudain d'un amour qui l'arrachait à lui-même, le précipitait vers elle, une houle puissante et presque calme, qui n'avait rien à voir avec les palpitations des débuts de leur passion. Emily ne touchait plus seulement son cœur, et son corps, mais son esprit aussi, et peut-être surtout. L'envie de la culbuter lui venait comme en supplément. Du rabiot pour les sens ! La cerise sur le gâteau, en quelque sorte.

Il lui avait fallu se glisser dans la peau de son Emily, user de ses mots et de ses habitudes à elle, pour que son éblouissement fût total et que leur différence cessât tout à fait de l'agacer. Tout ce qui était elle l'émerveillait à présent, allumait en lui un enthousiasme un peu puéril, certes, mais délicieux. Quelle récompense d'être amoureux de sa femme ! Au diable les pisse-vinaigre ! Les croyances vérolées des droitiers ! Le couple n'était pas cet éteignoir de sentiments, cet alambic à venin. Sur l'île des Gauchers, une vieille liaison pouvait distiller de l'amour pur, et des rires aussi ! Avec de l'obstination, fatalement. Et pour un prix assez modique, celui de la rupture avec l'univers des Mal-Aimés.

Cependant, après la noce des Clamens, Cigogne et Emily eurent à nouveau rendez-vous avec leurs anciennes irritations, lors du repas de mariage. Emily se prit au jeu d'accaparer l'attention d'une tablée, en bricolant des souvenirs, afin de les rendre plus attrayants, voire jubilatoires ; ce que faisait souvent lord Cigogne. Prompt à réagir, Jeremy emprunta à Emily sa conduite habituelle. Dans ces circonstances, elle s'évertuait à rétablir l'exactitude des faits, juste au moment où Cigogne espérait de ses péroraisons leur meilleur effet ; et c'est ce qu'il fit, afin qu'elle mordît la poussière dans l'instant même où elle escomptait rafler l'admiration de l'assistance, histoire qu'elle sentît bien la vexation qu'elle lui avait mille fois infligée. L'occasion était trop belle. Aussitôt, Emily lui vola l'un de ses vieux arguments, en prétendant que l'exactitude et la vérité ne pouvaient se décalquer l'une sur l'autre. La peinture d'une scène n'exige-t-elle pas les tricheries d'une mise en perspective, ces retouches qui, seules, restituent la vérité des sensations ? Il rétorqua, à la manière d'Emily, qu'il n'appréciait guère qu'elle divertît la galerie en fignolant des fables qui, pour être tenues pour vraies, supposaient son approbation tacite, sans qu'il eût été consulté au préalable.

— Je passe pour un imbécile ! Tout le monde voit bien que c'est faux, ma chérie ! précisa-t-il, sur un ton qui visait à lui clore le bec.

— Aurais-tu du mal à supporter que je brille en public, mon chéri ? répliqua-t-elle, froide, en souriant.

L'altercation inversée se poursuivit tard dans la nuit, sur l'insistance de Cigogne qui, autrefois, manifestait un urgent besoin de dormir dans ces moments où Emily entendait *parler d'eux*. Ce fut elle qui, ce soir-là, prétendit subir les assauts du sommeil, et lui qui poussa plus avant la conversation, en lâchant qu'il ne supportait plus ces dîners en ville où toute l'attention se reportait sur elle, où la singularité de sa profession captivait les esprits sans qu'il pût, lui, récolter un peu d'intérêt et de considération.

— Dans cette situation, je me sens nul, poursuivit-il. Oui, nul !

Et il se mit à larmoyer, comme le faisait autrefois Emily, en ajoutant que l'affaire était gravissime. Pour lui. Pour la santé de leur amour. Bien fragile ! Qu'il finirait par lui en vouloir, et à mort !

— Car bien sûr tu n'as rien remarqué pendant le dîner. D'ailleurs tu ne remarques jamais rien ! Toujours dans tes pensées !

— Mais si ! fit-elle en imitant Cigogne. Mais je ne peux pas continuellement m'excuser d'être ce que je suis. De faire ce que je fais !

— Tu aurais pu... m'adresser un regard de connivence, oui, simplement ! Au lieu de m'épingler en public ! Dans ces moments, j'ai l'impression que tu ne me regardes plus comme ton mari. Je ne suis plus rien. Un ennemi ! Mais... ce qui me blesse peut-être le plus, c'est que tu n'essaies même pas de sentir ce que je sens !

— Jeremy, arrête ! Tout va bien, il n'y a pas de guerre, les enfants ne sont pas malades, nous avons à manger. Et toi tu fabriques du drame. Toujours à te tracasser pour des foutaises ! *Stop all this, right away ! Please.*

Le sourire leur venait aux lèvres, comme une envie de se libérer par la rigolade ; mais ils parvinrent à se contenir. Cigogne relança leur échange, avec cet air de sincérité un peu outré qui parodiait à merveille les anciens désarrois d'Emily :

— Et toi arrête de nier ce que je sens! Cesse de simplifier les choses. De dire qu'on est heureux pour mieux t'en persuader. Tu te caches mes souffrances pour éviter tes frustrations, oui, celles que tu refuses d'éprouver. *I'm fed up* que tu sois bloqué ! De ton côté lisse ! Que tu sois incapable de voir la difficulté à vivre des autres. C'est pour ça qu'ils ne se confient pas à toi. Ils ont peur d'être jugés, taxés de complaisance, parfaitement ! Tu te coupes des gens ! Et de moi...

Prenant le vieux texte usé de Jeremy, Emily explosa :

— Eh bien moi j'en ai marre d'être continûment dévalorisée. Je suis une fille bien, figure-toi ! Pas un rhinocéros buté qui ne sent rien. Tu comprends ?

— Oui, maintenant oui ! fit Cigogne avec douceur, soudain.

Et il l'étreignit tendrement, la bascula dans un fou rire partagé. Ces caricatures d'eux-mêmes qu'ils venaient de jouer appartenaient à leur passé droitier, Dieu merci ! Mais ils avaient pris bien du plaisir à représenter pour eux cette scène périmée, comme pour mieux l'exorciser, et mesurer le cheminement effectué, en quelques années seulement. A présent qu'ils étaient différents, plus Gauchers de tempérament, disposés à rire de tout cela ! Les coutumes de l'île du capitaine Renard les avaient tant fait voyager vers l'autre, et au plus près d'eux-mêmes. Ces deux-là étaient désormais mari et femme, des vrais, pas trop maladroits à s'aimer, plus habiles à pratiquer ce verbe compliqué. Jeremy et Emily savaient enfin se reparler d'amour avec des mots requinqués, se ménager des petits moments de repli, bien égoïstes, pour mieux se donner ensuite, au décuple, afin que renaisse entre eux l'envie de faire converser leurs corps.

Lord Cigogne avait presque satisfait son ambition, la

plus folle de toutes : devenir un mari ! Pas un amateur ! Pas un économe de son imagination, et de sa peine ! Un qui sait frustrer, juste ce qu'il faut, et combler aussi, sans avarice de cœur. Mais son bonheur gaucher pouvait-il se perpétuer ainsi, à l'écart des turbulences du monde des Mal-Aimés ?

Au cours de l'été 1940, les liens administratifs entre Port-Espérance et la France tutélaire furent rompus. Dans les désagréments des suites de la débâcle, Paris puis Vichy semblaient avoir oublié cette île absente des cartes ; les colonies françaises qui figuraient sur les mappemondes avaient l'air de les tracasser suffisamment.

Les Héléniens qui avaient séjourné hors de l'archipel gaucher avaient eu vent, au cours de l'année 1941, de l'existence d'un général à mauvais caractère, un grand type replié à Londres, dont on commençait à causer dans toute la Polynésie française et en Nouvelle-Calédonie. A ce qu'on disait, cet insoumis avait un joli timbre de *speaker* de radio qui ravissait les femmes, une voix mélodieuse dont il usait à l'occasion sur les ondes de la BBC, avec gentillesse, histoire de distraire les familles de métropole. Tout le monde s'accordait sur son prénom, Charles ; mais les uns affirmaient que son patronyme était d'Arc. D'autres, plus lyriques, soutenaient que c'était France. Un tout petit nombre était prêt à ficher leur billet que sa véritable identité était de Gaulle ; mais ceux-là étaient persuadés qu'il s'agissait d'un nom d'emprunt, comme au théâtre, pas mal trouvé d'ailleurs. Peut-être un chouia grandiloquent... A Port-Espérance, la rumeur disait de lui que c'était un gaucher très contrarié par l'école républicaine, et par les idées de sa hiérarchie droitière ; ce qui lui avait valu la sympathie immédiate des Héléniens. A vingt mille kilomètres des embrouilles européennes, aux confins de l'hémisphère austral, les informations arrivaient en lambeaux, par bribes, poétisées parfois.

Mais la nouvelle qui fut entendue dans la soirée du 7 décembre 1941 sur la radio de Sydney, que l'on réussissait à capter à Port-Espérance, était bien nette, insupportable de réalité. Le Japon venait d'esquinter méchamment la flotte américaine à Pearl Harbor ; les Etats-Unis allaient participer, eux aussi, à la mise à feu du Pacifique. Et pan ! Le grand incendie universel était à nouveau allumé, pour de bon ! *Bis !* D'un coup, les grands espaces liquides qui entouraient l'île d'Hélène cessaient de protéger les Gauchers de la folie belliqueuse des droitiers. Fini les ciels dégagés du temps de paix ! Quand il était encore temps d'apprendre à aimer les femmes, en examinant différents modes d'emploi, en fignolant ses minauderies... La violence grossière des Mal-Aimés allait rappliquer dans les environs, et dare-dare ! Tout le cortège des vilenies de la guerre ! Des héroïsmes pas nets ! L'innocente horreur que répandent toujours les militaires... Pas de coupable ! Ce sont les ordres, la cascade des irresponsabilités en uniforme, que l'on dit parfois nécessaires...

Les Japonais, eux, n'avaient jamais rayé l'île d'Hélène de leurs cartes. Dans leur fringale de conquêtes, il pouvait bien leur prendre la fantaisie de venir dénicher les Gauchers sur leur petite île toute en nickel, ce joli métal si utile pour les grandes industries de la mort. Les citoyens de Port-Espérance étaient consternés, eux qui s'étaient repliés au fond du Pacifique Sud pour échapper aux dérives de la logique droitière. Leur civilisation minuscule risquait fort de faire les frais du grand orage qui s'annonçait sur leur océan tiède et leurs lagons encore intouchés.

Alors l'amour aurait vraiment perdu ; et le rêve du capitaine Renard se dissiperait à jamais.

Au bout du champ d'aviation de Sydney, sous le soleil de l'été austral, lord Cigogne attendait l'appareil de la Royal Air Force qui, par sauts de puce, devait le conduire jusqu'à Londres, à l'autre bout de cette foutue guerre qui infectait désormais tout le globe. Jeremy avait consenti à s'y rendre, sur les instances du Conseil de Port-Espérance, pour rallier les Héléniens aux Forces françaises libres. Fallait choisir son camp. Celui des inflexibles ! Comme la Nouvelle-Calédonie, l'autre grand caillou de la France du Pacifique. L'idée était de signaler au général d'Arc — ou de Gaulle, on ne savait pas très bien — l'existence de ce territoire lilliputien mais précieux — en nickel —, oublié des cartes alliées. A vrai dire, il y avait aussi de l'appel au secours dans cette mission. La survie de l'île d'Hélène en dépendait peut-être ; la ruée japonaise — des gens sans manières, à l'époque — sur toutes les miettes de terre du Pacifique rendait l'occupation de l'archipel gaucher imminente, craignait-on à Port-Espérance.

Sir Lawrence avait accepté de convoyer son ami Jeremy par bateau jusqu'à Sydney ; mais les autorités de Port-Espérance avaient préféré envoyer en Europe un Anglais habillé. Sir Lawrence avait déjà eu tant de démêlés avec ses compatriotes, si obstinés à le vêtir. Et puis, que Cigogne fût un lord, répertorié, pourvu d'un joli blason, l'avait désigné comme un interlocuteur naturel auprès des autorités britanniques qui, après tout, avaient certainement quelque poids sur les états d'âme de ce général quelque chose. Londres, hein, ça devait bien rester une capitale où les humeurs anglaises devaient prévaloir !

Sur le quai de Port-Espérance, lord Cigogne avait offert à Emily des graines de roses, puis il s'était laissé aller à serrer leur émotion dans ses bras, ainsi que Peter, Laura et Ernest. Tout son bonheur à la fois, dans une embrassade ! Presque effrayant de fragilité ! Fallait pas que le sort ou la soldatesque japonaise les séparât lors de ses tribulations de l'autre côté du globe, sinon... Mais non, leur indéniable joie à s'aimer tous les cuirassait contre le malheur. Ils s'en fourniraient encore de délicieux moments, des envies d'aventures communes. Au diable les vicieusetés du destin !

Vêtu d'une redingote et d'un chapeau melon, Algernon veillait à ce que le départ de son maître demeurât stylé, sans larmiches, exemplaire ; car le petit peuple des Gauchers était là, à scruter leur trouble, assemblé sur les quais de la ville fortifiée à la hâte. Presque tous ces pionniers, aux allures de cow-boys australiens, étaient venus saluer leur émissaire. La plupart des hommes portaient une winchester ou un colt, prêts à guerroyer pour sauvegarder les beautés de leur civilisation singulière, inconscients qu'ils étaient de l'effroyable modernité des guerres droitières. Les femmes regardaient la petite famille anglaise, de dessous leur chapeau. Les alizés faisaient bouffer leurs robes, tressaillir l'élégance de leurs silhouettes d'une autre époque.

— *Daddy,* fit Ernest, la gorge serrée, embrassez notre reine et rapportez-nous des *Dinky Toys*...

— *God bless you !* murmura Emily. *I love you, Jeremy.*

Ces mots d'une banalité crasse mais ardente le touchèrent au vif de son être, car ils vibraient d'une vérité toute simple. Elle les avait dits sans effet, avec la certitude que ses paroles seraient perçues par Cigogne dans toute leur sincérité grave, et gaie aussi. Jamais elle ne l'avait tant aimé, d'amour, oui, pas de cette petite monnaie qu'on appelle la passion. Son cœur était gros d'une colossale tendresse. Une macédoine de désir sexuel, de douceur extrême et de goût pour ce qu'il avait de différent d'elle, et même de pas très glorieux parfois. Les mains ouvertes, elle l'aimait. Lucide ! Un sublime attachement, généreux, irrévocable, enfin ! Il entrait désormais dans les sentiments d'Emily cette éternité qui les plaçait hors d'atteinte des circonstances.

Puis elle ajouta en souriant, à voix basse :

— *Don't forget the Dinky Toys* *...

Tandis que le voilier de sir Lawrence s'éloignait sur la lumière forte du lagon, Jeremy ne quitta pas des yeux cette foutue bonne femme, si vraie, qui n'était pas *la sienne,* mais à qui il se sentait appartenir par toutes ses fibres, au-delà des péripéties de l'existence et d'éventuels fricotages annexes. En ces instants de départ, il eût voulu lui crier qu'il l'adorait toute, dans chacun des rôles que la vie lui distribuait. La mère qu'elle était lui faisait aimer davantage encore la femme, et inversement. La peintre magnifiait l'épouse qui à son tour ennoblissait la maîtresse.

En immigrant sur cette terre d'utopie, quelques années

* N'oublie pas les jouets...

auparavant, Cigogne n'avait pu imaginer alors quels perfectionnements ils apporteraient à leur amour. A présent qu'ils maîtrisaient joliment la grammaire sentimentale qu'ils s'étaient inventée, ils pouvaient la désapprendre, comme un poète se moque des règles de la versification lorsqu'il lâche son inspiration pour se livrer à son instinct rectifié, civilisé par les alexandrins. A son retour, Jeremy était certain qu'ils entreraient dans cette saison de la vie gauchère où ils allaient pouvoir s'aimer avec virtuosité, en cultivant une tendresse vive, un jardin intime bien à eux, et non ce goût sans conscience, cet ersatz d'amour, assez ordinaire, qu'ils eussent éprouvé dans une liaison laissée en friche, gouvernée par le hasard. Divin programme ! Des années d'improvisations amoureuses les attendaient. Enfin ! Ah, s'abandonner tout à fait au plaisir léger d'être *avec l'autre,* se régaler de sa seule présence... L'époque du déminage de leur mariage était révolue. Celle des semailles aussi ; ne restait plus qu'à récolter, et à s'étourdir d'un bonheur inconcevable aux yeux des Mal-Aimés.

Si lord Cigogne revenait sain et sauf de son périple.

Le retour à Londres fut glaçant. En sortant de l'avion, lord Cigogne fut saisi par l'immense tristesse qu'exhalait le monde des droitiers, si désespérément terne. Le gris semblait avoir envahi les rues de la capitale qui hivernait sous les fusées allemandes; elle était répandue partout, cette couleur qui n'en est pas une, dans l'atmosphère charbonneuse, sur les édifices en brique, dans les quartiers tout en façades qui avaient subi les bombardements, sur ces minces feuilles de décors anglais qui s'efforçaient de tenir en équilibre dans le vide. Mais la grisaille était aussi diluée dans les eaux de la Tamise; on en retrouvait jusque dans les regards furtifs des passants. Cigogne se souvenait bien que l'Angleterre urbaine ne possédait pas ces lumières tonitruantes du Pacifique Sud, cet éclat dans les tonalités qui dissout la morosité et enlumine l'existence; mais ce qui l'effraya le plus vivement, c'était que le gris se fût immiscé dans les êtres. Les âmes paraissaient aussi polluées que le brouillard gelé qu'on respirait avec difficulté, ce *fog* infect qui stagnait sur le pavé, également gris. A force d'être quasi monochrome, la ville crasseuse avait fini par éteindre les yeux des populations qui l'habitaient.

Et ça, il s'en apercevait à présent, bien nettement.

Londres suintait le chagrin ; pas celui, circonstancié, que causent les atrocités qui vont avec une guerre, non, le grand chagrin d'être anglais, européen, blanc, de cette civilisation de Mal-Aimés, d'appartenir à cette réalité irréelle de manquer à ce point de tendresse, et de douceur aussi. Pas supportable ! On avait bien prévu un métropolitain pour que circule la main-d'œuvre dans les sous-sols, des lignes de téléphone aussi. L'époque croyait en la vitesse ! Mais la modernité s'arrêtait là, à ces urgences qui n'en sont pas, bien ridicules à vrai dire. Au festin du progrès, l'amour n'avait pas sa place. Vous n'y pensez pas ! Churchill avait d'autres batailles à livrer ! D'autres exaltations à titiller, histoire de faire frémir utilement le bon peuple ! Pour le faramineux et très glorieux effort de guerre. Plus tard, on s'aimera ! Toujours plus tard ! Les hommes et les femmes... une affaire privée ! Que les riches s'aiment, discrètement, soit ; qu'ils se vautrent dans les sentiments raffinés qu'autorisent l'opulence et le temps libéré de l'affreuse nécessité, si vous voulez ! Les démunis ? Circulez ! L'amour, c'est une chose privée, qu'on vous dit ! Pour après les fatigues des journées salariées, les soins aux chiards et tout le tintouin domestique. Le bonheur ? Vous rigolez, *my dear* ? Toutes les universités, Cambridge et les autres, étaient là pour s'en gausser, avec des thèses formidablement tournées à l'appui, sur l'absolue nécessité du malheur qui accable le Blanc. Pourquoi ? Parce qu'il croyait, le Blanc droitier, qu'il lui fallait trimer pour exister, qu'il n'avait rien à gagner à perdre son temps.

Cigogne demeurait nauséeux ; il avait un peu oublié ce qu'était une société tout entière construite autour du dieu Travail. Sur l'île d'Hélène, on travaillotait bien un peu, histoire d'assurer sa pitance, mais juste le nécessaire ; pas trop, car la nature n'était pas chiche, comme en Europe, et l'essentiel des appétits des Gauchers ne se satisfaisait pas avec des billets de banque. Personne là-bas n'avait besoin d'un métier pour que son existence ressemblât à quelque chose, pour en retirer une manière de statut, ou de la considération. Ce n'était pas en trimardant que l'on allait à la rencontre de la vie, et des autres ! Bien au contraire ! Alors qu'à Londres, c'était cette folie-là qui pressait les passants, les rendait presque tous indisponibles à la beauté des femmes. Sur les bancs publics, il n'y avait pas de grappes d'amoureux, quelques-uns seulement qui avaient l'air de s'aimer en douce, à l'écart de l'*English way of life*. Rien à voir avec l'avenue Musset de Port-Espérance, sur le coup de cinq heures du soir ! Au lieu de se bécoter, la plupart des droitiers londoniens allaient devant eux, poussaient leur vie remplie de vide, en somnambules. A force, beaucoup finissaient par ne plus avoir l'air d'être eux, comme s'ils fussent devenus étrangers à eux-mêmes, dans des corps ne leur appartenant pas vraiment, menant une existence qui aurait pu être celle d'un autre. Ils avançaient, ceux-là, avec presque pas de désirs au ventre, seulement beaucoup de hâte, et une tristesse sourde au cœur. Oh, sans cause précise ! La tristesse diffuse d'aimer peu et mal, et de se sentir prisonnier de cet univers-là, si dur aux hommes et aux femmes. C'était l'amour qui souffrait en eux, à leur insu. En traversant Hyde Park, Jeremy eut le sentiment de se voir dans ces droitiers, tel qu'il avait été neuf ans auparavant. Loin de les juger, ou de se regarder comme différent, il se sentait pour eux une fraternelle compassion. Il eût voulu leur crier que leur espérance, pas encore morte, en un monde moins blessant n'était pas vaine. Par-delà les mers se trouvait une île heureuse, un territoire où le bonheur d'aimer occupait les journées, où les couples VIVAIENT au lieu de mitonner leurs soucis, en s'enlisant dans des logiques de survie. Mais l'auraient-ils cru ? Comment eussent-ils pu se défaire des croyances droitières qui, sans cesse, les éloignaient de l'idée d'une félicité possible et durable ? On le leur avait tellement répété ! Pas d'autre solution pour exister sur cette terre ! Relisez les bons auteurs ! Nous sommes faits pour en baver, et expier notre péché originel, qu'on leur avait seriné, étudiés tout exprès par le Créateur ! L'Eglise anglicane le certifiait ! Les béatitudes, sous d'autres cieux ! Pour après l'agonie, celle de la vie laborieuse des droitiers et l'autre, définitive ! Et au cas où ils n'eussent pas bien saisi le message, tout un bonheur factice — à vous dégoûter de l'idée ! je le répète — était disponible en boutiques, sur Oxford Street, partout, en romans-feuilletons, en presse du cœur, en mièvreries filmées affichées sur les devantures des cinémas. Et la grande espérance rouge ? L'amour du prochain, il en était bien question, entre les lignes de ses philosophes. Mais des sagouins l'avaient déjà frelatée, transmuée en une escroquerie sanglante, du côté de Moscou et ailleurs.

Dans les pays droitiers, le travail était tout et l'amour comptait pour du pipi de chat, constata avec effroi Jeremy. Cependant les autres passions, elles, paraissaient profiter d'une belle inflation : l'accaparement, la fringale de domination et ses dérivés. La seule un peu jolie qui fût alors en vogue à Londres était ce bel élan contre le nazisme ; mais celle de se donner tout entier à une femme ou à un homme, non, on s'en fichait pas mal, à voir les manchettes des journaux. Quand la presse causait de l'amour, par inadvertance, c'était pour examiner l'art de *se faire aimer*, et non celui celui d'*aimer*. Triste inversion...

Cigogne avait oublié à quel point les visages des droitiers étaient touchants. Malgré la pénurie de tendresse, les aigreurs accumulées, les piétons gris de Trafalgar Square conservaient dans le regard quelque chose d'insoumis ; ils paraissaient n'avoir pas abdiqué leur envie d'exister moins mal, un jour, d'être mieux aimés et de s'abandonner en retour à être un peu généreux d'eux-mêmes. Une grande faim d'amour se lisait sur leur physionomie, sous des dehors méfiants, forcément. Chacun avait déjà reçu son lot de meurtrissures, au boulot, en famille ou ailleurs. Une chose frappa Cigogne, le nombre de gens qui portaient des lunettes dans les rues ; à Londres, les yeux semblaient ne plus vouloir regarder nettement cette réalité-là. Sur l'île d'Hélène, rares étaient ceux qui se protégeaient de la vie derrière des carreaux. Il faut dire aussi que la lumière de là-bas rendait les yeux plus clairs, et gourmands de l'univers alléchant qui s'offrait à eux.

Tout ce petit peuple de droitiers qui se pressait dans les brumes hivernales eût sans doute accepté de passer à travers un miroir, histoire de remettre l'existence à l'endroit, dans un sens plus agréable ; mais le monde allait, inexorable, dans sa course irraisonnée. Accoudé au comptoir d'un pub, Cigogne entendit que l'on discutaillait d'une nouveauté américaine, un progrès à coup sûr : la télévision ! Cela rendrait-il les femmes mieux aimées, l'exercice de la vie moins absurde ? Là n'était pas la question, *for Heaven's sake* ! Puisqu'il s'agissait d'une nouveauté ! Un divertissement de plus ! Et puis c'était comme ça ; il paraissait qu'il n'y eût rien à faire pour apprivoiser ce foutu progrès. Qu'à se coucher ! Et se laisser écraser par lui, sans se rebiffer... Choisir son existence ? Vous divaguez, *young man* ! La dialectique bistrotière se poursuivit, emportée par une rivière de bière rousse. Pourquoi résistait-on aux barbares de Berlin, et fièrement ? Afin que les plaines d'Europe ne fussent plus des abattoirs, certes. Mais pour le reste, on n'en était pas très sûr ! La démocratie, *of course* ! Le grand mot-paravent, bouche-trou, si commode pour obstruer les vrais débats ! Vote et tais-toi ! Le *sens* des décisions à prendre, pour après la victoire ? Ben... à vrai dire, personne au *Parliament* ne savait au juste. Parer à la nécessité, ça suffisait, non ? En enveloppant le tout dans un peu de rhétorique travailliste, ou conservatrice, selon l'humeur. Churchill était plus lyrique, très fort pour les larmes, le grand raffut patriotique, mais pour ce qui était des suites à donner au conflit... on sentait comme une hésitation dans sa voix. Lui-même paraissait avoir bien du mal à y voir clair dans sa vie intime, plutôt embuée, pas trop reluisante. Alors donner un *sens* à la vie d'une nation ! Le casse-tête !

Affligé, Lord Cigogne résolut d'accomplir sa mission au plus vite et de se replier sur son île australe dès qu'il le pourrait. Il établit ses quartiers dans un *bed and breakfast* de Chelsea, tenu avec soin par un couple ranci qui lui donna des haut-le-cœur, bien que la déconfiture de ce ménage n'eût rien de bien exceptionnel. Mr et Mrs Fox se supportaient encore, après un quart de siècle d'ennui en commun, et se surveillaient avec des manies de geôlier. Fallait pas que l'autre connût de son côté une bribe de plaisir qui échappât au contrôle du conjoint ! Le mari avait-il un quart d'heure de retard, le soir, au sortir de son gagne-pain ? Aussitôt, il sentait la nécessité de se justifier auprès de la sournoise Mrs Fox, d'aller au rapport, afin de devancer la question insidieuse qu'elle ne manquerait pas d'ajuster, en lui servant son thé. Bien dressé, l'époux ! Osait-il choisir lui-même ses vêtements ? Non, bien sûr... Son épouse, un modèle du genre, régnait sur son stock de liquettes, et sur toute sa garde-robe à vrai dire. Seul le cirage de ses souliers revenait à Mr Fox. Voulait-il reprendre une part de cake aux raisins, un soir où il se sentait en humeur de gourmandise ? Sa femme le tançait aussitôt, lui rappelait ses aigreurs d'estomac ; il retirait sa main pécheresse sans moufeter, la nuque inclinée. Mrs Fox ne ratait pas un de ses écarts, toujours à guetter la faute ! En retour, cette dernière n'avait pas l'autorisation de sortir seule le soir, sauf chez Mrs Simpson, sa vieille mère. Et elle devait à sa moitié des explications détaillées sur ses menues dépenses, factures à l'appui. L'important n'était pas d'éviter qu'elle flambât l'argent du jour en babioles, mais que son époux l'eût bien à l'œil. L'amour fliqué ! Qu'ils se fussent aimés, vingt-cinq ans auparavant, légitimait à leurs yeux tous ces contrôles sur le quotidien qu'ils s'infligeaient. Un Gaucher y eût vu une pénitence. Mr et Mrs Fox se regardaient comme un couple britannique accompli, évoluant dans le seul univers qui leur parût concevable. Le mariage anglican n'était-il pas une suite de devoirs ? Le reste était bon pour la littérature... Il ne restait à peu près rien de l'amoureux de jadis en Mr Fox. Avait-il seulement idée des attentes informulées de Mrs Fox ? Non, bien sûr ! A quoi cela eût-il servi, *good Lord* ! Il lui suffisait d'affecter d'ignorer sa petite femme, pour mieux huiler leur commerce routinier. Pas d'éclats ! Depuis qu'ils ne se causaient plus le soir, ils s'en portaient d'ailleurs beaucoup mieux. A table, on n'entendait plus que les bruits de fourchettes et de déglutition. Un soupir, parfois. *Home, sweet home !*

En quelques jours, lord Cigogne parvint à obtenir une audience avec le général de Gaulle. L'entrevue eut lieu dans un bureau improvisé, au petit matin. Ce droitier tout en raideur avait bien l'étoffe d'un grand animateur de radio, songea Cigogne en l'apercevant ; puis, au fil de leur dialogue, le militaire se révéla un peu plus que cela, d'une carrure propre à se muer un jour en un personnage de songes, comme s'il se fût imaginé lui-même avant de projeter son image sur l'univers. Avec cette distance qui lui était naturelle, Charles de Gaulle écouta lord Cigogne, derrière la fumée de sa cigarette, prit bonne note de l'existence d'une colonie gauchère qui se ralliait à sa cause — *qui était celle de la France,* précisa-t-il avec simplicité, comme il eût parlé de sa cousine — ; il releva également que cette terre d'utopie possédait de précieuses ressources en nickel, et jura qu'à son retour aux affaires, à Paris, il veillerait à ce que l'île d'Hélène fût à nouveau effacée des cartes officielles. Le dessein du capitaine Renard le surprit d'abord, puis sembla le toucher. Dans un instant d'abandon, le grand droitier sortit de la retenue de son rôle et confia à Cigogne qu'il connaissait assez mal sa propre femme ; il ajouta même en concevoir quelque honte, sans s'attarder sur cet aveu qui eut l'air de l'étonner lui-même. L'ambition des Héléniens avait ce quelque chose de volontaire qui plaisait à sa nature rebelle à la fatalité, insoumise aux inflexions du destin. La protection qu'il pouvait apporter à ces Français libres du Pacifique se bornait à plaider leur cause auprès du Haut Commandement américain qui massait des troupes dans la région ; il promit de s'y employer avec chaleur et diligence, puis il écrasa sa cigarette et s'en alla retrouver l'Histoire, au bout du couloir.

Lord Cigogne avait accompli son devoir de Gaucher ; il

pouvait désormais regagner Port-Espérance, loin de tous les Fox, de cette guerre supplémentaire de droitiers, de cette couleur grise qui gâtait tout. Ah, retrouver cette réalité lumineuse et à l'endroit, où l'attendait son Emily ! A présent il savait que le retour en Europe leur était impossible. Jamais ils n'eussent pu se réacclimater aux absurdités de la vie londonienne, à ces populations perverties par les désirs artificiels que la culture droitière leur versait dans l'esprit. Jeremy était bel et bien un Gaucher, respirant comme de l'autre côté d'un miroir invisible ; il en perdait même son habileté de la main droite.

Cigogne quitta donc l'Angleterre d'un cœur léger, sans pressentir le coup du sort qui l'attendait, à l'autre bout du globe.

— Elle est morte, sir.

Puis Algernon ajouta :

— Nous sommes perdus...

Ses gros yeux se gonflèrent de larmes ; sans Emily, son existence larbine volait en éclats. Autour d'eux, Port-Espérance n'était plus qu'un empilage de bois, de poutres rompues, de parquets déchiquetés et de poussière. Dans ce qui avait été l'avenue Musset, où ils se trouvaient, seule la façade du café Colette s'obstinait à tenir encore, frêle, hésitante à dégringoler, comme les autres. Les Japonais n'y étaient pour rien, occupés qu'ils étaient à exposer leur bravoure inutile aux balles américaines, dans d'autres archipels ; c'était un cyclone d'été qui avait couché la ville, après s'être introduit dans le cirque minéral censé protéger Port-Espérance. Enfermés, les vents mordants s'étaient mis à tourner, à se muscler, à arracher les portes, à faire exploser les toitures, sous la pression. Un souffle hystérique, et vicieux ! Pas une vis qui n'eût été extirpée des charpentes ! Une grêle de menus objets, de vitres ! Les petites mains de l'ouragan s'étaient immiscées partout, avaient vidé les coffres à jouets, éventré les placards. Dans les décombres, un ours en peluche gisait ; les bras qui l'étreignaient, il y avait peu, avaient dû se raidir pour toujours. Les corps des vivants étaient meurtris, claudiquaient dans les décombres, avec des vêtements succincts sur le dos, des bribes de costumes. Algernon n'avait perdu que son plastron. La tôle des toits s'était enroulée autour des petits cocotiers, décapités net ! Les coups de colère de la terrible bourrasque s'étaient chargés de tordre le métal, comme un mince papier ! Emily avait eu peur; elle avait quitté leur demeure, avec les enfants et Algernon, pour se réfugier dans Port-Espérance, chez sir Lawrence. L'erreur ! Le cyclone l'y avait dénichée, lui avait brisé la nuque. Clac ! La plus belle femme du monde, Emily Cigogne, n'était plus qu'une viande froide, une grande absence dans la vie de Jeremy !

— Et les enfants ? s'entendit articuler Cigogne, livide.

— Ils sont à la maison, et vont bien. Ernest a juste eu une clavicule cassée.

Etrangement, les vents avaient ménagé Emily Hall, l'une des rares bâtisses de l'île qui demeurât en bon état. Cigogne s'y rendit promptement, afin qu'un but l'empêchât d'être avalé par sa douleur, excessive, pas tolérable. Le coup de fièvre ! Plus possible de se carapater en faux-fuyants ! L'impensable déboulait dans son quotidien, si soudainement, s'abattait sur son bonheur phénoménal, trop peut-être. Il lui fallait se cramponner à ses petites pensées, se rattraper à des riens qui lui traversaient la cervelle, pour ne pas s'effondrer dans la crevasse qui s'ouvrait en lui. Prodigieuse béance !

Tout en marchant vers chez eux, qui n'était plus que chez lui, Jeremy se découvrait une aptitude pour la souffrance, insoupçonnée. Il avait mal de partout, sentait son énergie se débiner, mais sa carcasse tenait bon, persistait à fonctionner, à respirer. Pourtant, c'était trop à la fois ; l'insoutenable pression du désespoir augmentait dans sa tête. Quand on perce un trou dans le crâne pour y loger un bâton de dynamite, et qu'on allume la mèche, on doit ressentir quelque chose d'approchant. Mais là, le cerveau, bien que pulvérisé par la détonation morale, s'obstinait à distiller du malheur pur en lui, comme s'il eût attendu cette occasion pour refiler à Jeremy tout le chagrin qu'il était capable de produire en bloc. Tout son bonheur d'avant, Cigogne l'expiait brutalement.

Comment allait-il se soutenir tout seul, dans cette épreuve qu'il ne se voyait pas traverser sans Emily ? Pour qui allait-il se parachever, en vieillissant ? Qui serait désormais le témoin des développements de leur amour ? Qui l'aiderait à montrer ses faiblesses, à quitter cette attitude lisse et indépendante qui le séparait si souvent des gens ? Qui le ferait remanier ses jugements abrupts qui disqualifiaient les êtres moins conquérants que lui ? Qui aurait le talent de l'éveiller aux beautés simples de l'existence, lorsqu'il ne trouverait pas en lui assez de sensibilité pour les saisir ? Qui continuerait à l'entraîner avec gaieté dans l'aventure d'être toujours plus vrai ? Qui saurait l'initier à l'art de s'avouer ? Bref, qui aurait assez d'amour pour entreprendre à nouveau de le civiliser ?

Ce n'était pas seulement Emily qui était enterrée dans la tombe qu'ils s'étaient choisie, face à la baie de Chateaubriand, c'était aussi le meilleur de lui-même. Après l'envolée de leurs années communes, Jeremy se sentait retomber dans sa fiente originelle. Les hommes sont issus du purin, c'est indiscutable ; alors que les femmes, elles, c'est différent. Le Créateur les a dispensées de tous ces désirs médiocres qui nous sont tassés dans l'âme, pour sûr ! Même leurs vices à elles nous sont charmants, hélas. Emily n'en avait-elle pas été la vivante preuve ? Rien qu'en songeant à elle, sur le chemin, Jeremy se trouvait d'un naturel moins chacal, moins porté à repiquer dans ses instincts pas très nets, exempté d'une partie de sa nature merdeuse et fausse, purifié en quelque sorte.

Et puis, comment vivrait-il à présent sans s'émerveiller chaque jour qu'une telle femme existât ? Peut-on s'accoutumer à un hiver perpétuel ? A ne plus entendre les fous rires d'Emily ? A ne plus jouir de cette manière qu'elle avait d'être heureuse, par instants, sans qu'elle manifestât alors la moindre retenue. Comment se passer de la chaleur de ses éclats de jubilation, de cette grâce qu'elle lui faisait en lui inspirant du désir ? De ses appétits si frais ? Du sillage d'alacrité qu'elle laissait derrière elle ? Avec Emily, c'était bien ce talent qu'a la vie de charmer qui s'en était allé. Et comment accepter de causer au passé d'un être inachevé ? Cigogne n'avait pas seulement perdu son épouse, mais aussi la femme mûre qu'il se réservait de découvrir, plus tard ; et cela terminait de le désespérer. Il eût tant voulu assister au spectacle du vieillissement de son Emily, se laisser émouvoir par ses rides naissantes, par son inquiétude face aux atteintes de l'âge, qu'il eût alors tenté d'apaiser. Tout en elle annonçait une embellie tardive ; il eût fallu du temps à sa belle personnalité pour se révéler toute, ne cessait-il de se répéter.

Au détour d'un virage, Cigogne aperçut Emily Hall et dit, d'une voix pâle :

— Elle est là...

L'espace d'une seconde, il fut tenté par la folie. Refuser l'inacceptable ! Il lui suffirait d'affirmer qu'Emily était toujours chez eux, recluse dans la partie de leur maison qui lui était dévolue. En quittant sa raison, il allait la faire survivre ! A lui tout seul ! Leur amour valait bien ce sacrifice, à la mesure de leur tendresse. Dans son esprit malade, elle continuerait à respirer, à se prélasser sous le même toit que lui. Pour elle, il se sentait plus fort que la mort ! Paré à lui donner tort ! A libérer son Emily de son tombeau. A quoi bon s'accrocher à cette décevante réalité ?

Algernon arrêta le tilbury, blêmit et demanda à Jeremy :

— Qui est là ?

En ce moment, Laura, Ernest et Peter surgirent devant la maison. Lord Cigogne les vit accourir vers lui, tressaillit et dit, essoufflé :

— Nos enfants...

Il venait de renoncer aux ténèbres de la démence, pour eux ; son choix n'avait tenu qu'à l'apparition de leurs sourires, de leur vivacité, en cet instant précis. Comme si, de l'au-delà, les mânes d'Emily fussent intervenus pour qu'il ne perdît pas pied. Rassuré, Algernon fouetta le cheval. Le tilbury repartit vers un avenir qui en était un ; bien que lord Cigogne ne le sût pas encore. Sur l'île des Gauchers, le deuil était une autre histoire d'amour, peut-être la plus belle.

Dans les débuts de son deuil, le zubial se montra particulièrement morose. Les bras en croix, il gisait sur le plancher, toujours à gémir, et ne consentait à se nourrir de fruits que lorsque Cigogne lui parlait de sa maîtresse défunte. Dès qu'il prononçait le nom d'Emily, Jeremy se sentait gagné par un enjouement fébrile, inquiétant. Mais la truffe du marsupial demeurait tiède; son pelage rayé avait désormais l'air d'une moquette vétuste.

Saturé de chagrin, Cigogne connut encore des instants où il fut tenté de s'abandonner au délire de ressusciter Emily en pensée. C'est ainsi qu'un matin il pria Algernon d'étendre les vêtements de Madame sur le fil à sécher le linge, juste derrière Emily Hall.

— *Sir,* répliqua Algernon avec circonspection, vous devriez renoncer à cette idée...

— Et pourquoi ?

— C'est que Madame...

— Ce n'est pas parce qu'elle est absente qu'il faut négliger le linge, n'est-ce pas ?

— Certes, Monsieur, mais je songe à vous, aux enfants...

— Algernon, faites ce que je vous demande.

Et lord Cigogne ajouta d'une voix frêle :

— Par pitié...

Algernon s'exécuta, parce que Laura, Peter et Ernest étaient absents. Un après-midi durant, Cigogne put contempler le linge d'Emily qui flottait sur le fil, comme avant, comme si elle l'eût porté la veille. Parfois, les alizés s'engouffraient dans une robe, suggéraient en la gonflant les formes d'Emily, fugitivement. Alors, porté par l'illusion, Jeremy se sentait dans l'esprit une manière de soulagement, de répit. Le malheur desserrait son étreinte, le temps que la brise s'essoufflât. Mais Algernon retira du fil ces fantômes d'Emily, avant qu'Ernest ne rentrât de l'école pour prendre son thé ; et il lança à son maître, sur un ton qui ne souffrait pas la contradiction :

— *Sir*, c'est la dernière fois ! *For God's sake !* Avez-vous oublié quel sang coule dans vos veines, *my lord ? You're an English man !*

Cigogne se le tint pour dit et se renferma dans un désarroi muet jusqu'en cette soirée de mai où lord Tout-Nu vint faire une visite amicale à son compatriote accablé. Alors que déclinait la lumière de l'automne austral, Jeremy s'enfonçait peu à peu dans un renoncement aux choses de la vie, absorbé qu'il était par le gouffre de sa mémoire. Plus de présent ! Il se maintenait alors dans une macération de voluptés évanouies, de journées enfuies, effeuillant un à un les souvenirs qui composaient son bonheur confisqué, sans songer une seconde que leur amour pût s'épanouir, enfin, et connaître cette apothéose que seule la mort permet ! Englué dans ses réflexes d'ex-droitier, il ne concevait pas que la séparation pût marquer l'aube d'une nouvelle aventure.

— Jeremy, il faut un avenir à votre histoire d'amour, car c'en est bien une... murmura sir Lawrence avec douceur, en craignant de heurter son ami.

— Un avenir... reprit Cigogne. Alors que tout est fini ?

— Je vous le concède, *my old friend,* tout semble fini...

Les propos inattendus que sir Lawrence lui tint le déconcertèrent tout d'abord ; puis, dans sa nuit, il écouta ces paroles qui contenaient une approche gauchère de la mort, un espoir mirobolant de retrouvailles avec Emily, dans une communion d'un type inédit pour lui, sur cette terre. Pas sous d'autres cieux ! Ici-bas, répéta lord Tout-Nu, et dans des délais raisonnables ! Le zubial flaira une éclaircie, redressa ses oreilles velues et, l'œil allumé, traversa le salon sans se traîner, afin de gober cinq bananes ; puis il ouvrit une fenêtre et bondit dans la belle journée sur laquelle elle donnait. Si l'amour de ses maîtres se fût soudain porté au mieux, il n'eût pas montré plus d'appétit et de jovialité.

Heureux que Cigogne l'eût entendu, sir Lawrence ajouta :

— Pour ce qui est du costume de deuil, nous avons pour coutume ici de nous habiller en blanc, une année durant.

— En blanc ? s'étonna Jeremy. Mais n'y a-t-il pas déjà des jours blancs ? Où l'on se libère de son personnage habituel ?

— Et où l'on se détache de tout ce qui nous oblige, en effet ! Mais, croyez-moi, pour achever ce qui vous attend, vous n'aurez pas trop d'une année blanche !

En regardant sir Lawrence s'éloigner vers Port-Espérance en pleine reconstruction, Cigogne était songeur. Le soir même, Peter, Laura et Ernest se crurent autorisés à manifester un peu de leur légèreté d'antan ; ils avaient remarqué que le zubial était d'humeur badine, disposé à redevenir l'animal farceur qu'il avait été quand leurs parents vivaient d'amour et de facéties.

Le lendemain, lord Cigogne prit sur lui de s'habiller de blanc et d'entrer dans les appartements d'Emily qui étaient restés clos depuis sa mort. Peu après son retour à Port-Espérance, Jeremy avait craint de tuer le souvenir de sa femme en dissipant les effets de sa présence à Emily Hall. Ouvrant un volet, il découvrit alors ses menus objets, tels qu'elle les avait vus pour la dernière fois, dans sa hâte à fuir le cyclone ; et il songea que cette multitude de petits vases, d'assiettes dépareillées, de colifichets inutiles, d'abat-jour désuets dont elle raffolait l'avait toujours agacé, tout comme cette manie qu'elle avait de s'encombrer d'objets en retraite qu'elle se promettait de réparer. A vrai dire, bien des choses dans sa nature l'avaient toujours horripilé ! Bien qu'il l'aimât, ou parce qu'il l'aimait... Une bouffée de nostalgie le traversa alors qu'il se remémorait leurs altercations pour des vétilles, et leurs orages aussi ; puis il repensa aux propos de la veille de ce bon sir Lawrence :

— *Tout ce qui vous agaçait chez elle, n'était-ce pas le reflet de ce que vous n'avez jamais su vivre, my old friend ?*

Une autre saillie lui revint :

— *L'autre n'est-il pas le plus fidèle miroir de nos impuis-*

sances ? Il se pourrait que ce soient vos handicaps surmontés que vous avez aimés en elle...

Lord Tout-Nu n'avait pas tort ; en tirant sa révérence, Emily lui avait en quelque sorte laissé la place pour qu'il cultivât ces zones de lui-même laissées en friche. Maladroitement, Cigogne saisit un abat-jour ancien qu'elle avait projeté d'arranger, bien avant son départ précipité pour l'Angleterre ; puis, alors qu'il s'efforçait de le bricoler, Jeremy comprit tout à coup ce qui l'avait agacé dans cette passion pour le rafistolage, à l'époque. C'était bien qu'Emily sût se livrer à ces petites tâches qui relient à la vie, alors que lui en était incapable. Pourtant, dans le même temps, il aimait Emily d'être ainsi, pour cette faculté qu'elle avait d'exister avec intensité en se mettant tout entière dans ses menues activités. Jeremy ne goûtait rien tant que la façon qu'elle avait de mettre en scène leur vie, par ces nappes qu'elle jetait sur de vieux meubles, ce climat qu'elle suscitait par des riens, cette grâce qu'elle répandait sur eux, qui témoignait d'un accord profond entre elle et le monde réel. Cigogne avait toujours eu le plus grand mal à s'insérer dans le quotidien, à trouver une aisance qu'il lui enviait. Il se sentait si malhabile à bien vivre, presque un étranger sur cette terre, pas très à son aise dans le grand corps qui lui avait été donné, bien qu'il semblât plein d'assurance.

Seul au milieu des appartements d'Emily, lord Cigogne réparait pour la première fois un vieil abat-jour, s'essayait à devenir Emily, et peut-être lui-même. Mais cette fois il ne jouait pas, comme lors du Carnaval des Gauchers. Il s'efforçait d'aimer sincèrement cet objet qu'il soignait, comme si cet abat-jour éventré avait pu l'aider à apprivoiser la vie matérielle. Au bout de quelques heures, Jeremy se surprit même à éprouver un peu du plaisir simple qu'Emily retirait jadis de cette activité, cette sorte d'intimité qui se crée avec l'objet et qui donne le sentiment de participer à sa propre existence.

— Qu'est-ce que tu fais ? murmura tout à coup Ernest, qui était entré sur la pointe des pieds.

— Je... Ta mère est en train de m'apprendre à vivre ! répondit-il en souriant.

— Tu peux me conduire à ma leçon de piano ? Je suis un peu en retard...

— Nous avons encore le temps, mon chéri...

— Mais non !

— Mais si ! Ta mère disait que...

— Tu ne vas pas devenir comme maman ? lâcha soudain Ernest.

— Si, justement. Si !

A compter de ce jour, lord Cigogne s'autorisa à faire siens presque tous les comportements d'Emily qui, naguère, l'irritaient tant ; et à sa grande surprise il s'en trouva mieux, comme réconcilié avec elle, par-delà leurs différences, et avec l'envers de son propre tempérament, cette face qu'elle lui cachait de son vivant. Plus il était elle, plus il parvenait à saisir les choses simples de la vie, dans leurs grandes tonalités fondamentales, plus il se sentait dans une communion passionnée avec celle qui était plus que jamais *sa femme*. Quel vertige d'amour ! Au cours de la journée, ça le saisissait, de temps à autre ; et cet accord parfait avec son épouse l'émouvait parfois plus qu'il ne l'eût été s'ils eussent fait l'amour. Jeremy l'aimait toujours davantage et la remerciait sans cesse de le conduire dans ces enclaves de lui-même qui étaient comme mortes. C'est ainsi qu'il se découvrit un véritable don pour faire naître des situations propres à rencontrer authentiquement les autres, comme elle le faisait, en les priant de lui rendre service ou en faisant rouvrir les boutiques fermées... Il devint moins prévoyant, plus confiant dans le hasard, qui se plaît tant à être généreux avec ceux qui lui font crédit. Par degrés, son existence moins prévisible se mit à ressembler à celle qu'il eût pu continuer de mener avec elle ; si bien que Cigogne résolut un jour de réunir les deux appartements du rez-de-chaussée. Il n'était plus lui mais eux deux, et d'une certaine façon véritablement lui-même.

Commença alors l'une des périodes les plus heureuses de leur histoire. Avec étonnement, lord Cigogne s'aperçut que l'amour ne peut, d'une certaine manière, être parachevé que dans la séparation, comme si la présence physique d'Emily eût été un obstacle insurmontable à la convergence totale de leurs deux natures. Comment concilier parfaitement des inclinations contraires, des rythmes intimes ?

Veuf, Jeremy put reconstituer d'elle, à partir de leurs souvenirs et de ce qu'il venait d'éprouver en intégrant Emily à son être, l'essence pure de ce qu'elle avait été et de ce qu'elle serait en lui pour toujours, dans une unité qui se moquait des apparentes contradictions d'Emily. Qu'elle l'eût aimé dans la fidélité et qu'elle l'eût trompé par deux fois dans le même temps devenait enfin compatible, au-delà des actes, loin de l'enchaînement des susceptibilités, des pièges de l'amour-propre. Les aspirations d'Emily les plus opposées ne l'étaient plus. Cigogne et Emily étaient enfin en position de ne plus léser l'autre en le bornant. Au contraire, ils se ménageaient l'un pour l'autre toujours plus de liberté d'être soi, toujours plus d'étendue. Ils pouvaient enfin espérer et obtenir un amour illimité, sans conditions, libéré de tout ressentiment, purifié de leurs vieilles incompréhensions, de toute petitesse. Une pure lumière les nimbait à présent lorsque Jeremy pensait à eux, assis sur le rocking-chair du salon d'Emily Hall ou quand il fréquentait les auteurs qu'elle goûtait, en s'arrêtant aux pages qu'elle avait cornées. Jamais leur amour ne fut plus violent et profond que dans cette année de deuil gaucher.

Un soir que lord Cigogne se promenait avec Ernest sous les flamboyants de l'avenue Musset, il aperçut des amoureux occupés à se bécoter sur les bancs publics ; et pour la première fois il se surprit à ne plus les envier. Au contraire, il éprouva comme un bonheur à être au-delà des joies imparfaites qu'il avait connues lorsque Emily le caressait encore, alors même qu'elle et lui se croyaient parfois au comble de la félicité. L'histoire d'amour qu'il traversait en solitaire dépassait en fièvre ce qu'il avait pu imaginer à l'époque ; mais Jeremy se doutait qu'aucun des couples enlacés sur les bancs ne l'eût cru s'il le leur avait dit. Sa ferveur était pour lui, et pour Emily bien sûr, si difficile à faire partager aux vivants. Le sourire aux lèvres, il se contenta de dire à leur fils :

— *My dear* Ernest, je crois qu'il est temps d'accomplir le dernier rite gaucher de mon deuil : nous allons brûler Emily Hall !

Huit jours plus tard, Jeremy revêtit un costume blanc, le plus dandy qu'il possédât ; puis, le soir venu, il mit une rose blanche à sa boutonnière et alluma l'incendie qui, aussitôt, commença à dévorer cette maison qu'il avait conçue et bâtie de ses mains pour Emily. Lord Tout-Nu, la famille Cigogne et Algernon assistèrent à cet embrasement avec une émotion contenue, très britannique. Seul le zubial manifesta sans fard sa jubilation.

Cigogne pensait pouvoir se dérober à des sentiments

trop vifs, à l'emprise de leur passé si fort qui, par instants, venait le titiller en de fugaces sensations, par des bribes de souvenirs enchanteurs qui lui traversaient l'esprit, tandis qu'Emily Hall flambait. Mais Jeremy tint bon, habilla son malheur d'un peu de sublime, en y croyant à leur *futur* radieux dont il serait le gardien. Les sagesses qu'il avait déployées depuis un an ne le mettaient-elles pas à l'abri des regrets ? Par-delà les vertiges de la nostalgie ? Il se sentait comme en franchise de toute souffrance excessive, loin des emballements du chagrin.

Quand soudain, en regardant les visages pétrifiés de ses enfants, Cigogne fut rattrapé par une tristesse énorme. Il lui sembla tout à coup que la vie lui avait confisqué Emily si vite qu'il n'avait pas assez pris d'elle. Les flammes se ruaient sur leur maison, effaçant les traces, les preuves de leur existence commune. Ses robes, ses bottines, ses romans annotés, ses parfums, ce décor fait pour leur amour, tout ce qui avait été Emily se consumait. Il eut le sentiment qu'elle mourait à nouveau, jusque dans les objets qui lui avaient appartenu. Emily Pendleton lui échappait, sans recours ! Alors des larmes lui montèrent aux yeux, et il se sentit seul comme jamais, avec son pauvre amour pour lutter contre le lent travail de l'oubli.

Ernest fut le premier à s'apercevoir que son père sanglotait. L'adolescent glissa sa main dans celle de Jeremy et lui tendit son mouchoir, avec une douceur qui se voulait protectrice. Mais il fallut bientôt essuyer les yeux de toute l'assistance. La contagion des pleurs fut immédiate, bouscula les pudeurs. Un beau relâchement qui se moquait de la retenue qui sied à une assemblée de gentlemen ! Un joli moment où la sincérité se passa de mots. Pleurer fut le seul langage qu'ils trouvèrent pour se causer, le seul qui leur permît de se sourire tout en disant l'horreur de leur chagrin.

Muet, le clan attendit l'extinction de la dernière flamme ; puis Algernon s'essuya les yeux et remit son chapeau melon avec dignité. Sir Lawrence s'éclipsa sur son ketch amarré dans la baie. Lord Cigogne fit ensuite monter tout son petit monde dans le tilbury, sans oublier le zubial. La sérénité de Cigogne était à présent extraordinaire ; elle se sentait dans toute son attitude, sur ses traits radieux, dans ses yeux encore mouillés. Il contempla une dernière fois les cendres de ce qui avait été *leur* demeure, et fit claquer son fouet. Emily habitait désormais son cœur de Gaucher, pour l'éternité.

Le 2 décembre 1992, lord Cigogne connut une victoire posthume : le succès du parti de l'Ouverture aux élections héléniennes. Mort à quatre-vingt-six ans, le 30 juillet 1980, Cigogne avait fondé peu après la fin de la Seconde Guerre mondiale ce grand parti d'opposition, le seul qui passionnât jamais les colons de Port-Espérance. L'idée de Jeremy était de faire participer les Gauchers à la reconstruction du monde des droitiers, d'ouvrir l'île afin que l'univers pût bénéficier de l'expérience de leur petite société australe, née d'une utopie. Qu'ils fussent peu nombreux ne signifiait nullement que leur influence devait être négligeable. Combien étaient les Athéniens sous Périclès ? avait-il coutume de s'exclamer.

Lors de son voyage à Londres, en janvier 1942, Cigogne avait été frappé, et peiné, par le sentiment de résignation qui dominait alors, derrière les flonflons patriotiques, comme si la réalité britannique eût été la seule concevable. Personne, au fond, n'avait l'air de croire que la vie pût être refaçonnée un jour afin qu'elle eût davantage de sens. La déconfiture des passions ? L'impossibilité de réussir à aimer ? Des fatalités ! L'existence tout entière régie par le dieu Travail ? Inévitable, qu'on vous disait ! Le progrès technique, opiniâtre à abîmer les êtres ? Un inconvénient désagréable, certes, mais incontournable! Fallait s'user à vivre, pas trop bien, ravaler ses espérances, et toutes ses illusions. Ou les confier à un parti politique, histoire de se faire berner. Pas une seconde il n'était question de rébellion radicale, de dynamiter les conformismes des contestataires officiels et les vieilles croyances! De se défaire de toute cette rouille de l'esprit! On s'en accommodait, avec un peu d'aigreur forcément.

Ce qu'avaient connu Cigogne et Emily, dans cet archipel gaucher d'Océanie, était si foutrement joli que Jeremy entendait le faire connaître ailleurs, le partager! Pas pour claironner qu'ils possédaient la vérité à Port-Espérance! Mais qu'il était possible de se mettre en chemin de la chercher, à tâtons, de manière à soigner moins mal ses sentiments. Alors il avait créé ce parti de l'Ouverture, avec le rêve de convaincre les Héléniens d'ouvrir leur archipel, l'île du Silence, Muraki et toutes les autres îles. Mais trente années de coups de gueule, de persuasion exaltée n'avaient pas suffi à diminuer les craintes d'une invasion droitière et des poisons que recèlent les séductions du monde des Mal-Aimés. Et si les jeunes Gauchers y succombaient? entendait-on dans les cafés de Port-Espérance. On redoutait surtout l'importation de ce goût du malheur qui infectait l'Europe, de cette esthétique du désespoir qui prévalait en littérature ou au cinéma, de cette ironie élégante que les Européens affectaient d'adopter, plutôt que de se laisser porter par le vent frais de leurs enthousiasmes. Tout allait pour le mieux dans le meilleur des mondes gauchers; pourquoi rompre cette quiétude? ne cessait de marteler le parti adverse, celui des isolationnistes.

C'était cette indifférence au grand chagrin des Mal-Aimés, cette façon de se claquemurer dans son bonheur bien égoïste qui irritaient lord Cigogne. Et puis, il pressentait que les droitiers étaient peut-être las de leur quotidien sans délires amoureux, de ne copuler convenablement qu'à l'occasion, et finalement si peu ; oui, pas satisfaits que l'amour comptât pour presque rien dans la mise en musique de leur existence. Alors, malgré les réticences, il avait défendu la cause de l'ouverture, au nom d'Emily ; et douze ans après sa mort, son parti l'avait emporté à 72,3 %. Laura, Peter et Ernest avaient eu la joie de voir les Gauchers accepter de réintégrer leur île dans la géographie connue. Le 2 avril 1993, la compagnie Air Nouméa ouvrit même la première liaison aérienne régulière qui permet aujourd'hui de gagner Port-Espérance, le mercredi, via la Nouvelle-Calédonie. L'aventure de l'ouverture commençait pour le petit peuple des Gauchers.

C'est ainsi qu'un mercredi soir, le 14 avril 1993, j'eus le privilège d'atterrir sur le champ d'aviation de l'île d'Hélène, dans ce pays civilisé qui refuse toujours l'usage du téléphone, pour que ne meurent pas les lettres d'amour. Un monsieur d'âge mûr, et d'une élégance sans faute, vint me chercher en voiture à cheval ; il se présenta ainsi, avec une rigidité très anglaise :

— *How do you do ?* Mon nom est Ernest Cigogne, mais vous pouvez m'appeler Erny...

Avec stupeur, je découvris cette société isolée du monde qui choisit encore sa modernité, sans rien accepter qui soit contraire à l'ambition des pionniers qui débarquèrent sur ce confetti en 1885. Port-Espérance avait bien l'air d'une cité coloniale surgie d'un songe du XIXe siècle, faite de bois exotiques rares, travaillés avec art. Les bâtiments étaient tous différents, construits à l'image de chacune des Gauchères qui les avaient inspirés. Quelques zubiaux circulaient dans les rues de terre battue rouge, chargée de nickel. Le lagon intérieur était semblable à celui que le capitaine Renard avait dû trouver lors du naufrage de sa goélette ; mais les modes gauchères avaient fait évoluer les mœurs, ainsi que le calendrier hélénien. Là se situaient les changements les plus notables depuis qu'Emily avait quitté cette terre d'Océanie.

Le français que parlait Erny paraissait un peu affecté à mes oreilles gâtées par le langage télévisuel de métropole ; mais il était propre à rendre toutes les subtilités des mouvements du cœur. En chemin, le fils d'Emily et de lord Cigogne me parla longtemps des amours de ses parents, de la cause généreuse de son père, avec une ferveur empreinte de cet humour plein de distance que lui avait légué Algernon. Puis Erny me laissa à un hôtel, fréquenté par des couples illégitimes, vêtus de blanc. Une éolienne fixée sur le toit alimentait l'établissement en électricité ; les alizés paraissaient ne jamais faiblir sous ces latitudes. Je pus prendre un bain chaud. Délassé des fatigues du voyage, j'ouvris alors la fenêtre de ma chambre qui donnait sur l'avenue Musset, éclairée par des réverbères à gaz, dont la lumière chaude va mieux au teint des femmes que celle des ampoules électriques ordinaires.

Jamais je n'avais vu tant d'amoureux, occupés à être ensemble, à s'émerveiller que l'autre existât, à se quereller, à se basculer dans les fontaines en riant. On ne m'avait pas raconté de fables ; aimer était bien l'activité principale des Héléniens, l'objet de tous leurs soins, quel que fût leur âge. Aux terrasses des cafés, ceux qui étaient habillés de blanc montraient un entrain particulier.

Fasciné par le spectacle de cette utopie qui avait réussi, je plaçai ma table devant la fenêtre, pris mon stylo, une rame de papier et me lançai dans l'écriture de mon premier livre rédigé de la main gauche. Mon intention était de dépeindre scrupuleusement l'existence des parents d'Erny, afin que l'œuvre de lord Jeremy Cigogne trouvât un écho sous ma plume. Ce monde à l'endroit venait me distraire de mon désenchantement de Mal-Aimé, le dissipait de façon inespérée et se présentait à mes yeux comme la patrie que je m'étais toujours cherchée. Etant né droitier, la rédaction des premières pages de cet ouvrage fut laborieuse ; mais, après bien des luttes pour me défaire des vestiges de ma culture droitière, c'est en authentique Gaucher que j'écris cette dernière ligne.

Port-Espérance, le 20 octobre 1994.

ANNEXES CONCERNANT L'ÎLE D'HÉLÈNE

PRINCIPAUX ÉVÉNEMENTS HISTORIQUES

1568 : première visite de l'île par le navigateur espagnol Mendaña de Neira ; le territoire est ensuite oublié par les Européens pendant trois siècles.
1874 : l'archipel hélénien est rattaché aux annales de l'Europe par le capitaine Renard qui redécouvre l'île, par hasard, à la suite d'un naufrage.
1885 : fondation de Port-Espérance par la Société géographique des Gauchers. Les principes formulés par le capitaine Renard présideront à la création de cette cité coloniale d'un type inédit. Début de la petite civilisation gauchère.
1886 : adoption à l'unanimité par le Conseil de Port-Espérance de la coutume des *jours blancs.*
1887 : introduction des premiers zubiaux dans l'île d'Hélène.
1888 : colonisation de l'île du Silence par Jeanne Merluchon qui impose un silence absolu sur cet îlot. La même année, instauration du Carême gaucher.
1889 : ouverture à Muraki, l'île de Toutes les Vérités, d'un établissement hôtelier réservé aux Héléniens désireux de se montrer tels qu'ils sont.
1895 · instauration du *mois libertin,* à la suite d'un référendum populaire.
1917 Georges Clemenceau place l'archipel sous tutelle française et signe le décret du 2 juillet 1917 qui garantit sa suppression des cartes officielles françaises.
1922 : interdiction d'importer des moteurs à explosion. Cette décision référendaire ne fut jamais remise en cause.
1927 : mort du capitaine Renard, alors qu'il était en train de peindre de mémoire le visage de son épouse, décédée dix-huit ans plus tôt.
1930 : premier Carnaval des Gauchers.

1933 : référendum par lequel les citoyens de Port-Espérance décidèrent de renoncer à l'exploitation du nickel que contiennent les roches de l'île. Les Gauchers choisirent ainsi la préservation de leur territoire et de leur art d'aimer plutôt que l'opulence.

1946 : naissance du parti de l'Ouverture, fondé par Jeremy Cigogne et quelques compagnons.

1949 : le Conseil de Port-Espérance reconnaît le mariage homosexuel.

1952 : interdiction d'éclairer les restaurants de l'île autrement qu'à la bougie ; les lampes électriques sont formellement interdites dans les lieux publics, afin que le teint des femmes soit mis en valeur par la lumière chaude que diffusent les bougies.

1957 : importation des premières pilules contraceptives mises au point un an plus tôt aux Etats-Unis.

1958 : aménagement de l'île des Faux Aveugles où se rendent désormais les Gauchers, de temps à autre, en se masquant les yeux afin que les hommes et les femmes soient libérés des apparences, l'espace de leur séjour.

1962 : les femmes de Port-Espérance obtiennent que les hommes s'engagent à ne plus leur faire l'amour en moins d'une heure. Les contrevenants sont chargés des tâches collectives déplaisantes, tel le ramassage des ordures.

1965 : acceptation par voie référendaire de la télévision qui, depuis le 14 avril 1965, ne diffuse ses programmes dans l'île qu'un seul soir par semaine.

1968 : instauration du mariage à durée limitée.

1969 : instauration du divorce à durée limitée.

1972 : apparition des premières incitations fiscales à la fidélité passionnée et au cocufiage. De fait, les tièdes se trouvent désormais plus lourdement taxés...

1975 : la Banque centrale des Gauchers lance les premiers emprunts à taux préférentiels destinés à financer les projets amoureux des Héléniens.

1976 : apparition dans le Code pénal des Gauchers du délit de lâcheté dans le couple, considéré comme plus grave que le vol.

1983 : instauration de la Semaine du Silence, au début du mois d'août de chaque année. Tout le monde à Port-Espérance respecte alors pendant huit jours les règles de l'île du Silence.

1988 : les époux peuvent désormais demander réparation devant les tribunaux si leur conjoint consacre un temps excessif à sa vie professionnelle (entendez plus de vingt-cinq heures par semaine...).

1990 : fixation d'un quota de danses dans les boîtes de nuit de Port-Espérance, afin de réhabiliter celles qui se dansent à deux : le charleston, le be-bop, le tango, etc. Les danses solitaires sont réduites à la portion congrue.

1992 : victoire, le 2 décembre, du parti de l'Ouverture aux élections générales ; l'île d'Hélène demande sa réapparition sur les cartes officielles de l'Institut géographique national français.

1993 : ouverture, le 2 avril, de la première liaison aérienne régulière.

1994 : en janvier, suppression des timbres pour les lettres d'amour. En septembre, réforme de l'éducation gauchère : tous les bacheliers seront désormais contraints d'aller poursuivre leurs études à l'étranger ; fin d'un certain provincialisme.

QUELQUES CHIFFRES

Superficie de l'île d'Hélène : 78 km carrés.

Position géographique : 3 123 km de Sydney.
A des années-lumière des valeurs occidentales.
Très loin de la vulgarité et de l'efficacité de l'économie de marché.

Températures (1960-1980) : janvier 28 °C, juillet 22 °C.

Précipitations : suffisantes pour faire pousser des fleurs admirables.

Population :

Année	Nombre	% de gauchers/population totale
1885	1 223	94 %
1910	28 902	82 %
1933	42 228	73 %
1965	52 027	85 %
1994	54 108	90 %

Changements dans la population (1988-1993) :

Naissances : 1 051 (dont 1 050 enfants désirés)

Décès : 803 (dont 207 morts de chagrin d'amour)

Immigration : 702 (dont 695 Parisiens, population qui semble beaucoup souffrir sur les rives de la Seine...)

Zubiaux (en 1993) :

population totale des zubiaux : 9 832 (autant que de couples mariés...)

dont 8 % atteints de dépressions graves (truffe chaude et pelage terne)

2 % morts de désespoir

22 % très heureux (pelage brillant)

68 % en forme

Indicateurs de niveau de vie : par habitant (1994)

Voitures	0
Téléphones	0
Postes de télévision	108
Romans lus (/an)	67
Poèmes écrits (/an)	21
Heures dansées (/an)	525
Ongles rongés (en kilos et/an)	0,001
Zubial	0,18
Heures de silence (/an)	253 (heures de sommeil non comprises)

Energie : après avoir utilisé essentiellement l'énergie éolienne, les Héléniens ont pris exemple sur l'Islande et se servent depuis 1967 de l'énergie géothermique des volcans en activité au large de l'archipel ; certains forment des îles qui retiennent dans leurs roches des poches d'eau chaude en ébullition. La pression de la vapeur captée par des forages est convertie en électricité. Les Gauchers complètent leur approvisionnement en électricité en recourant à l'énergie solaire. Jamais ils ne se résigneront à entrer dans la civilisation du moteur à explosion, cette invention perfide qui, par ce qu'elle induit insidieusement, ferait voler en éclats leur petit monde.

Mariages :

Année	Nombre	% couples infidèles	% couples s'aimant à la folie
1900	800	61 %	60 %
1932	922	72 %	73 %
1965	1 503	83 %	83 %
1994	1 832	90 %	91 %

(on voit nettement à travers ces chiffres le progrès de cette minuscule civilisation, et le bon usage que les Gauchers font de l'adultère. En Europe, le pourcentage de couples infidèles et celui des couples s'aimant à la folie serait, on le devine, inversement proportionnel...)

Indices de satisfaction érotique (1994) :

	Nombre par individu/an
Siestes effectuées après le déjeuner ou en fin de journée	257
Lettres ou poèmes érotiques adressés à son conjoint (ou autre...)	18
Rapports charnels n'ayant pas abouti à un coït	52
Requêtes auprès des tribunaux pour non-respect de la loi de 1962 dite du *une heure minimum*	0,7
Pourcentage de rapports entre époux ayant lieu dans le lit conjugal	18 %
Annulation de rendez-vous professionnels dus à une prolongation de séance copulatoire ou à une urgence sensuelle imprévue (/an)	12

Exportations de biens :

	1994	Part du marché mondial
Matériel pour gauchers		
Ciseaux pour gauchers	28 %	87 %
Gants de base-ball pour gauchers	12 %	72 %
Revolvers ou fusils pour gauchers	7 %	41 %
Matériel de chirurgie pour gauchers	23 %	59 %
Divers	30 %	

Importations de biens :

	1994
Livres (romans, essais et poésie)	18 %
Papier & papeterie	12 %
Parfums	10 %
Vêtements de choix & tissus de qualité	15 %
Bois	35 %
Divers	10 %

Littérature publiée sur l'île d'Hélène (nombre de titres) :

	1877-1882	1983-1988	1989-1994
Romans	1 224	1 132	1 342
Essais	528	725	694
Recueils de poésie	327	458	929

(il est à noter que le présent ouvrage a été publié en première édition chez Sauvage et Frères, libraire à Port-Espérance, en décembre 1994)

SOURCES : Office gaucher de statistiques (OGS).

Informations, adresses, etc. :

Société géographique des Gauchers (NRF)
5, rue Sébastien-Bottin
75007 PARIS

Mission permanente des Gauchers auprès des Nations unies
2842 Lexington Avenue
New York, N.Y. 10017

Délégation des Gauchers auprès de l'OTAN
1110 Bruxelles

Composition Bussière
et impression B.C.I.
à Saint-Amand (Cher), le 14 février 1995.
Dépôt légal : février 1995.
Numéro d'imprimeur : 149-4/009.
ISBN 2-07-074030-7./Imprimé en France.

69715